星のせいにして

EMMA DONOGHUE
THE PULL OF THE STARS

エマ・ドナヒュー
吉田育未 訳

河出書房新社

星のせいにして　目次

星のせいにして

I

赤

あの朝家を出た時、辺りはまだ真っ暗で、夜明けまで数時間あった。悪臭漂うダブリンの通りに自転車でこぎ出す。雨でぬめるように光っている。丈の短い緑色の雨合羽《あまがっぱ》のお陰で最悪は免れたけれど、両袖はすぐにびしょびしょになった。糞尿と血の匂い。家畜が係留された通りを横切った。大人用のコートを羽織った少年が、私に向かって何か汚い言葉を叫んでいる。もっと速くこぐ。ガソリン節約のためにのろのろ進む自動車を追い越した。

いつもの路地裏に自転車を止めて、後輪に文字合わせ錠をかける。(もちろんドイツ製。錆《さ》びついて使えなくなったらどうしよう?) スカートをたくしあげていた両側の紐《ひも》を解き、雨水の染み込んだカバンを自転車のカゴから取り出す。本当なら病院まで自転車通勤したいところだけど。そうすれば、トラムでかかる時間の半分で済む。だけど、看護婦が汗まみれで出勤するなんて、看護婦長が絶対許してくれない。

裏通りから出ると、消毒カートにぶつかりそうになった。甘ったるい、きついタール臭が鼻を刺す。慌てて、マスク姿の男たちを避ける。彼らは道脇の溝をスプレーし、側溝蓋の網目に次々とホースを突っ込んでいく。

急ごしらえの戦没者慰霊碑を通り過ぎる――三面立ての木枠にユニオンジャックが打ちかけられ

ている。少し欠けた、空色の聖母マリア像がとってつけたように置いてあり、木枠の下には、しおれた花々が溢《あふ》れている。連なる数十名のアイルランド人男性の名前。戦死者数万人、入隊者数十万人のほんの一部に過ぎない。弟のことが頭に浮かぶ。今朝家を出た時は、まだトーストを食べていた。

トラム乗り場では、夜明けが近づくにつれて辺りを照らす街灯の光が弱まっていく。その柱に貼られた広告。〈生き急いで消耗してない？　老けたって感じない？〉

明日、私は三十歳になる。

だからって、その数字にしり込みしたりしない。三十は成熟、高い能力、そして強さの証のはず、違う？　それに選挙権だって持てる。やっと三十歳以上の一定の財産条件を満たした女性にその権利が与えられるようになったのだから。とは言っても、選挙自体が実現可能なことだとは思えない。もう八年間もイギリスにおいて総選挙は行われていないし、戦争が終わらない限り選挙はない。その時に世界がどうなっているかは、神のみぞ知る。

二台のトラムは停車せずに通り過ぎた。たくさんの乗客で、今にもはちきれそうだ。今週になって運行停止の路線がまた増やされたのだろう。三台目が停まったので、無理に体を押し込んで乗車した。石炭酸《フェノール》で乗車ステップは滑りやすく、私の靴のゴム底は何の役にも立たなかった。消えていく暗闇を進むトラムが右に左に揺れるたび、私はステップの手すりにしがみ付き、倒れないように身を支える。バルコニーの乗客はひどく雨に濡れていたので、身をかがめて屋根の下に入る。その屋根には細長い貼り紙。〈くしゃみや咳《せき》をする際は口を覆うこと……病気を広めるのは愚か者と売国奴〉

自転車を降りてから体がどんどん冷え、私は小刻みに震え始めた。背合わせ長椅子《ナイフボードベンチ》に座っていた二人の男性が、少しずつ間を空けてくれたので、カバンを膝にのせて腰を掛ける。降り込む雨にみんな濡れている。

トラムがウィーンと音を立ててスピードを上げ、客待ちの馬車列を通り過ぎたけれど、目隠し革《ブリンカー》を着けた馬たちは気にも留めない様子だ。腕を組んだカップルが、私たちのすぐ下を足早に進むのが見えた。街灯に光る水たまりの中を。まあるく突き出したマスクが、奇妙な鳥のくちばしのようだ。

混雑した二階の乗客の合間を添乗員がゆっくりと進んでくる。懐中電灯──平らで、ウイスキーのフラスクみたい──から明るい光の波がこぼれ、乗客たちの膝と靴を照らしている。私は汗まみれのペニー硬貨を手袋から押し出し、添乗員の持つタプタプと音がする缶に落とした。たった数センチ深のフェノール液につけたくらいで、本当に細菌を洗い落とせるのだろうか。

添乗員が告げる。これじゃ柱のとこまでしか乗れんですよ。

ペニー硬貨一枚から値上がりしたんですか？

違いますよ。そんなことしたら暴動になります。だけどペニーじゃ、もうそんなに遠くまで行けんのです。

昔なら、この矛盾に微笑《ほほえ》んだところだけど。じゃあ、病院まで行くには……

今入れたペニーと、もう半ペニーですね。

カバンから財布を取り出し、硬貨を見つけ渡す。

旅行カバンを運ぶ子どもたちが列をなしているのが、駅を通り過ぎた時に見えた。無事でいられるようにと地方へ送られるのだ。でも、私の知る限りではこの疫病はすでにアイルランド全土に広がっている。そして、この疫病にはいくつも呼び名がある。甚大風邪、カーキ風邪、青い風邪、黒い風邪、グリッペ、もしくはグリップ……（この呼び名を聞くたびに大きな手が肩に伸びてきて、ぎゅっと握られるイメージが頭に湧いてくる。）あの病気と遠回しに呼ぶ人もいる。戦争病と呼び、四年間続く大量殺戮《さつりく》の副作用だと考える人もいる。塹壕《ざんごう》で毒が調合されたのだとか、滅茶滅茶な大混乱と当てもない移動で世界中にばらまかれたのだとか。

私は幸運にも、ほとんど後遺症もなく回復した。九月の初め、全身痛で床《とこ》に臥《ふ》した時は、この冷酷なインフルエンザがどんなものか知っていたので悲観したけれど、数日で回復した。色が少し銀色に光るように見える感覚が数週間続いた。まるで磨《す》りガラス越しに見ているような感じ。それ以外はあまり元気が出ないくらいで、特に大騒ぎするようなことは何もなかった。

小包配達の少年が――半ズボンからマッチ棒のような足を出して――ぴゅんっとトラムを追い越していった。油の浮いた水たまりに、孔雀《くじゃく》の翼を広げたような水しぶきがあがる。特に渋滞もしていないのに、どうしてこんなに進まないのだろう――電気の節約なのかな、と私は思う。それとも新しい法令でもできて、それに従っているのだろうか。看護婦長が自転車通勤を許可してくれたら、今頃病院についているのに。

別にルールを破ったからといって、看護婦長にばれるわけではない。だって彼女は、もう三日間ずっと女性発熱病室で、重ねた枕にもたれかかったままだから。あまりの酷い咳に話すこともままならない。だけど、隠れてこそこそするようなことは、したくない。

ネルソンの柱を南方向に進んだところで、ブレーキがぎぎぎ、キキーッと音を立て、トラムが停車した。後ろを振り返り、煤《すす》けた郵便局の残骸に目をやる。反逆者たちが六日間の蜂起《ほうき》で立てこもった数か所のうちの一つだ。無意味で理解しがたい行為。大体、ウェストミンスターはアイルランドのための自治法《ホーム・ルール》を実施しようとしていたけれど、世界大戦の勃発でやむなく延期になっているのでしょう？　ロンドンじゃなくてダブリン政府に統治されることに異議はないけれど、でもそれは平和的に実現できればの話。一九一六年に街中で銃撃戦を繰り広げたら、自治実現へ一歩近づいた？　そんなことはない。私たちの名のもとに流血の惨事を引き起こした一握りの人たちを、多くの人が憎むようになっただけ。

その道をもっと下ると、お店がたくさん集まっていて、そこの本屋さんでティムによく漫画本を買ってあげたのだけど、あの短い反乱中の英国軍による砲弾で全部破壊されてしまって、今も、復興の兆《きざ》しはない。切り倒された木や有刺鉄線で通れなくなっている歩道もある。コンクリート、タール、アスファルト、木材。そういったものは、戦争が続く限り手に入らないのかもしれない。

デリア・ギャレット、ふと頭に浮かぶ。イタ・ヌーナン。

やめて。

アイリーン・ディヴァイン、荷車押しの販婦。インフルエンザが肺炎を引き起こし——彼女は昨日ずっと咳をして、その度に緑がかった赤い物体を吐き出していた。凧《たこ》のように急上昇、急降下を繰り返す彼女の体温。

やめなさい、ジュリア。

シフトが終わったら、患者のことは極力考えないようにしている。考えようが考えまいが、病室に戻るまで何もできない事実は変わらないから。

フェンスに貼られている様々なコンサート日程の上に、〈公演中止〉のスタンプが斜めに押され、全アイルランドハーリング選手権決勝のポスターには〈当面は延期〉の札が貼られていた。多くの店舗はグリッペによる人手不足で店が開けられず、営業所のブラインドは下げられ、悲しいお知らせの貼り紙が釘打たれている。営業中の店も、見捨てられたように見える。客の乏しさに倒産寸前だ。ダブリンはまるで、歯が何本も抜けた大きな口。

ユーカリの匂い。私の左側に座る男性が、ユーカリ油を染み込ませたハンカチで鼻と口を押さえている。スカーフやコートにつけている人もいる。この木っぽい香りが以前は好きだった。それが恐怖を意味するようになるまでは。そうはいっても、私は他人のくしゃみに身を縮める必要はない。私にはもう、この恐ろしい今季のインフルエンザに対する免疫があるから。既にかかってしまったことが、少しの安心要素にはなっている。

背中合わせでベンチの反対側に座る男性が、ひどい咳をする。続けてもう一回。タンッ、タンッ。とても小さな刃の斧で、木が切りこまれているような音だ。乗客たちが一斉にのけぞる。この曖昧な音が意味するのは、インフルエンザの始まりかもしれないし、回復期が長引いているだけなのかもしれない。ただの無害な風邪かもしれないし、緊張した時の癖、もしくは咳のことを考えていたら自然と出てしまっただけかもしれない。あくびのように。だけど、この瞬間、この町全体が最悪の事態に身構えてしまう。無理もない。

葬儀屋の前に霊柩車が三台あり、馬たちが朝一番の埋葬に備えて既につながれている。前掛けを着けた二人の男性が、白っぽい厚い木板を何枚も肩に担いで、建物の裏に続く小道を進んでいく——棺《ひつぎ》をもっと作るんだ。

辺りがうっすらと明るくなり、街灯が消えかけている。乗員で溢れかえっている発動機艇《てい》の側を、トラムがガタガタと通り過ぎる。船は傾いているように見える。斜めだ。後輪軸を二人の男が蹴っている。喪服に身を包んだ十人ほどの乗客たちは、身を寄せ合ってベンチにじっと座り、まるで強く信じてさえいれば葬式に時間通り到着できるとでも言わんばかりだ。しかし一方で、運転士は、あきらめたように、彼女の頭をハンドルに伏せている。

私の右肘にもたれかかるように座っている男性が、小さな懐中電灯で手元の新聞を照らした。ティムの気分を害すのが怖くて、我が家ではもう新聞を取っていない。本を持って乗る朝もあるけれど、先週図書館が全ての本の返却を求めた。検疫のために。

新聞上端の日付で、今日はハロウィンだと思い出す。一面にはホットレモネード。それから、生命保険、〈シナモン・ミント〉、〈殺菌トローチ〉。小さな広告の合間に教会への寄付を募る文言がちりばめられている。〈聖心教会と聖人教会に家族の命を救っていただき感謝いたします〉。男が新聞を開くと、中は空白で、ただの薄汚い白色の四角。彼は苛《いら》立《だ》ちに声をあげる。

男性の向こう側から、男の声がした。電力不足さ――印刷途中で止めなきゃいけなくなったんだろう。

私たちの背面に座る女性が言う。ガス会社の人たちはよくやってるでしょ、いつもの半分しか人がいないんだよ?

隣の男性は新聞をひっくり返し最終面に目を落とした。震える光に映し出される見出しを、極力読まないよう私は努める。〈ドイツ皇帝に反旗翻す海軍。最高レベルでの外交交渉〉。連合国に対して中央同盟国が長くは持ちこたえられるはずがないと、みんなが思っている。でも、そう言い続けてもう、数年が経った。

ニュースの半分はでっちあげ、と自分に言い聞かせる。もしくは士気を上げるために脚色されているか、これ以上下げないように検閲されているか。例えば、新聞各社は名誉戦死者名簿の掲載をやめた――様々な戦場で命を落とした兵士の名簿だ。アイルランドの男たちは様々な理由で志願した。王様と帝国のため、小さな国々を守るため、仕事を得るため、冒険のため、もしくは――私の弟のように――志願を決めた親友のため。ティムが戦地に送られていたおよそ三年間、私は毎日、名簿をつぶさにチェックした。（ガリポリ、テッサロニキ、パレスチナ――場所の名前を思い出すだけでも身震いしてしまう。）毎週、名簿は長くなり、気味悪い室内ゲームの円形に並べられたカテゴリーの見出しの下に、数センチずつ這《は》い出していた。〈行方不明〉、〈捕虜〉、〈負傷〉、〈負傷――戦争神経症〉、〈負傷死〉、そして〈作戦中の死亡〉。ときどき、写真。身元確認情報。情報求む。けれど昨年、戦死者があまりにも多くなり、紙が少なくなると仕組みが変わり、それ以降は、週三ペニー支払っている購読者にしか名簿は公開されなくなった。

今日の紙面でインフルエンザに関する見出しは一つだけ。下方右側にこうある。〈インフルエンザの報告数増加〉。見事な過小評価。まるで報告だけが増えているみたい。もしくは、パンデミックが大衆の想像の産物であるかのような書き方。危険を伝えようとしないのは、新聞社の方針だろうか、それとも、もっと上の誰かから指示があったのだろうか。

青白い空を背に、病院の古めかしく厳つい影が伸びる。胃がぐるぐるしてきた。興奮しているのか緊張しているのか、近頃この二つの境目がはっきりしない。やっとの思いで昇降ステップまでたどり着くと、重力に身を任せた。

下の階で、男が咳払いし床に痰《たん》を吐いた。そこにいた人たちは皆、びくっと体を揺らし手足を引っ込める。

女の泣きわめく声。あんた、鉄砲ぶっ放してんのと変わんないよ！

トラムを降りると、政府からの新しい告示が目に入った。大きな文字で書かれ、数メートル間隔で貼られている。

新しい敵は私たちの中にいる。

それはパニックだ。
戦争疲れという名の神経衰弱が
伝染病への扉を開けたのだ。
敗北主義者は病気の同盟国。

権力者たちだって、彼らなりの辛辣なやり方で元気づけようとしているのかもしれない。だけど、病人を敗北主義者扱いするなんてあんまりだ。

病院の門の上にある金の施された錬鉄が、今にも消え入りそうな街灯の光で輝き、そこにこう刻まれている。〈Vita gloriosa vita〉。命《ヴィタ》、栄誉ある命《グローリオサ・ヴィタ》。

初めてここに来た日、私はまだ二十一歳で、このモットーに頭のてっぺんから足のつまさきまでしびれた。看護専門学校三年間の授業料は父が渋りながらも出してくれ、週三日午後に、病棟業務に従事した。そびえ立つ五階建ての病院――寒々としていてビクトリア朝風の美しさがある――ここで私は、大切なことを全て学んだ。

〈Vita gloriosa vita〉。文字盤の尖《とが》った部分が煤けている。初めて気がついた。

白いウィンプルの修道女二人組の後ろを歩いて中庭を横切り、彼女たちについて病院に入った。信心《しんじん》深い修道女は献身的で、自らを顧みない看護婦になるのにふさわしいと言われる。その真偽は定かではないけれど、ここ数年、私を謙虚な気持ちにさせてくれる修道女たちとの出会いがあった。アイルランドの病院、学校、孤児院のほとんどがそうであるように、この場所も様々な修道会の修道女が持つ専門知識と労働力なしには成り立たない。スタッフの大多数がカトリック教徒だけど、病院自体は治療を必要としている全てのダブリン在住者に開かれている。(でも実際、プロテスタントたちはプロテスタントの病院で治療を受けるか、看護婦を家で雇ったりする場合が多い。）

地元に帰るはずだった。三連休が取れる予定で、父さんの牧場で少し骨休めして、新鮮な空気を吸おうと思っていたのに、出発直前になって休暇が取りやめになったと電報を打たなければならなかった。私が今、抜けるわけにはいかない。だって、本当に多くの看護婦――あの看護婦長まで――グリッペに倒れてしまったのだから。

父さんと、正確に言えばその妻の牧場。ティムと私は継母《ままはは》に対しては感じよく接したし、彼女もそうだった。彼女自身の子どもがいたわけではないのに、私たちとは一定の距離を取って接する人で、私たちも多分同じだったように思う。少なくとも今は、大人になってダブリンで自立して暮らす私たちを、彼女が嫌う理由はない。看護婦は薄給なことで有名だけど、二人で小さな家を借りて暮らしている。

緊張感に包まれる。ティムの軍人恩給に負うところが大きい。アイリーン・ディヴァイン、イタ・ヌーナン、デリア・ギャレット、私なしでどうしているだろう？

最近、病院の外よりも中のほうが寒く感じる。ランプの灯りは最小限に抑えられ、石炭は少ししか火にくべられない。毎週、グリッペの患者は増え続け、ベッドが病室に溢れている。病院の厳正で統制された空気は――四年間の戦争による備品不足と混乱に耐え、六日間蜂起の銃撃戦と混沌にも持ちこたえたけれど――ついに今回の重みに押しつぶされてしまった。チェス盤上のポーン駒のように、インフルエンザにかかったスタッフたちは消え、残った私たちはどうにか回そうと、もっと働き、より速く動き、自分の力量以上のことをこなした――それでも、足りなかった。このインフルエンザは病院の全ての機能に重くのしかかっている。

病院だけじゃない、そう思いなおす――ダブリン全体がそうだ。この国全体が。私が知る限りでは、世界全体が音を立てながら急停止しようとする巨大な機械。地球のあちこちで無数の言語によって、咳をする際は口を覆うようにと注意書きが作られている。ここだけが悪いわけじゃない。自己憐憫《れんびん》は、パニックと同じくらい役に立たない。

今朝は警備員の姿がない。病欠じゃないといいのだけれど。大理石の土台をフェノール液で洗う掃除婦が一人。青いローブを着たマリア像の足元にいる。

入院受付を通り過ぎ、産科／発熱病室への階段へ急いでいると、マスク越しの准看護婦の顔に見覚えがあった。胸当てから上着の裾まで真っ赤に染まっている。まるで屠畜《とちく》場から出てきたみたいだ。病院内の基準がどんどん下がっている。

カヴァナー看護婦、手術だったのですか？

彼女は首を横に振り、かすれた声で答える。たった今、ここに来る途中、ああ、パワー看護婦――誰か倒れているから見に来てくれって女の人に頼まれたんです。顔がもう真っ黒で、その人、喉元を掻《か》きむしっていました。

准看護婦の手首に触れ、気持ちを落ち着かせようとする。

彼女は声を出すのもやっとの様子で続ける。玉石の上に座らせて、息ができるように喉元を開けてあげたんです――

よくやりましたね。

――でもその男性、すごく大きな咳を一回して……カヴァナー准看護婦は血でべっとりとした手を大きく開き、衣服についた血を指した。

血の匂い、つんとして金属のような。それは大変でしたね。トリアージは済んだのですか？

けれど、彼女の視線をたどり、彼女の背後に安置されたシーツのかけられた担架を見て、彼はその時点をもう超えてしまったのだと分かった。私たちの届かないところへ行ってしまったのだ。担架を持ち出し、カヴァナー看護婦と一緒にこの男を病院へ運び込んだのが誰か分からないが、それが誰であれ、二人をここに置き去りにしたのだろう。

私はしゃがんで、シーツの下に横たわる男性の首に触れ脈を確認する。なし。

奇怪な病気だ。何か月も患者を苦しめ、打ち負かす。肺炎の合併症という姿でじわじわと、体の隅々まで征服していく。そうかと思えば、ほんの数時間で勝負が決まる場合もある。この憐《あわ》れな男性は耐え忍ぶ人だったのだろうか。痛みも、熱も、咳も気のせいだと取り合わず、全てがひどくなってしまってから道端で受け止めなければならなかったほどに。歩けず、話すこともできず、ただカヴァナー看護婦の胸元に血を吐くことしかできなくなるまで我慢したのだろうか？　それとも、目覚めた時はいたって普通で、気づかないうちに、体の中ではどんどん暗雲が立ち込めていたのだろうか？

そういえば、救急車の運転士がこんな悲惨な話をしていた。彼と救命チームが電話通報を受けて出動した。通報は若い女性からで（私はいたって健康、と彼女は言った。だけど同居人の一人がとても辛《つら》そうで、他二人も体調が悪いと）、救急車が到着すると、そこには四つの死体があった。

カヴァナー看護婦が、入院受付前の廊下から動けずにいるのだと私は気づく。助けを呼びにこの場を離れている間に、死体につまずいて転ぶ人がいるといけないから。准看護婦の時は私もそうだった。規則を守ることで、別の規則違反をしてしまうかもしれないという恐れに足のすくむ感覚。

遺体安置所に彼女を運ぶように誰か探すから、と私は彼女に約束した。だから、温かいお茶でも飲んできなさい。

カヴァナー看護婦はかすかに頷く。そして尋ねる。マスクはされないのですか？

私は先月かかったから。

私もそうですけど……

では、お分かりですよね。（苛立っていると思われないよう、優しく聞こえるように努めた。）同じ人が二度、かかることはないのですよ。

カヴァナー看護婦は、不安げに瞬きをした。線路の上で凍りつくウサギ。

私は廊下を進み、雑役夫室をのぞく。

煙草《たばこ》をふかす男たち。しわくちゃの丸帽子に、膝丈までの白衣を着ている。まるで肉屋のようだ。漂う煙に、英国製煙草《ウッドバイン》が恋しくなる。（看護婦長は彼女付きの看護婦全員の悪習をやめさせたけれど、私は今でも時々、手を出してしまう。）

すみません、入院受付にご遺体があります。

顔面半分が金属の男が大げさに鼻で笑う。そいつぁ、来る場所間違えちゃったんだ、なあ？

ニコールズ。それがこの雑役夫の名前だ——鼻なし《ノーズレス》のニコールズ。（おぞましいニックネームだけど、人の名前を覚えるちょっとした工夫。）かつて彼の鼻と左頰だったところを覆う赤銅のマスクは、薄く、エナメル加工がされていて、気持ち悪いくらい本物のよう。顎ひげを剃《そ》ったかのような青みがかった部分があり、本物の口ひげが溶接でくっつけられたように飛び出している。

彼の隣にいるのは、手の震えが止まらないオーシェイ——ぶるぶる《シェイキー》オーシェイ。

三人目の男、グロインがため息をつく。もうお役目を果たしちまったってわけですね！

この三人は担架兵だった。全員一緒に志願し、噂ではオーシェイとニコールズは戦線に送られ、備品不足が深刻で担架が底を突くと、負傷者たちをコートの上や、針金を編み合わせたものの上にのせて引きずらなければならなかったらしい。グロインはというと、軍病院に派遣され大砲の音が聞こえる場所に送られることはなかった。傷一つなくぴんぴんして戻ってきた。差し戻された手紙みたいに。彼らは互いに今でも友人同士のようだったけれど、私はこの三人組でグロインだけはどうしても好きになれない。

入院受付の身元不明者さん、ちょっくらお連れしましょうかね。そうグロインが歌うように言う。ベールの向こう側に逝っちまったんだなあ。まあ、あっちでうようよしてる奴らと達者でやることですな。

この雑役夫は死を表す気の利いた表現を無限に思いつく。彼女の親指が上向いた、患者が亡くなってそう言う場合もあれば、木の枝を飛び越えたとか、うじ虫を数えてるとか言う場合もある。しかも厄介なことにこの男、自分の歌声にも自信があるらしい。〝さよならああ〟低い声で哀愁たっぷりに歌い始める。〝さようならあああ……〟

ニコールズの鼻にかかった声が、次のメロディを歌う。〝涙を拭いて、かわい子ちゃん、その瞳からあああ〟

私は奥歯をかみしめた。何年訓練を受けても――専門学校の学科修了証、病院からの実務訓練修了証、そして特科訓練修了証――この男たちは私たちを見下すんだ。まるで女性特有の弱さのせいで、私たちには助けが必要だと言わんばかりに。だけど、礼節を重んじて損はない。だから、私はお願いする。お時間のある時に、身元不明のご遺体を下階へ運んでいただけないでしょうか？

貴女《あなた》のためなら何でもいたしましょう、パワー看護婦、とオーシェイが請け合う。

吸い殻がこんもりとしている真鍮《しんちゅう》の灰皿にグロインは手を伸ばし、煙草の火を消すと、また後で吸えるように胸ポケットに入れた。歌いながら。

〝泣かないでええ。ため息なんてやめてええ。

一縷《いちる》の希望を探してええ。
ボンソワール、ご苦労さん、あばよ、あっぱれ、
おだぶつ、じゃあねい、さようならああ……〟

私は言う。本当に感謝しています、みなさん。

階段に向かって歩いていると、少しくらくらした。起きてからまだ、何も食べていない。

地下に降り、それから、遺体安置所のある右ではなく、左手に曲がり臨時食堂へ向かった。調理場だったところに据え付けてある。一階にあった食堂はインフルエンザ病棟へと接収されたので、今では職員たちの食事は、窓なしの四角い空間でよそわれる。家具磨きと、お粥《かゆ》と、不安の匂い。医師も看護婦もごちゃまぜでこの臨時食堂を利用しているのに、まだ体が動いて勤務できる人員が少なすぎて、朝食の列はあまり長くない。壁にもたれかかって、卵の色をしたものと、材料が何なのかよく分からないソーセージを口に押し込んでいる人たちがいる。ざっと見て半分くらいがマスクをしている。まだグリッペにかかっていないんだ。それか（カヴァナー准看護婦みたいに、きっと）外せずにいる。薄っぺらのガーゼの層に守られている感覚を手放すのが怖くて。

二十時間労働、四時間睡眠だなんて！

少女のような声が私の後ろから聞こえた。彼女は今年入ってきた見習いの一人だと思う。病棟でのフルタイム勤務が始まったばかりなのだろう。見習いにはまだスタミナがない。

床にまで患者を寝かせるようになったんだよ、と医師が忌々《いまいま》しそうに吐き捨てる。僕に言わせれば、こんなに不衛生なことはないよ。

彼の友人が答える。受け入れないよりマシなんじゃないかな、きっと。

ぐるっと見渡すと、私たちも継《つ》ぎ接《は》ぎだらけなことに衝撃を受ける。かなり高齢の医師が数名。病院としては終戦まで働いてもらう必要のある人たち。戦場に送られた若い医師たちの代わりだ。前線から医師や看護婦が負傷して帰ってきても、怪我の程度によって恩給年金が全額支給されずに、結局出勤せざるを得ない姿を見てきた。自由にならない手足、傷、喘息《ぜんそく》、偏頭痛、大腸炎、マラリアの発作、結核。小児科外科で働く看護婦は、体中を昆虫が這いまわる感覚にいつも苛《さいな》まれている。

あと二人で列の先頭だ。お腹が鳴る。

ジュリア！

私はグラディス・ホーガンの姿に微笑む。食べ物がのったテーブルの周りの人たちを押しのけて、彼女がやってくる。訓練時代からの仲良し。もうすぐ出会って十年になる。私が助産科に進み、彼女が眼科耳鼻科に進んでから一緒に過ごす時間は少なくなったけれど。同期の中には、私立病院や老人ホームで働いたり、その間に結婚したり、足の痛みや神経のしびれを訴えて辞めた人もいて、残っている私たちの方が珍しかった。グラディスは病院に、ほかの看護婦たちと一緒に住み、私はティムと暮らした。それも私たちが疎遠になった理由の一つかもしれない。シフトが終わって、最初に考えるのはいつも弟のことだったから。

グラディスは叱《しか》るような口調だ。なんで休暇取ってないの？

行く寸前で、ダメになっちゃった。

はー、そんなもんだよね。まあ、頑張りたまえ。

グラディスもね。

急がなきゃ、と彼女が言う。ねえ、インスタントコーヒーあるじゃん。

私は顔をしかめる。

もう飲んだの？

一回だけ。試しにね。けど、すごくまずかったよ。

しゃきっとできれば、何でもいいや……グラディスは一気に飲み干すと、舌なめずりをして、汚れた皿用のテーブルにマグカップを置いていった。

話し相手がいないのに長居はしたくなかったので、水っぽいココアと戦時パンを手に取った。戦時パンは黒色で、混ぜ合わせてあるものはその時々で異なる。大麦、オーツ、ライが入っているのは確かだけど、大豆も入っていることがあって、豆やサゴ、変な木の欠片《かけら》が入っていることもあった。

雑役夫室で身元不明者を遺体安置所へ運ぶ手配で失った時間の埋め合わせに、階段をのぼりながらの食事。看護婦長（上階の女性発熱病室にいる）が見たら、あまりの体《てい》たらくに泡を食うだろう。ティムだったらきっとこう言う——もし、彼が声を発することができたならの話だけど——もうなんでもかんでも、くそみそな世界だって。

気づかないうちに日が昇っていた。十月の終わりを告げる眩《まぶ》しい光が、東向きの窓に差し込んでいる。

最後のパンひとかけを口に放り、ドアを押し開け入る。手書きの表札には、〈産科／発熱〉。十分な病室とは言えない。先月、その場しのぎで病室に作り替えられた備品室。病院の上層部も、やっと気づいたのだ。グリッペにかかる妊婦の数が目を見張るほど多く、しかもそれが母体と胎児に深刻な影響を及ぼすことに。

この病室担当のシスター・フィニガンは、私と同じ職業看護婦だ。彼女は私の産科訓練の指導係でもあった。先週、この小さな病室で一緒に働くスタッフとして彼女に選んでもらった時は、とても嬉しかった。インフルエンザにかかった出産を間近に控えた妊婦がこの病室に運ばれる。それから三階の産科も、妊婦が熱や体の痛み、咳を訴えた場合は、その患者をこちらに回すようになっている。

実際の分娩はまだない。シスター・フィニガンはそれを、神聖なご慈悲の証《しるし》と言う。私たちの病室のみすぼらしい状況を考えれば。訓練で読んだ教科書にずっと頭から離れない一文がある。子どものいる女性たちが安らかな気持ちで過ごすことができるように、環境は整えられねばならない。やれやれ、その場しのぎのこの病室は、イライラさせるのが関の山。手狭《てぜま》だし、蓄電池式ランプがベッド横の据え付け棚にあるだけで、コンセント式の夜用手元灯はないし。シンクと、空気入れ換えのための窓はあるからまだマシだけど、暖炉はないから、患者が寒くないようにするには、彼女たちを毛布でぐるぐる巻きにするしか方法がない。

最初は金属ベッドが二つだけだったけれど、先週になってその間に三番目のベッドが押し込まれた。アイリーン・ディヴァインを追い返さなくていいように。彼女のベッドに私は目をやる。真ん中のベッド。いびきをかいているイタ・ヌーナンと、（飾りのついた正装の上着とラップドレス、スカーフを巻いて）読書しているデリア・ギャレット。けれど真ん中のベッドは空だ。清潔なシーツがピンとしている。

喉の奥でパンの欠片が、小石のように固まる。荷車押しの販婦。退院できるほど彼女の状態はよくなかったはず、違った？

雑誌の向こうから、デリア・ギャレットがこちらを睨《にら》みつける。

夜勤看護婦がゆっくりと椅子から立ち上がる。パワー看護婦、と彼女が言う。

シスター・ルーク。

産科病室で修道女が奉仕することを、カトリック教会はふさわしくないと思っている。けれど、助産婦があまりに不足しているため、看護婦長が――シスター・ルークと同じ修道会出身の――上に掛け合って、経験豊富な一般看護婦のシスター・ルークが産科／発熱病室の加勢に来られるようにしてくれたのだ。当面の間は、と誰もが口を揃《そろ》えた。

声が震えて、アイリーン・ディヴァインの名前を口にできそうになかった。ココアを飲み干すと、胆汁のような味。シンクでカップをすすぐ。シスター・フィニガンはまだですか？

シスター・ルークは天井を指さす。産科に呼ばれて行きました。

なんだか、グロインお得意の死の同義語コレクションと同じ響き。

彼女は眼帯のゴムバンドをなおす。操り人形が自分の糸を手繰るみたいに。多くの修道女と同じように、彼女も前線へ志願し、榴散弾《りゅうさん》に片目を奪われて帰還した。ベールと白いマスクの間から見える彼女の肌は、もう片方の目を取り囲む内陸地域《ヒンターランド》だけだ。

シスター・ルークは私の方に歩み寄り、がらんとしたベッドを見て頷いた。憐れなディヴァイン夫人は午前二時頃昏睡状態になり、五時半過ぎに天に召されました。安らかでありますように《レクイエスカット・イン・パーチェ》。

彼女は十字を描いた。広い胸元を覆う、硬く、雪のように白いギンプの上に。

アイリーン・ディヴァインを思うと胸が締め付けられる。骨男《ボーン・マン》が私たちを嘲《あざけ》っているんだ。私の地元では、子どもたちが死のことをそう呼んだ――骨男。骸骨《がいこつ》が馬に乗り、歯を剝《む》いて笑う彼のしゃれこうべを片腕に抱え、犠牲者の家から家へ訪ね回る。

何も言わずに私はケープとコートを壁にかけ、雨でじっとりとした麦わら帽子を外し、白いキャップをかぶる。カバンから前掛けを取りだし広げ、緑の制服の上に着ける。

急にデリア・ギャレットがまくし立てた。目が覚めたら、男たちが彼女を運び出してるところだったんです。シーツが頭まですっぽり！

私は彼女に歩み寄る。怖がらせてしまってごめんなさい、ギャレット夫人。これだけは確かです。ディヴァイン夫人のために、私たちはできるだけのことをしました。けれど、グリッペは彼女の肺で長いこと彼女を苦しめた挙句、命を奪ってしまったんです。

震えながらデリア・ギャレットは洟《はな》をすすり、つややかな巻き髪を後ろに押しやった。もとはといえば、わたくしは入院なんかしなくて良かったのに――わたくしのお医者様は軽症だっておっしゃいました。

昨日到着してから、彼女はそればかり言っていた。わたくしはとても手厚い看病をしてくれるプロテスタントの私立病院に入院していたのに、そこの二人の助産看護婦がインフルエンザに倒れてしまったんです、と。デリア・ギャレットは到着した時、リボン付きの帽子をかぶり手袋をつけていて、ここに入院する患者のみすぼらしいショールとは違ういで立ちだった。二十歳《はたち》で上品な南ダブリン訛《なま》りがあり、裕福さがにじみ出ていた。

シスター・ルークは腕当てを外すと、大きな黒いケープを壁掛けから取った。ギャレット夫人は安らかな夜を過ごされていましたよ、と彼女は言った。

安らかですって！　そう言うとデリア・ギャレットは咳《せ》き込み、手の甲で口を覆う。こんなぎゅうぎゅう詰めの小部屋で、背骨が折れそうなベッドに寝かされて、挙句にどちらを向いても、人が死んでいるっていうのに？

シスターはインフルエンザの症状が悪くなっていないとおっしゃっただけですよ。

私は前掛けのポケットに体温計、それから銀時計も入れた。鎖ひもがついている銀時計。ベルト、ボタン、よし。全部、体側で留めてある。患者にケガをさせないためだ。

デリア・ギャレットが念を押す。今日退院できるのでしょう、必ず？

脈が——血圧の指標だ——まだ激しいです、とシスターが警告する。

シスター・フィニガンと私は、デリア・ギャレットの高い血圧がインフルエンザによるものなのか判断しかねていた——高血圧は妊娠五か月をすぎた妊婦には珍しい症状ではない。何が原因にせよ、できることは安静に過ごすことしかない。

私は答える。お気持ちは分かります、ギャレット夫人。だけど、すっかり良くなるまで私たちの目の届くところにいていただくのが最善です。

シンクで手をこすってよく洗う。フェノール石鹸《せっけん》が沁《し》みるのがなんだか頼もしい。少しくらい痛くなきゃ、効果がないような気がする。

左側のベッドで休んでいる患者に目をやる。ヌーナン夫人はどうでしたか、シスター？

さして変わりありません。

つまり、まだ妖精たちとどこかに遠出しているということ。昨日からイタ・ヌーナンはずっとぼうっとしていて、仮にローマ教皇が病室に彼女を見舞ったとしても気づかなかったと思う。唯一の救いは、彼女のせん妄が穏やかな類だったこと。程度のひどい患者の中には、私たちを追いかけたり、叩いたり、唾《つば》を吐いたりする人もいる。

シスターが付け加える。彼女が眠る前に湿布を換えたので、十一時までに付け換えをお願いします。

重い心で頷く。アマニ湿布はすごく手間がかかる。熱くべとべとしたアマニ湿布を用意して、痰の詰まった患者の胸に貼り付けるのは、私が世界で一番嫌いな仕事。ベテランの看護婦たちは湿布の効き目は絶大だって言うけど、湯たんぽとどう違うのか私には分からない。

シスター・フィニガンはいつ到着されるのですか？

ああ、今日はあなた一人でここを取り仕切ってもらわなくてはなりません、パワー看護婦。彼女は天井を指さす。シスター・フィニガンは産科にいらっしゃって――四人のお産が同時進行中なんだそうです。それから、医師で残っていらっしゃるのも、プレンダーガスト先生だけです。

最近では、外科医は四葉のクローバーくらい滅多にお目にかかれない。この病院の外科医中、五人は志願して今もベルギーかフランスにいる。もう一人は（反乱信条にそそのかされて）ベルファストの刑務所にいて、病欠が六人。

口が渇く。では、私がこの病室シスター代理なのですか？

シスター・ルークはひょいと肩をすくめる。こんな時は、問答無用なのです。

上の人たちが賢明でない選択をしていると、シスターは暗に言っているのだろうか？　それともただ単に、新しく背負わされた重荷に文句を言うべきではないという意味？

それから、ゲイガン看護婦も戦線離脱です、とシスターが続ける。

ため息をつく。マリー・ルイーズ・ゲイガンがいてくれたら、どんなに助かっただろう。彼女は患者の世話がとても上手だ。まだ、助産の知識はほとんどないけれど、この危機的状況に対応するため、看護婦資格を早めに取ることができたのだ。私は尋ねる。准看護婦か、見習いを雑用によこしてもらえるのですよね？

私だったら余計な推察はしませんね、パワー看護婦。

シスターはウィンプルをまっすぐに整えると、ケープの留め具を首元で詰め、退室準備が完了した。

せめて、ボランティアは？　人手がどうしても必要です。

病院を出る際に人事課で話をしてみましょう。何かできるかもしれません。

私は渋々《しぶしぶ》、シスター・ルークにお礼を言った。

彼女の後ろで扉が閉まるころには、私は肘上まで腕まくりをしていた。寒さをものともせず。糊《のり》でぱりっとした長い袖口のボタンをとめる。私しかいない。自分に言い聞かせる。やらねばならぬ。ぐだぐだ言ってる暇なんてない。

光だ、まずはもっと光が必要。高い小窓まで行き、緑の日よけ板を私に向けて斜めに開けた。飛行船がダブリン港上空を高く飛んでいる。ドイツ潜水艦に対する見張りだ。

患者一人につき、およそ三十立方メートルは必要だと教えられてきた。つまり、一つのベッドにつき、長さと幅ともにおよそ三メートルが必要。この仮設病室ではせいぜい長さ三メートル、幅一メートルくらいだろう。ハンドルを回して、窓の上方半分を開け、新鮮な空気を入れる。

デリア・ギャレットが文句を言う。もう十分に隙間風は吹いていますけれど。

換気した方が、早く良くなりますよ、ギャレット夫人。毛布をもう一枚持ってきましょうか?

いいえ、結構です。

彼女は雑誌に目を落とした。

彼女とイタ・ヌーナンの間の、シーツが整えられたベッドを見るのが辛い。道をふさぐ墓石。アイリーン・ディヴァインの落ち窪《くぼ》んだ顔。ガラス容器にいれた入れ歯がベッド脇に置かれていた。(都会に住む女性たちは出産の度に歯を何本も失うようだった。)二日前熱いお風呂を用意したら、彼女はすごく喜んでくれた——こんなの生まれて初めてだと、私にささやいた。なんて贅沢!

この空っぽのベッドを廊下に運び出せたら、もっと広くなるのに。だけど、通行人の邪魔になってしまう。それに、グリッペにかかっている妊婦が運ばれてきて、このベッドがまた必要になるのも時間の問題だ。

ベッドの後ろの壁に掛けてあったアイリーン・ディヴァインのカルテは、もう取り外されていた。おそらく部屋の隅にある棚の〈十月三十一日〉の日付の下にしまわれたのだろう。（退院の日付でファイルは整理されているが、それが死亡日付になる場合もある。）規定の小さな文字で両側びっしり埋められている彼女の記録の終わりを、もしも私が書くことができたなら、骨の髄まで疲労、と書いただろう。二十四歳にして五児の母親。何世代にも渡り飢餓に苦しんだ先祖を持つ痩せっぽちの娘。紙のように白い肌、充血した赤い瞳、ぺったんこの胸、ずきずきする古傷、小枝みたいな手足に、蔓《つる》のように絡みつく青い血管。アイリーン・ディヴァインは物心ついた時からずっと崖っぷちを歩いてきた。インフルエンザは彼女をちょいと指先で押しただけ。

いつだって休むことなく、なんとか切り詰めてダブリンの母親たちは旦那や子どものために食べ物を用意し、自分たちは食べ残しをかき集め、大量の水で薄めた紅茶をがぶ飲みして生き延びている。彼女たちがどうにか暮らすスラムは、私から見たら脈拍や呼吸数と同じくらいカルテに記入するべきものなのに、書いていいのは医学的観察の記録だけ。だから〈貧困〉と書く代わりに、〈栄養失調〉と〈衰弱〉と記す。〈妊娠回数過多〉を示すための暗号は次の通り。〈鉄分不足〉、〈動悸《どうき》〉、〈背中の痛み〉、〈骨粗しょう症〉、〈失禁〉、〈静脈瘤《りゅう》〉、〈うつ〉、〈瘻孔《ろうこう》〉、〈子宮頸管《けいかん》裂傷〉、〈子宮脱〉。

これまで何人かの患者から聞いたことがあって、耳にするたび骨の髄まで凍る思いのする言い回しがある。十二くれなきゃあの娘は本当に愛しちゃいない。他の国では、見つからずにそれを回避する方法があるらしいけれど、アイルランドではそんなこと、違法はおろか、口にすることすら許されない。

集中して、ジュリア。頭の中で自分を戒める。病室シスター代理なんだから。

アイリーン・ディヴァインを手放して。生きている人たちに全ての力を注ぐんだ。

最も状態の悪い患者から、様子を確認するのが決まりだ。アイリーン・ディヴァインが寝ていた、今は空のベッドの骸骨のようなフレームに沿って回り込み、左手に掛けられたカルテを手に取る。

おはようございます、ヌーナン夫人。

七人の子どもの母親はぴくりともしない。イタ・ヌーナンは六日前に運ばれてきた。その時はグリッペ特有の咳症状はなく、熱があった。頭も背中も関節もすげえ痛い。バスの下敷きになっちまったみたいだよ、と彼女は訴えた。その時はまだきちんと話ができていた。

爆弾工場での仕事の話を私たちに聞かせてくれた。彼女の指が黄色なのはそこで扱うTNT火薬のせいだった。インフルエンザが良くなったらすぐに仕事に戻る予定だという。ポ﹅ン﹅コ﹅ツ﹅と彼女が冗談っぽく呼んでいた片足を引きずってでも。(右足は左足の倍くらいの大きさに膨れていて、最後のお産の時からずっとそうだったらしい。硬くて冷たかった。皮膚は青白く、指で押しても跡が残らない。イタ・ヌーナンは本来、その足を使うべきじゃない――患部を上にしなければならない――でも仕事があるのに、どうしろというんだろう?)一月に赤んぼ産んだら、爆弾工場に戻ってそれなりの給料もらって、まかないも出るんだよ。ちゃんとおっぱいの時間には、上の子に赤んぼ連れてこさせるさ、と私たちを安心させようと言っていた。彼女の夫はロックアウト以来、無職だ。会社の上役たちが労働組合を解体したのだった。それで英国軍に入隊しようとしたけれど、ヘルニアを理由に断られたので(もっとも、彼の友人は不自由な片腕を上着で隠して入隊を許可されたのだが)、今は手回しのオルガンを鳴らしながら歩き回っている。イタ・ヌーナンは、子どもたちがどうしているか気になって仕方がない様子で苛立っていた。インフルエンザのせいで面会は許されなかったし、彼女の夫は手紙を書くような人ではなかった。ああ、あんなにおしゃべりで、冗談好きで、はっきりと物を言う人だったのに。一九一六年の武装蜂起のこともぶつぶつ言っていた。あたいたち、カナリア嬢は――王様への忠誠心があるからね――その週は一日だって休まずに、八百もの爆弾に火薬を詰めこんだんだよって。

だけど昨日、彼女の呼吸の雑音がひどくなり、体温が急上昇して意識がもうろうとし始めた。シスター・ルークがアスピリンを多めに与えたけれど、昨夜二回、体温が急激に高くなっている。記録によると、最初が三十九・八度、そして二回目が四十・五度。

イタ・ヌーナンの舌下にそっと体温計を差し込もうとした。起こさないように。けれど、彼女が目を開けたので、すぐに体温計を口から引き抜いた。残った数少ない歯で嚙《か》み砕かれないように。看護婦なら一度は経験する失敗。患者にガラスの破片と水銀を吐き出してもらわないといけない。

彼女は薄い青色の目をぱちくりさせて、まるで初めてこの部屋を見たような顔をした。それから、熱いアマニ湿布を巻き付けている胸元の紐に目を落として、顔をしかめた。ショールが頭から滑り落ち、頭皮から数センチの長さで切り揃えられてピンと立った髪が露《あら》わになる。ハリネズミの針みたいだ。

看護婦のパワーですよ、ヌーナン夫人。散髪したんですね。

デリア・ギャレットが言う。シスター・ルークったら、紙袋に入れてしまったのよ。

古株の看護婦たちの中には、冷やす効果があると、熱のある患者の髪の毛を短くしてしまう人たちも未だにいる。あとでまた生えてくると言いながら。でも、まるで自然に抜け落ちてしまったみたいに、もう元のように髪が生え戻ることはほとんどない。このインフルエンザの場合はとりわけ。民間療法。だけど、シスターと言い争っても時間の無駄だ。

デリア・ギャレットは、彼女のたおやかな髪に指先で触れた。もし髪の毛が生えてこなくて、このかわいそうな人の頭が、卵みたいにつるつるのままだったとしても、カツラをつくってもらえばいいのよ。

体温を測らせてください、ヌーナン夫人。

ナイトドレスの襟元《えりもと》をゆるめる。脇下で体温を測ると一分間ではなく二分間かかるし、実際より一度低い数字になるけれど、患者がガラスを噛み砕く心配はない。イタ・ヌーナンが、鎖ひもにスズの十字架を下げている――私の指の第一関節と同じくらいの大きさ。みんな、聖なるものに目がない、最近は特に――恐怖に対抗するためのお守り。彼女の汗ばんだ脇に体温計を挟む。これでいいですよ。

少し息切れをしながら、イタ・ヌーナンが脈絡もなく言う。ベーコン！

そうですね。

せん妄状態の患者と真剣に議論したりしない。

朝食が欲しいのだろうか？　それはないはず、こんな状態では。インフルエンザ重症者はきまって食欲がない。三十三歳にしてやつれ切っている。燃えるように赤い頬以外は青ざめ、お腹はまるで硬い丘だ。〈十一回の出産経験〉。イタ・ヌーナンのカルテにそう記録がある。〈七人存命〉。そして十二回目の出産は、まだ二か月半先の予定だ。（ヌーナン夫人が妊娠した時期や初胎動を感じた時期については全く分からなかったので、シスター・フィニガンは子宮の高さから、あらかたの出産日を予想するしかなかった。）

私の務めは、イタ・ヌーナンの病気を治すことではなく、この特異な大惨事を無事に切り抜けるお手伝いをすることだ。そう自分に言い聞かせる。彼女の小舟を元の流れに押し戻すんだ。私が想像するに、耐え難きを耐え続けるしかなかったであろう、彼女の人生の流れへと。

彼女の手首の親指側の肌、腱《けん》と骨の間に指二本そえる。左手で重い銀時計の円盤を引っ張り出す。十五秒で二十三拍、それに四を掛ける。〈脈拍九十二〉。正常値の上限。紙切れにさっと書き留める。（戦時中の規則、紙の節約。）脈拍のリズムは〈予想通り不規則〉、そう書いた。熱がある時は普通こうだ。〈脈の強さは正常〉。少しの恵み。

イタ・ヌーナンの脇から体温計を引き出すと、しなびた肌にガラスがくっついて離れなかった。水銀が三十八・三のところにある。口で測ったとしておよそ三十九度。そこまで高くない。でも、朝は普通一番体温が下がっている時間だから、また上がるだろう。グラフに鉛筆で印をつける。多くの病気は曝露《ばくろ》、潜伏、侵入、解熱、回復の道筋をたどる――見慣れた山形のシルエット。

イタ・ヌーナンは、しゃべりたくてたまらない顔をしている。ぜいぜいと息をしながら、都市部の強い訛りで話し始める。衣裳部屋で、枢機卿《すうききょう》様とご一緒さ！

さあ、安静にして横になっていてください。私たちがついていますから。

いい、私たち？　今日は私一人しかいないんだった。

胸が上がったり下がったりするたびに、イタ・ヌーナンは苦しそうだ。風で落とされ、枝に刺さったまま朽《く》ちていく二つのリンゴのような胸。十五秒で六呼吸。掛け算をして〈呼吸二十四〉。思ったよりも高め。〈軽度に鼻孔の広がり〉。

彼女は近くに来るようにと、そのけばけばしい色の指で合図し、私はうんと近寄った。湿布のアマニ油の匂いが嗅げるくらい。それと、別の何かの匂い……虫歯？

彼女が打ち明ける。赤んぼがいるんだよ。

一番下の子が何歳か、私は知らない。妊婦の中には、不運にも一年に二回身籠《みごも》る人もいる。赤ちゃんが家にいるんですか？

けれど彼女は下を指さす。秘密を分かち合うように。汗びっしょりのナイトドレスのふくらみには触れず、私をじっと見つめている。

そうですね、もう一人生まれるんですよね、と私は同調する。でももうしばらく待たないといけませんね。

彼女の目が窪んで見える。脱水症状？　私はやかんを抱えて運び、即席牛汁《ビーフ・ティー》をつくり始めた。窮屈なこの病室で、料理に使えるのは一組のアルコールランプだけだ。だから片方では常時やかんでお湯を沸かし、もう一方には幅広の鍋を消毒用に用意している。蒸気消毒する高圧蒸気滅菌《オートクレーブ》の代わりだ。冷たい蒸留水の入った水差しからビーフ・ティーに水を少し注ぐ。イタ・ヌーナンが火傷《やけど》しないように。蓋つきのコップを彼女の手に持たせ、混乱した頭でも、その穴からすすることを覚えているかどうか確認するために少し待った。

体温計を強く振って、ガラス球内に水銀を下げる。フェノールの入ったたらいにつけ、消毒してから前掛けのポケットに戻した。

デリア・ギャレットは雑誌をはたくと、ピカピカに手入れされた爪で口を覆いながら、抗議の咳をする。わたくし、娘たちのために早くお家に帰りたいんです。

私は彼女のふくよかな手首を持ち、脈を数えながら、小さなベッドサイドテーブル上の銀で縁取られた家族写真を見つめた。（患者の私物は引き出しの中にしまうのが原則。衛生上の理由で。だけど見て見ぬ振りをすることもある。）旦那様が仕事で出られている間は、娘さんたちのお世話は誰がなさっているのですか？

彼女は今にも泣き出しそうだ。横町《よこちょう》に住むおばあさんが。でも子どもたち、その方のこと嫌いなの。無理もありません。

脈拍は正常値。脈のリズムは少しだけ速い。体温計は必要なし。私の肌と同じ温度だったから。でも心配なのは、指に感じる脈の強さ。〈脈が強い〉。書き留めた。彼女の不安な気持ちがどれくらい影響しているのか、判断しかねる。

呼吸を確認する。

軽度で済んで本当に良かったですね、ギャレット夫人？　九月に私も同じ状況だったんですよ。

彼女の気をそらさないと。呼吸を数えていることを患者に知られてしまうと、意識してしまい、リズムが変わってしまうからだ。〈呼吸二十〉、そう書いた。

デリア・ギャレットはその美しい目を細める。あなたの名前は何——あなたの洗礼名《ファーストネーム》は何です？

個人的な情報を教えるのは規則に反する。シスター・フィニガンは威厳を保つには距離を置くのが一番だと教えてくれた。患者と親しくなれば、次第に敬意を示してくれなくなるでしょう。だけど、今は常時ではないし、ここは私の病室で、一人で取り仕切らなきゃいけない。だったら、私のやり方でやる。何かを取り仕切っているような気持ちが、実際あるわけではないけれど。ただ目の前のことをこなしていくだけ。一時間、そしてまた一時間。

気づいたらこう返していた。ジュリアっていうんですよ。

滅多に笑わないデリア・ギャレットが微笑む。いい名前ね。それで、ジュリア・パワー、あなたもちゃんと備品室に押し込まれたのでしょうね？　死にかけている女と、頭がどこかに行ってる女と一緒に？

この裕福なプロテスタントに少しずつ親しみがわく。彼女の反抗的な態度も含めて。私は首を振った。家でお世話してもらいましたよ。私の場合、弟にね。だけど妊娠してる時にこの風邪にかかると……合併症の危険性がありますから。

(怖がらせないように具体的には言わないけれど。流産、早産、死産、そして母親の死に至ることもある。)

今日頭痛はありますか?

少しズキズキします。デリア・ギャレットは不機嫌な様子で認めた。

どのあたりですか?

彼女は胸のあたりから両手を耳の高さまであげ、ハエをはらうように動かした。

見え方に問題はないですか?

デリア・ギャレットは大きく息を吐き出す。ここに何か見るものがあって?

私は雑誌を目で示しながら頷く。

落ち着いて読む気になれないの。ただ写真が好きなだけ。

彼女が急に、とても幼く聞こえる。

赤ちゃんのせいで休めなかったりしていないですか——ひどく蹴られたりとか?

彼女は首を横に振り、口を押さえ咳をする。咳と体中が痛むだけです。

旦那様から今日もお手紙が届くといいですね。

彼女の愛らしい顔が曇る。家族の面会を禁止するのは、一体どのような理由があって? 町全体がグリッペだらけだっていうのに。

私は肩をすくめる。病院の規則ですから。

(とは言ったもののおそらく、患者を隔離するよりも、なけなしのスタッフが余計な労力を使わないでいいようにするための規則だという気がする。)

でも、あなたがここのシスター代理なんだったら、咳止めの薬を出して私を退院させる力もあるんでしょう。だって赤ちゃんはクリスマスまで出て来やしないんですから！

貧しい患者たちと違って、デリア・ギャレットは出産予定日をきちんと知っていた。家庭医が、四月の時点で妊娠を確認している。

申し訳ないけれど、ギャレット夫人、退院許可を出せるのは医師だけです。

彼女は唇を片方に歪ませる。

リスクを説明した方がいいのだろうか？　安定しない血圧に悪影響なのはどっちだろう。納得できる理由もなく閉じ込められる苛立ち、それとも深刻な懸念材料があると知った時の不安？

実は、興奮してしまうとあまり良くないんです。あなたと赤ちゃんどちらにとっても。あなたの脈の強さは――

高血圧をどう説明したらいいのだろう。婦人にふさわしい教育しか受けてこなかった女性に？

――何の強さかというと、血が血管を流れる際の力のことで、それが普通よりもかなり大きいんです。

下唇を突き出して彼女が言う。でも力が強いのは良いことでしょう？

そうですね。では、蛇口をいっぱいまでひねったら、どうでしょうか？

（ギャレット家はおそらく一日中お湯を使えるはず。私の患者のほとんどは、赤ちゃんを抱えて何十段も階段を下りて、中庭のちょろちょろしか出ない水道に冷たい水を汲《く》みに行く。）

彼女が真顔になる。ああ。

だから今、早く家に帰るためにあなたにできることは、できるだけ静かにして、そして前向きな気持ちでいることです。

デリア・ギャレットは枕にぱたんと倒れ込んだ。

大丈夫ですか？

朝ごはんはいつ食べられるんです？　起きてから何時間も何も食べていません。もうふらふらです。

食欲があるのは良いことですね。キッチンも人手不足ですが、もうすぐ運んできてくれるはずです。その前に、お手洗いに行きましょうか？

彼女は首を振る。シスター・ルークに連れて行っていただきました。

お通じをカルテで確認する。まだだ。インフルエンザのせいで、その管が閉じてしまうことが多くある。ヒマシ油を戸棚から取り出し、スプーンにとった。お通じがくるように、と彼女に言った。

デリア・ギャレットはその味に顔をしかめたが、なんとか飲み込んだ。

私は、もう一つのベッドに向きなおる。ヌーナン夫人？

霧の中にいる彼女は顔を上げもしない。少しも。

おトイレは大丈夫ですか？

湿った毛布を外し、彼女をベッドから起こしても、イタ・ヌーナンは何の抗議もしなかった。私の腕にしがみ付き、廊下に続くドアまでよろめきながら進む。めまい？　どうだろう。顔色もとても赤いし、脱水症状を起こしているのかもしれない。あとで彼女がどれくらいビーフ・ティーを飲めているか、確認しなくては。

イタ・ヌーナンが一層体重をかけて寄りかかり、私の脇腹に痛みが走る。数年間看護婦として勤務して、背中を少しも痛めてないなんて言う人がいたら、その人は嘘つきだ。もっとも、そのことについて文句を言うような人は看護婦として長くは続かないのだけれど。

トイレに彼女を座らせると、私は少し離れたところで音が聞こえるのを待った。心ここにあらずでも、体はどうすればいいか覚えているはずだよね？

看護ってすごく奇妙な仕事。看護婦は患者にとっては赤の他人——必然的に——だけど、それからしばらくの間、最も親密な間柄になって、そしておそらく、もう二度と会うことはない。

新聞紙を破る音、そしてカサカサと擦《こす》れる音がする。イタ・ヌーナンが拭いている音。

トイレの中に戻る。できましたね。

私は彼女のまくれたナイトドレスの裾を下ろして、両足を隠す。ぐねぐねとした血管の走る片方の足には、ゴム製の靴下。もう一方はほっそりとして、普通の黒い靴下に収まっている。

鏡に映る彼女の瞳は、手を洗っている間も変わらず遠くを見ている。あたいがいいって言うまで近づいて、と彼女のかすれたささやき声。

ん？

バカばっかりしやがって。

誰のことを考えているんだろう。

病室に戻り、イタ・ヌーナンをベッドに寝かせ、毛布を胸元まで引っ張り上げた。肩にショールを巻いたが、すぐに彼女が取ってしまった。蓋つきのコップを、彼女の口元に持っていって飲ませた時には、まだ半分くらい中身が残っていた。もう少し頑張ってみましょうか、ヌーナン夫人。元気が出ますよ。

彼女がすする。

病室担当シスターの小さなデスクの上に、朝ごはんの二つのトレーが置いてある。端が少し机からはみでている。（今日だけは私の机。）キッチンがつけてくれたメモで確認し、デリア・ギャレットに彼女の皿を与える。

彼女はスズ製の蓋を取ると、嘆き悲しむ声をあげた。ライス・プディングと煮リンゴはもうたくさん！

キャビアだったら良かったですね？

ちょっとだけ笑ってくれた。

そしてこれがあなたのです、ヌーナン夫人……

もし何か口にさせることができたなら、少しは体力が回復するかもしれない。足をまっすぐにさせる。巨大な、膨れた足（細心の注意を払って）と普通の足。膝の上にトレーをのせる。おいしい温かいお茶にしますか？　ビーフ・ティーよりも飲みやすいかもしれませんよ。

見るからにお茶はぬるくなっていて、到底おいしくはないだろうと分かったけれど。茶葉の値段のせいで、最近厨房の人たちは皿を洗っているのかと思うくらい、透明なお湯が出るまで、茶葉を繰り返し使う。

イタ・ヌーナンは私に向かって身をかがめ、がらがら声でささやく。親方は、派手な姉ちゃんたちと出かけてったよ。

そうなんですか？

旦那さんのことを考えているのかもしれない、と思う。だけど、親方という呼び名を、病気の妻と七人の子どもを養うために、手回しオルガンを弾いて市中歩き回る人に使うのもなんだか変な気がする。せん妄にもちょっとしたおまけのようなものがあるのだろうか。頭に浮かんだことを、そのまま口に出せるという利点が？

デリア・ギャレットがベッドから身を乗り出し、イタ・ヌーナンの傾いた皿を羨《うらや》ましそうに見ている。どうしてわたくしは油で炒めたものを食べられないのですか？

脂っこいのも、塩辛いのもダメなんです。言ったでしょう、血圧のこと。

彼女はそれを聞いて鼻を鳴らした。

私はイタ・ヌーナンのベッドにちょこんと腰を掛ける——ベッドの間が狭く椅子は置けない——そしてソーセージの一本を細かく切り分けた。シスター・フィニガンは、私がベッドに座るという規則違反をしているのを見たら、なんと言うだろう？　彼女はきっと今ごろ、上の階をきびきびと歩き回り、たくさんの赤ちゃんを取り上げるのに大忙しだ。私が尋ねることすら思いつかなかった、知っておくべき幾千のことを教えに来る暇などあるわけがない。

見てください、おいしそうなスクランブルエッグ。

私はフォークで気持ちの悪い黄色の物体をさすと——絶対粉末で作ってる——イタ・ヌーナンの口まで運んだ。

彼女は受け入れた。私が彼女の手に握らせようとしているのがフォークだと気づくと、きちんと握り、自分で食べ始める。小さなぜいぜいという音。咀嚼《そしゃく》の間に息継ぎをしようと辛そうだ。

気が付いたら、真ん中にある空っぽのベッドを私はじっと見つめていた。そういえば、アイリーン・ディヴァインのカルテがかけられていた釘がぐらぐらしていたんだった。立ち上がり、壁から引き抜く。鎖ひもを引っ張って時計を取り出し、手の平にのせる。ずっしりとした温かい円盤。後ろを向き、私がしてることが二人に見えないようにして、釘の先端を光る円盤の裏側にあて、少し不格好な満月を他の印の間に刻んだ。故アイリーン・ディヴァインの印。

この習慣が始まったのは、患者を救うことができない初めての経験をしたあの日。泣きはらした目をした二十一歳の私は、そこで起きたことをひっそりと記録しておきたかった。新生児が生きるかどうかは、私たちの力ではどうしようもないところも大きいけれど、母親はなんとしても死なせないことに、私たちは誇りを持って取り組んできた。だから、丸の傷はあまり多くない。そのほとんどは、この秋に刻んだもの。

壁の釘を取り換える。さて、仕事に戻ろう。どんな病室にも忙しさが少し落ち着く時間がある。大事なのはこのチャンスに遅れを取り戻すこと。ゴム手袋と爪磨きを袋に入れ、それをソースパンに入れて煮沸《しやふつ》する。反対側の壁まで行き、病室付の薄型の棚に何が残っているかを確認する。有能なふりをするんだ。自信がないならなおさら。これまではずっと、私自身がどう思うかにかかわらず、病室担当のシスターに従うよう言われてきた。すごく不思議な感覚。今日は私に指図する人が誰もいない。胸の高鳴りと、喉が絞まるような感覚。デスクで補給品の備品注文票に記入する。戦争が始まってから、何が不足するか予測ができないので、私たちにできることはただ、丁重《ていちよう》にお願いすることだ。綿パッドと綿棒はもう書かなかった。手に入らないらしい、当面の間は。もう何週間も在庫切れで、繰り越し注文されている項目もあるようだ。シスター・フィニガンのリストで気が付いた。

記入を終えると、私ははっとした。これを持って行ってくれる使い走りがいない。しかも私はここを離れられない。不安な気持ちをぐっと飲み込み、とりあえず前掛けのポケットにしまう。

イタ・ヌーナンは部屋の隅をぼんやりと見つめている。顎に卵がついている。小さくしたソーセージもほとんど手つかずのまま。だけど、切らなかったのがまるまる一本、なくなっている。デリア・ギャレットが真ん中の空ベッドを膝立ちで移動して、お隣さんのお皿から盗んだなんてことがありえるだろうか？

私から目をそらし、その若い女は薄ら笑いを浮かべている。

まあ、ソーセージ一本だし――近頃は何のソーセージかもよく分からないけれど――死にはしないだろう。それに、イタ・ヌーナンも食べる風ではなかったし。

夢の中にいる彼女が急に体を横に曲げ、トレーが音を立てて彼女のベッドと薬棚の間に落ちる。お茶が床中にこぼれた。

ヌーナン夫人！　汚れた床をまたいで行って、彼女のてかてか光る真っ赤な頬をじっと観察する。肌がじりじりと焼けるようだ。その時点でもう手に体温計を握っている私。脇の下にこれを入れてもらえますか？

反応がなかったので、私は彼女の手首を持ち上げて、脇の下に体温計を挟んだ。

待つ間、時計を取り出しイタ・ヌーナンの雑音の混じる呼吸と脈拍を数える――変化なし。でも水銀は四十・一まで上がっている。高熱は感染を弱める力があるけれど、イタ・ヌーナンのこんな姿は見るに堪《た》えない。彼女の揃わない髪の生え際に汗が滲《にじ》んでいる。

ひっくり返った朝ごはんを避け、カウンターから氷を取ろうとしたけれど、たらいには半分融《と》けた氷がぽつんと一つ。その周りに水たまりがあるだけだ。仕方なく、深めのボウルに冷たい水を入れ、清潔な布の束と一緒に持ってくる。布を一枚一枚、ボウルの水に浸し、絞り、彼女の首の後ろと額にあてる。

イタ・ヌーナンはその冷たさにびくっとしたけれど、微笑みも浮かべている。本能的に愛想よくしているようでその微笑は私には向けられず、私を通り過ぎて漂っていく。もう少し意識がはっきりして、何をしてほしいか伝えてくれたらどんなにいいか。アスピリンを与えることができれば熱は下げられるかもしれないけれど、薬を処方できるのは医師だけ。プレンダーガスト医師が当直中の産科医のはずだけれど、今朝はいつ会えるんだろう？

考えられるだけの可能な処置をイタ・ヌーナンに施してから、身をかがめてトレーと皿を片付ける。コップの取っ手が外れ、二つに割れている。誰かが転ぶといけないので、モップで床の濡れたところを拭いた。

どなたかを呼んで、その方にさせたらよろしいのでは？　デリア・ギャレットが尋ねる。

ええ、でもみんな今すごく忙しいですから。

厳密にいえば、こぼれたものを拭くのは雑役夫の職務で、病室付きのメイドや見習い、准看護婦が不在の場合は頼むことができるけれど、とても今そんなことはできない。もしお茶をこぼしたくらいであの男たちを呼ぼうものなら、気分を害してしまって、本当に悲惨な時に呼んでも来てくれないかもしれない。

イタ・ヌーナンは枕の上で顔を炎のように真っ赤にして、何かに心を奪われてるようだ。運河でひと泳ぎするのにもってこいだね！

お風呂に入っているような感覚があるんだろうか？　掛け布団の下を確認してみる必要があるような気がして、そうしたら――

シーツがびしょびしょだ。ため息をつきたい気持ちを抑える。実際には何も出ていなかったんだ、さっきトイレに連れて行った時。ベッドを全部きれいにしなければ。二人の看護婦がいて、患者が協力してくれる場合には問題なくやれる。でも、今は私一人だけ。しかもイタ・ヌーナンは全く予測不可能だ。

あの機械、ツケ払いだったのに、と彼女が不服そうに言う。なのにバルコニーから落としやがって……

夢の中で過去、それか想像上の災難に対処しているみたい。

さあ、しっかりしましょう、ヌーナン夫人。ちょっとの間だけベッドから出てください。濡れたものを脱ぎましょう。

すんごい大事なのを、壊しちまったんだ！

わたくし、おトイレに参ります。いきなり宣言するデリア・ギャレット。

もうあと少しで終わりますから——

がまんできません。

私はシーツを引っ張って、イタ・ヌーナンのベッドマットレスから外そうとしているところだった。では、差し込み便器を使ってください。

血色《けっしょく》の悪い足をベッドから突き出し、彼女は言う。結構です。わたくし、一人で参ります。

それは許可できません。

デリア・ギャレットが大きな咳を一つする。わたくし、一人でちゃんと行き方も分かります。少し足を動かしたいなと思っていたところですし。ずっと雌ブタみたいにじっとしていましたから、もう体中がカチコチです。

一緒に行きますから、ギャレット夫人。二秒だけ待ってください。

もう、わたくし、破裂しそうなんです！

ドアの前に立ちはだかることも、廊下に追いかけることも今の状況ではできない。私は厳しい口調で言った。お願いですから、そこから動かないでください！

イタ・ヌーナンとびしょ濡れのベッドを置き去りにして、廊下に急ぎ出る。最初のドアには〈女性発熱〉と書かれている。

病室内は穏やかだ。すみません、シスター……ベネディクト？

シスター・ベンジャミンじゃなかったよね？　机から小さな修道女が顔をあげる。

産科／発熱病室を本日担当している者ですが、と私は名乗る。声が変に高くなってしまい、弱って助けを求めているというより、調子に乗っているように聞こえたかもしれない。私は肩越しに病室を親指で指す。まるで彼女が臨時病室のことを知らされていないとでもいうように。ちゃんと自己紹介するべきだった。でももう遅い。シスター、准看護婦か見習いの手をお借りすることができないでしょうか？

彼女の上品で、優しい声が返ってくる。産科／発熱病室には何名の患者さんがいるのですか？

顔が赤らむのを感じる。現時点では二人ですけど、でも――

シスターが口を挟む。こちらは四十名おります。

見回して数えてみる。彼女付きの看護婦が五人もいる。それでは伝言を――

看護婦長はいないいんだった、ふと我に返る。こんなにめちゃくちゃな日には、この病室のベッドのどれかに看護婦長が寝ていても驚かない。ベッドの列に目を走らせながら、そもそも、制服を着ていない看護婦長がどんな姿か分かる自信すらないことに気づく。

看護婦長の代理はどなたでしょうか？　至急、手伝いが必要なんです。

上のみなさんもそれは充分、ご存じだと思いますよ。シスター・ベネディクトがそう言う。それぞれが職分を果たしているのです。全員が力を合わせなければなりません。

私は何も言わなかった。

好奇心の強い鳥のように、シスターは首をかしげて私がどんなふうに失敗しているかつぶさに観察し、シスター・フィニガンに後で報告できるようにしているようだった。ご存じでしょうか。私はいつもこうお教えしています。看護婦というのは、スプーン一杯の茶葉のようなものですよ、と。

何か言おうとすれば、叫んでしまいそうだったので口をつぐむ。とどめの一言を発する前に、彼女は微笑をたたえる。真の強さは熱々のお湯に入れられた時に発揮されるのです。

私はこの格言に頷いた。そうしなければ不服従で言いつけられるだろう。音を立てないようにドアを閉めてから、前掛けのポケットに入れた紙切れを思い出し、引き返してドアを開けた。備品注文票をお渡しするので、事務室に届けていただくことは可能でしょうか？

よろしいですよ。

拳いっぱいの先端のくるりと巻いた紙の束を取り出し、カウンターに置いた。

走るのに限りなく近い早歩きで病室に戻る。

イタ・ヌーナンは尿まみれのベッドに微動だにせずにいる。デリア・ギャレットのほうが緊急性は高い、と私は判断する。じゃあお手洗いに行きましょう、ギャレット夫人。

彼女が洟をすする。

肘をつかんで私が先に歩く。彼女は廊下に出るなり急に小走りになり、手を口に押し当てている。

ああ、早くしてよ、お願い！

お手洗いまでもう半分くらいの地点で、彼女は体を折り曲げて嘔吐した。

ソーセージの小さなかけらが、やっぱり入っている。

清潔な布を前掛けのポケットから取り出し、デリア・ギャレットの口元とナイトドレスの襟元を拭く。心配しなくて大丈夫ですよ。消化も弱めてしまう病気ですから。

雑役夫にこの嘔吐物をきれいにしてもらわなきゃ。でもデリア・ギャレットはもう既に、お腹をぎゅっとつかんでトイレへと走り出している。私は追いかける。大理石にゴム底がバタバタと音を立てながら、彼女のスリッパのすぐ後をついていく。
個室のドア越しに聞こえてくる音で、彼女は下痢もしていることが分かる。
デリア・ギャレットを待つあいだ、私は腕を組み、ポスター上の一つの単語をじっと見つめていた。その単語のインクだけ、まだ乾いていない。〈便器〉。

定期的に便器を消毒すべし。
兵力を温存し
戦いを早く終わらせよう。
感染症によって淘汰《とうた》されるのは
群れの中で最弱な者たちのみ。
一日一個の玉葱で予防しよう。

ついにここまで来たか——身元不明者が道端で、カヴァナー准看護婦に抱かれて喀血《かっけつ》しているような状態なのに、政府にできることは玉葱の処方? 最弱者の自然淘汰なんて、残酷でしかも意味不明。このインフルエンザは、高齢で、か弱い人だけが犠牲になるいつもの冬の風邪とは違う。(この類の風邪で肺炎になると、穏やかに逝く患者が多いから、高齢者の友と私たちは呼ぶ。)新しいインフルエンザはすごく奇妙な伝染病で、青春を謳歌《おうか》する男も女も関係なく、大鎌の一振りで大勢の命を刈り取っていく。
静寂。ドアの向こうから、何の音もしない。ギャレット夫人、流す前にちょっと見せていただいても良いですか……

（もし黒いものが混じっていれば出血があるか判断できる。）

気持ち悪いことをおっしゃらないで！

水がごごおっと頭上のタンクから流れる。彼女がチェーンを引いたのだ。

デリア・ギャレットは、力があまり入らないようだった。病室へ連れて戻る。雑役夫が気付いて病まみれの大理石にモップをかけていてくれたらと淡い期待をしていたが、まあ、そんなことあるはずがない。彼女が踏まないよう補佐し、汚れていることよりも、患者を優先して考えるように自分に言い聞かせた。ベッドで清拭《せいしき》して新しい下着に替えましょう、と私は言う。そしたらさっぱりしますよ。その前に、ヌーナン夫人の状態を確認させてくださいね。

イタ・ヌーナンはただ空《くう》を見つめ、何の抵抗もしない。濡れたベッドから、ベッドの足側に置いてある椅子へと移動してもらい、彼女を拭いてきれいにする。それから清潔なナイトドレスを頭からかぶせて、脇紐を結んでドレスを閉じた。

デリア・ギャレットは、凍《こご》えそうだと訴える。

畳んでしまわれていた毛布を、戸棚から引っ張り出し、彼女に渡す。もう一つ出してイタ・ヌーナンをくるみ、ベッドが乾くまで寒くないようにする。

これ匂います！

それはいいことですよ、ギャレット夫人。空っぽの部屋に布団を全部干して、バケツに入れた硫黄《いおう》を燃やすんです。強力なガスで細菌を全滅させるためです。

泥の中で死に絶えた、かわいそうな英国兵士《トミーズ》みたいじゃない、と彼女が言う。

この甘やかされたお嬢さんは時々、びっくりするようなことを言う。

少なくとも私の弟は毒ガス攻撃にさらされたことは一度もない。ティムはトルコで熱中症によって二回倒れ、それから塹壕熱にもかかったけれど、何とか回復した。一方で、全快していないのに行進し続ける兵士もたくさんいる。くすぶり続ける、燃えさしをカップにいれたまま。それが皮肉なところ――身体的には、弟は戦争前と何も変わらない。紳士洋服店（今はもうつぶれてしまったけれど）で働いていて、暇さえあればローラースケート場に友達のリアム・カフリーと一緒に行っていた頃と。

ドアがいきなり開いた。私は驚いて立ち上がる。

プレンダーガスト医師だ。三つ揃いのスーツを着て、やっと回診。先生が来てくれたのは嬉しいけれど、タイミングが悪すぎる。お願いだから患者二人が椅子に座っている理由を聞かないで。しかもあの彼のぴかぴかの靴についている汚れ、デリア・ギャレットの吐物じゃないよね？　砦《とりで》を任されたばかりの朝に、こんな惨状になっているとシスター・フィニガンに知られたら、きっともう二度と任せてはもらえないだろう。

プレンダーガスト医師は、頭の後ろでマスクの紐を結ぶのに集中している。彼の年齢では珍しいくらい髪が多い。ワタスゲ《ボグ・コットン》のように真っ白でふさふさ。

ディヴァイン夫人が昨夜亡くなったことはご存じですか、先生？

疲労で声に抑揚がない。死亡診断は私がしたんだよ。

ということは、昨日の朝からずっとこの人は寝ていないということだ。彼は首にかけた聴診器を両手で握りしめる。まるでトラムの乗客が吊革につかまるように。

この病気は一筋縄じゃいかんよ、と彼が言う。回復に向かっている兆候がいくつもあったんだよ。だからご家族には心配しなくていいって伝えて、そしたらその矢先に……

私は頷く。でも、看護婦は医師の時間を一瞬たりとも無駄にしてはいけないと、最近厳しいお達しがあったばかりだ。亡くなった患者のことばかり話しているわけにはいかない。イタ・ヌーナンのカルテを壁から外し、彼に手渡す。ヌーナン夫人は二十九週目です。

プレンダーガスト医師は、あくびを手で隠す。軽度のチアノーゼ、か。呼吸はどう？

苦しそうです。もう二日間、意識がもうろうとしています。熱は四十・六度まで上がっています。

毛布がずり落ちてきている。さっとつかみ上げ、きちんと巻きなおす。おもらししたことは知られたくないはず。私は尋ねる。もっとアスピリンが必要ですか？

（看護婦は薬について何の意見も言うべきではないのだけれど、彼はすごく疲れているから、ちょっと押したらその方向に動くかもしれないと思ったのだ。）

彼はため息をつく。いいや、やめておこう。あまり与えると毒になる場合もあるようだから。キニンとカロメルもよそう。ウイスキーを与えてみなさい。欲しがるだけあげていいから。

ウイスキー？　私は聞き返す、混乱して。熱を下げることができるんですか？

彼は首を横に振る。不快さを減らし、不安を和《やわ》らげるのと、入眠を促す作用がある。

彼の指示を記入しておく。後で万が一、他の医師に問い詰められた時のために。

それから、そちらの夫人は……

彼の瞳は霧の中にいるようだった。

ギャレット夫人です。デリア・ギャレットのカルテを手渡しながら言った。先ほど嘔吐と下痢症状がありました。それから、血圧は、そうですね、まだ高いように思います。

言い方に気を付けながら、そう報告する。助産婦の二本の指で何が分かるんだと不機嫌になられたら困る。外科医でさえこんな上等な機器を使って判断しているというのに、と。

プレンダーガスト医師は一瞬ためらう。確認する時間はないと言われるのではないかと私は内心ひやひやしたが、彼はカバンから血圧計を取り出した。

デリア・ギャレットの紅潮した手を加圧帯に通し、上腕周りにしっかりと固定すると、彼が手押し式の空気入れで帯を膨らませる。紐を結ぶくらい簡単な作業。どうして医師以外も使えるようにしてくれないんだろう。

いたい！

もう少しで終わりますよ、ギャレット夫人。私が声をかけた。

彼女は不服そうに咳をする。

聴診器の黄色い先端を耳にはめ、平たい円盤を彼女の柔らかな腕のくぼみに押し当て、加圧帯の空気を抜いて、耳を澄ませる。

一分後、プレンダーガスト医師が言う。収縮期血圧百四十二。それから数秒して、拡張期は九十一。

〈拡張期血圧九十一〉、カルテに記入する。

プレンダーガスト医師はその数字をあまり良く思っていないようだ。脈が激しく打つのは妊娠後期には珍しくないが。私が機器をカバンにしまっていると彼はそうつぶやいた。もし彼女の気が昂《たかぶ》ったりしたら、臭化カリウムをあげていいから。

この人、さっき彼女が吐いたと私が伝えたのを、聞いていなかったのだろうか？　鎮静薬で胃を悪くしてしまったみたいだから、彼女にそれをあげるのは得策だと思えない……

だけど、医師に口答えしてはいけないと厳しく言われている。もし命令体制の鎖がちぎれてしまえば、そこから生まれるのは混沌しかないと。

彼は目をこする。退勤の時間だ。

先生がいらっしゃらない間の、と私は尋ねる。産科医は――

上の方針だと一般医が来るらしい。女性病室の加勢に。

開業医で、一般医ってことだ――だとしたら、私たちが欲してる専門医じゃない。不安な気持ちで尋ねる。もう彼は、病院にいらっしゃるのですか？

プレンダーガスト医師は首を横に振る。そしてドアを出る前にこう言い残す。言っておくが、リン医師は女性《レディ》だよ。

かすかな嘲りが聞こえたように感じた。最近では女性の外科医も、稀《まれ》に存在する。まだ私は一緒に勤務したことがないけれど。私が知りたかったのは、この代理医師が現れるまで、患者のための指示を一体誰に仰げば良いのかということだ。

デリア・ギャレットが椅子から急に立ち上がる。ちょっとジュリア看護婦、この汚い服を、今すぐ取り換えていただけて？

そうでした。ヌーナン夫人にウイスキーをあげたらすぐに。ちゃんと座っていてくださいね？

デリア・ギャレットは、椅子におとなしく座り込んだ。

熱いウイスキーと水を蓋つきのコップに注ぎ、飲みやすいように砂糖も加えた。イタ・ヌーナンは少しすすったあと、赤子が母乳を飲むような勢いで飲み始めた。その間に、デリア・ギャレットの新しいナイトドレスを用意する。

露わになった彼女のお腹にはカタツムリが這ったような銀色の跡がある。過去二回、そして今回の妊娠でできたものだ。

年上の女性たちから、きっと子どもが欲しくなるよと言われたけれど、そんな気持ちになったことは今まで一度もない。産科を専門分野に選んだのは、この劇的な感じに引き込まれたからで、神秘の主役に自分がなるところなんて想像すらできない。月が満ちる。そして私は、ただの注意深い付添人だ。

明日で三十歳。人生の最盛期はもう過ぎてしまったような響き。でも三十歳ってそんなに年じゃない。自分に言い聞かせる。まだ結婚することも、子どもを持つことだってできる。ただ、確率の問題として、難しいだろうというだけ。このご時世では特に、と私は考える。こんなに多くの男たちが戦争に取られてしまったのだから。異国の荒野で息絶えているか、それとも、こんな小さな島に帰ってこようという気が起きず、ただきまよっているのかもしれない。

デリア・ギャレットにナイトドレスを着せ、脇紐を結んでからベッドに寝かせ、毛布でしっかりとくるんだ。高い窓からひゅーひゅーと入り込む秋の冷たい風で体が冷えないように。

イタ・ヌーナンのベッドマットレスのシーツを外す。防水ベッドパッドが尿のほとんどを吸い取っていて、胸をなでおろす。綿のシーツとその下に敷いていた毛布は全く濡れていない。

私がよく分からないのは、自分が夫というものを欲しているのかということだ。可能性がこれまでなかったわけじゃないはず。好青年もいたのだと思う。チャンスを台無しにしたと、自分を責めたりはしないけれど、チャンスをつかんでいないのは事実だ。

パワー看護婦ですか？

ぱっと振り返るとドアのところに、私服を着た若者が立っている。オレンジ色の髪が後ろにやられ、油でなでつけられているけれど、ぼさぼさの巻き毛が後ろに見える。あなたはどなた？

ブライディ・スウィーニー。

何の職名も肩書もなし。ということは、見習いでもない。最近は、若い女性たちに基本的な救急救命の知識を大急ぎで詰め込むことも多いのに。

デリア・ギャレットが尋ねる。それで、スウィーニーさん、あなたはだあれ？　ボランティアの看護婦さんですか？

その見知らぬ娘はにかっと笑う。あたし、どんな看護婦でもないよ。

デリア・ギャレットは天を仰ぎ、雑誌に視線を戻す。

ブライディ・スウィーニーは私の方に向き直る。シスター・ルークが、ここで手伝うようにって。

あの夜勤ナースの精一杯がこれってわけね――無資格、無教育。訛りから分かる。無垢《むく》で今生まれましたって顔してる。何の苦労も知りませんって顔。このブライディ・スウィーニーを平手打ちしたくなるくらい、あまりに期待外れ。

私は答える。病院は臨時スタッフへの予算がありませんが、シスター・ルークからお給金が出ないことは聞いていますか？

知ってる。

彼女は青白く、そばかす顔の赤毛だ。水色の瞳に、見えるか見えないかくらいのうっすらとした眉。光が透き通る耳に、どこか子どもっぽさが感じられる。左耳を少し前に出して、まるで一言も聞き漏らすまいとしているかのようだ。薄手のコートに、履きつぶした靴。常時であれば、看護婦長が病室にこの娘を入れることなどありえないだろう。

そうですか、と私は言う。何かを取りに行ったり、運んだりしてくれる何でも屋が欲しかったところです。来てくれてありがとう。こちらはギャレット夫人。それからヌーナン夫人です。

こんにちは、奥さんたち。ブライディ・スウィーニーはちょこんとお辞儀する。

私は棚から、畳んであった前掛けを手に取る。

彼女は痩せっぽちで、コートを脱ぐとますます細く見え、腰ひもを二回まわして前掛けをつけなければならなかった。イタ・ヌーナンがベッドの横の椅子で、前後にゆっくりと揺れているのを、興味深そうにまじまじと見つめている。その患者は、かすれ声で歌を口ずさんでいる。病院って初めて、と新入りが言った。

それで、スウィーニーさん、免疫はあるんですよね？

彼女はその言葉の意味を知らないようだった。

インフルエンザ、つまりグリッペの。発熱病室にマスクなしで乗り込んできたからには――

ああ、グリッペなら、もうやったよ。

でも今年のですよ、ひどいやつ。私は念を押す。

ずっと前に。それで、あたしは何したらいいかな、パワー看護婦？

その言葉に少し胸が軽くなる。では手始めに、ヌーナン夫人のベッドをきちんとしましょう。

一番下の布類は問題なし。ズックカバーがつけてあるスプリングマットレスは、ベッドボードにそのままのせ、綿カバーの毛敷布団をその上にのせます。赤色の防水パッドはきっちりはめて、それから敷毛布、その上にシーツを敷きます。

芳《かぐわ》しいウイスキーの香り。イタ・ヌーナンがベッドに上がろうとしている。

もうちょっと待ってくださいね。私は腕を使ってやんわりと彼女を制する。

ひも付きのシーツ、敷シーツと掛け布団のすぐ下にくるシーツ、それから寝具用の棚から、掛け布団を取り出す。そして声をかける。全部ピンと、伸ばしてセットしていきます。皺《しわ》が一つでもあれば、ヌーナン夫人の寝心地が悪くなりますから。

ブライディ・スウィーニーは頷く。

イタ・ヌーナンをベッドにのせようとすると、彼女は大きく息を吐き、わめいた。たわごとばっかり！

新入りが尋ねる。何のこと？

私は首を横に振る。

ブライディの表情が固まる。ごめんなさい――話しかけちゃダメだった？

私は微笑む。そうではなくて、ヌーナン夫人がおかしなこと言っても心配しないでって言いたかっただけです。私は自分の頭をとんとんと指し言う。高熱で湯気が出てるんです。

ショールをヌーナンの肩に巻き、もう一枚を彼女の後頭部から背中にかける。隙間風を防いでくれるように。

イタ・ヌーナンはコップを前に突き出し、空を切る。あいつら、許さねえ！　大事なカップが粉々になっちまった！

そんなことあったの？　ブライディ・スウィーニーは枕をきちんと並べる。

この娘はベッドを整える手際が良い。これは簡単に教えられるものじゃない。

ひとまとめにして置いてあった汚れた寝具類を洗濯用バケツに入れ、親指で廊下を指した。シュートに落としてきてください――洗濯用って書いてあるほうに。焼却用シュートじゃありませんよ。

ブライディ・スウィーニーはバケツを持って、素早く廊下へ出ていった。

デリア・ギャレットが訝《いぶか》しがる。あの子、その辺の通りからふらっと出てきたように見えますけど？

でも、シスター・ルークがよこしたそうなので……

ふんと鼻を鳴らす音。

本当に人手が足りませんから。猫の手でも借りたいくらいの状況なんです。

雑誌に向かって、彼女がぶつぶつとつぶやく。わたくし、いけないなんて一言もいってません。

ブライディ・スウィーニーが戻ってくると、私はまずガーゼの種類を教えた（真四角、球形、缶に入った二メートル長の包帯）、亜麻《あま》脱脂綿、使い捨て布、結紮《けつさつ》糸、腸線《キャット・ガット》。

キャット・ガットって、本物の猫の腸？

羊です、実際は。どうしてそう呼ばれているのか私にも分かりません、と私は認める。

彼女はにこにこして周りを見渡す。奥さんたちは、看護婦さんにグリッペを治してもらいにここに来たの？

私はため息をつく。それができたら本当にいいんだけど、まだ治療法がないんです。どうなるか見ていることくらいしかできない。

どのくらい？

何日かの場合もあれば、何週間も続く場合もあります。（何の前触れもなく、亡くなってしまった人たちのことは考えないようにした。道端や、自宅の床で亡くなった人たち。）何か月も治らないこともあるし、と私は言う。正直言って、運任せなんです。私たちにできることは、温かくして休養してもらって、ちゃんと食べて、水を飲んでもらい、インフルエンザに打ち勝つ力を出せるようにすることくらいです。

ブライディは感心しきりのような顔をしている。そして小さな声で言う。ヌーナン夫人があんな色なのはどうして？

ああ、これくらいは、私にも教えられる。私は説明する。顔が暗い色になるのは、十分な酸素が血液中に送られていないからです。チアノーゼといって、青緑色《シアン》が名前の由来——青っぽい色のこと。

青じゃない、けど、とブライディが言う。なんていうか、真っ赤。

そう、と私が言う。初めは薄めの赤色で、ただ血色が良いだけだと勘違いしてしまうこともあるくらい。そこから悪化すると頬が赤褐色に変わります。（秋に紅葉する葉っぱを連想させる色。）深刻な状態になると、顔色が茶色になり、それを追うようにして唇が紫色になります。頬と耳、それに指先まで真っ青になることもありますよ。患者さんに酸素が足りていないとね。

こわいね！

私はもう一人の患者に声をかけるのを忘れなかった。心配しなくていいですよ、ギャレット夫人。あなたにチアノーゼの症状は全く出ていません。

彼女はその可能性に身震いする。

ブライディ・スウィーニーが質問する。青でおしまい？

私は首を振る。そこから青紫、紫と変わって、顔色が真っ黒になった患者さんもいました。

（今朝、カヴァナー准看護婦が看取った身元不明者は、彼女が通りで駆け寄った時にはすでに、灰のように真っ黒だった。）

暗号みたい。ブライディ・スウィーニーは嬉しそうだ。赤から茶から青から黒。

そういえば、訓練生だった頃に、作ったことが……

暗記カードとか頭韻カードとかこの娘は知っているのだろうか。

……医学用語を暗記するためにちょっと工夫したんです、と私は言った。

どんな？

例えば……産後の出血を引き起こす四つのT――赤ちゃんを産んだ後に血がたくさん出ることね

——それが組織《Tissue》、筋肉《Tone》、傷《Trauma》、血小板減少症《Thrombocytopenia》。

パワー看護婦って、すごく物知りなんだね。

私はその娘に他の棚を見せて回る。私が使用済みの金属の道具をあなたに渡したら、消毒しなければならないと覚えておいてくださいね、スウィーニーさん。沸騰しているこの鍋のお湯の中に、このトングを使って入れて、しばらく放置してください。およそ十分間だから、時計で確認して。

ごめんなさい、時計は持って——

壁にかかっているのがあるでしょう。その後、清潔な布をこの茶色い紙包みから取って広げて、トングで取り出した道具を布の上に並べてください。もしお湯を沸かす時間がなかったら、このたらいに入っている濃いめのフェノール液を使ってください。

分かった。

だけど、私の言ったことの重要性が、本当にこの娘に分かるのだろうか?

全ての道具をきちんと自然乾燥させたら、と私は続ける。棚の上にある滅菌したトレーにトングを使って移してください。そこにのっているものは全部滅菌されています——とても清潔で、医師がすぐに使えるようになっています。私の指示なしに手を触れてはいけません。分かりましたか?

ブライディ・スウィーニーは頷く。

デリア・ギャレットが数回咳をしたあと、激しく咳き込む。

彼女のもとに急ぎ、脈拍を測る。お腹の調子はどうですか?

少しはマシです、と彼女が答える。わたくしがあんなことになったのは、あの忌々しいヒマシ油のせいです。

私が与えた量であれだけの効果があったとは思えない。上も下も液状化してしまうなんて。

ちょっと風邪をひいたくらいで、ここに閉じ込めておくなんてバカバカしいにもほどがあります！　上の子たちを産んだ時は、予定日より何週間も遅く生まれたんですよ。早く生まれていません。しかも、産んでから半日もせずに元気になりました。大騒ぎする必要などありません。このお嬢さんはどうしてぽけーっとわたくしのことを見ているんです？

ブライディ・スウィーニーはにやつく顔を手で覆い隠そうとしている。ごめんなさい、知らなかったの。奥さんが……

デリア・ギャレットが睨みつける。お腹に手を当てて言う。あなたはまさかこれが、全部脂肪だとお思いになったの？

私は指をさす。ドアのところに、産科／発熱って書いてあったでしょう？

それ、何のことか全然分かんなくて。

彼女の無知さに呆気《あっけ》にとられる。

そうですか、と私は言う。では、手の洗い方を教えましょう。

面白がるような声が返ってくる。あたし、そのくらいは知ってる。

少しきつめに尋ねる。産褥熱《さんじょくねつ》って知っていますか？

もちろん。

産後三日経ったどんな女性にも起こり得る病気で、昔は致死率がとても高かったんです。防ぐ方法は無菌状態を保つことだけ――つまりばい菌を患者さんの体内に入れないことが大切なんです。手をしっかり洗うことで、人の命が救えるのだと分かりましたか？

ブライディ・スウィーニーは頷く。恥ずかしそうに。

彼女に指示する。腕まくりしなさい、うんと上までね。濡れないように。

彼女はためらっているようだ。まくりあげた右の袖の下に、融けたような跡が見えた。私の視線に気づくと、彼女は言う。スープの鍋で。

痛かったでしょう。

ブライディ・スウィーニーは肩をすくめる。サルみたいに小刻みなしぐさ。

おっちょこちょいじゃないといいんだけど。でも、そんな風には見えない。彼女の手は赤みがかっていて、厳しい労働に慣れていることを物語っている。

まず、やかんから沸騰したお湯を注ぎます。スウィーニーさん、水差しから冷たいのを足して。

彼女がたらいに両手を浸す。あったかくて、いい気持ち！

この煮沸済みの爪磨きで両手をしっかり洗ってください。特に爪と、その周りを念入りに。

彼女が言われた通りにするのを待つ。

そして水を出して石鹸をきれいに落としてください。その後、三つ目のたらいでもう一度両手を浸して……そこには一カップ分、このフェノール液を加えます。

フェノール液を注ぎ、説明を続ける。フェノールのような消毒剤は危険な場合もあります——

——飲んだり目に入ったりしたらだよね、知ってるよ、と彼女が得意げに言う。

私は訂正する。フェノールを過信して、こすり洗いを怠《おこた》ると危険なのです。

ブライディ・スウィーニーは頷く。両手からしずくが滴《したた》っている。

清潔な布の山を指さし、彼女が前掛けで手を拭くことを阻止した。

朝ごはんのトレーの回収に、まだ誰も来ていない。私は彼女に指示する。キッチンまで持って行ってもらえますか？

キッチンはどこに——

地下にあります。二階下。

彼女が出ていくと、体温、脈拍、呼吸を測る。変化なし。デリア・ギャレットには良い知らせだけど、イタ・ヌーナンが心配だ。ウイスキーで少し気持ちは楽になるかもしれないけれど、それ以上の効果はない。

ありがとう。戻ってきたブライディ・スウィーニーにお礼を言う。本当に助かります。あなたの手があって良かった。

彼女は手の甲を見つめ、真っ赤になった指の背をさすった。

霜焼《しもや》け？

彼女が頷く。ばつが悪そうに。すっごくむず痒《がゆ》いの。

痩せっぽちの娘たちはなぜか、霜焼けになりやすい。ほら、と私は言う。これで痒みが少しは収まるはずです。

私は薬用軟膏《なんこう》を棚から取り出したけれど、彼女が手に取ろうとしないので、瓶から指先にすくい、彼女の手を握って、緋色《ひいろ》の斑点によく塗り込んだ。左手の甲に盛り上がった赤い円——白癬《はくせん》だ。この貧困の証を、多くの患者に私は見てきた。でも、これは消えかかっている。人にうつる可能性はもうない。

ブライディ・スウィーニーは笑いながら息を吸い込む。まるで、こそばゆいみたいに。ユーカリの匂いが部屋に充満する。彼女の指以外は、とても白い。白すぎて青っぽく見えるくらい。

私は彼女に言う。手を冷やしたり、濡れたままにしたりしたらダメですよ、特に冬は。外に出る時は、必ず温かい手袋をするように。

あんまり外に出ることないけど。

デリア・ギャレットが大げさに咳をする。お二人さん、もうおめかしは終わられたでしょうか。わたくしは、お茶が欲しくて死んでしまいそうです。

ブライディ・スウィーニーにやかんの位置を教え、茶筒とティーポットを棚から下ろす。患者さんが飲みたいだけ、お茶は与えて良いことになっています。

分かった、と彼女が言う。お砂糖は、ギャレット夫人？

スプーン二杯。それからミルクも。ああ、やっぱりやめにしましょう——あの練乳みたいなのは、最悪でしたから。お砂糖だけでいいわ。

私はブライディ・スウィーニーに指示する。お茶と一緒に、葛ウコン《アロールート》ビスケットを配ってあげてください。欲しい人がいれば。

ふくよかな腕のデリア・ギャレットと違い、多くの貧しい母親たちは骨と皮だけの状態でここにやって来る。産科の方針は試練の時が来るまでに、彼女たちにできるだけ食べてもらうように努めること。

ブライディ・スウィーニーも痩せっぽちだけど、頑丈で筋骨たくましく、どんなに食べても太らないタイプだろう。それから、私たち二人分のお茶も淹《い》れてもらえますか、スウィーニーさん？

今ならちょっと出られる。ドアまで行って、私は振り向いて釘をさす。あなたはまだ、何も分からないってことくらいは、分かっていますよね？

ブライディ・スウィーニーは一瞬ぽかんとして——それから頷く。彼女の上下する頭。まるで、揺れる一輪の花。

良い看護婦は、いつ医師を呼ぶべきか心得ている者だと教わりました。だから、良い雑用係は、いつ看護婦を呼ぶべきか心得ていなければなりません。もし、患者さんが水を欲しがったり、毛布や清潔なハンカチが必要になったりした時は与えて大丈夫です。でも、もし気分が悪そうなら、お手洗いまで私を至急呼びに来るように。

彼女は小さく、おどけたように敬礼する。

二分もかかりませんから、そう言って私は走り出す。

何も知らない小娘に病室を任せてるなんてシスター・フィニガンが知ったら、なんて言うだろう？　でも、これが私の精一杯。みんな精一杯なんだ。

トイレを済ませた後、どうしても外の世界が見たくなったので、窓まで行って、まばらな通行人を見下ろした。雨はすっかり上がっていたけれど、じめっとした空気。毛皮を全身にまとった婦人——まだ十一月でもないのにあんなの着てる——が門を大股でくぐり、片手には巨大な革製のカバンを持ち、もう片方の手で、扱いのややこしそうな木製のトランクを運んでいる。けばけばしいフードを取ると、古風なおさげが姿を現した。やれやれ。警備員が面会禁止のことを説明することになるんだろうな。

病室に戻ると、ブライディ・スウィーニーがお茶を飲み干しているところだった。口の周りにビスケットのくず。おいしかったぁ！

皮肉で言ってるわけじゃないと思う。私は自分の口元にコップを運ぶ。どこか遠くの床で掃《は》き集められた黒っぽい塵《ちり》のような味。

イタ・ヌーナンが何か言う。もうバラバラのボッコボコ。

ブライディ・スウィーニーが寄ってきて耳元でささやく。あの人、もしかして、アル中？

違う、違います。プレンダーガスト医師がウイスキーを処方されたんです。

彼女は頷き、こめかみを指でたたく。やかんのお湯はずっと沸いたまま？

せん妄状態は短期的なものだと伝える。

じゃあ……治るんだ？

私は人差し指と中指を痛いほど強く組んで祈った。馬鹿げた習わしだって、分かってる。ブライディ・スウィーニーに小さな声で言う。母親というのは、見かけより強いものです。熱さえ下がればば……ちゃんと良くなって、一月に十二人目の赤ちゃんを産むと、私は賭けてもいいです。

十二人目？

彼女は嫌悪感丸出しの声を出す。その内、七人しか生き残っていないことは言わないでおこう。その代わり聞いてみる。十二くれないきゃあの娘は本当に愛しちゃいないって言い回し、聞いたことありませんか？

彼女は顔をしかめる。あたしはそんなの絶対イヤ。

身震いしながら、同意する。私も嫌です。まあ、私たちの銅像が建てられることはないでしょうね。

ブライディ・スウィーニーはそれを聞いて鼻を鳴らして笑った。

辺りがまた暗くなり、斜めに開けられたガラス窓を忙《せわ》しく雨が叩く。その隙間から、雨が伝い落ちてくる。

デリア・ギャレットが尋ねる。あの窓を閉めてくださる？　びしょ濡れになってしまいます。

残念ながら、と私は答える。換気は重要です。特に、呼吸に問題がある人にはね。

枕の下に彼女は頭を埋《うず》める。

ベッドの近くまで雨粒が伝い落ちないように、ブライディ・スウィーニーに布で拭くように頼んだ。そして備品室に行って、電気冷蔵庫から氷を取ってくるように指示する。大きな箱みたいな機械で、と説明する。一番上の小さなドアを開けたら氷があるはずだから。もし一つも残っていなければ、三階に行って聞いてきてください。

体温、脈拍、呼吸を確認する。ハンカチを交換し、枕の位置を調節する。イタ・ヌーナンの上半身を起こさせた。その体勢のほうが少しは呼吸しやすそうだ。

ブライディ・スウィーニーがたらいにたくさんの氷を持って来たところで、今度は私が一人ずつ患者をトイレに連れていく間、彼女には病室に残ってもらうことにした。

彼女は穏やかでまじめそうだから、少しのお世話くらいは任せても大丈夫だろう。そこで、手の洗い方を覚えているかやってみさせ——一つの手順も忘れずにできた——それが終わるとイタ・ヌーナンの顔と首を氷水に浸したスポンジで冷やすように指示した。ウイスキーを飲み終わっていたら、教えてくれますか？

デリア・ギャレットが退屈そうに咳をする。わたくしもこの不味《まず》いお茶じゃなくて、そちらをいただきたいのですが？

アルコールは、妊娠中にとても役立つ弛《し》緩《かん》剤だけど、でも……残念ながら、と私は伝える。これを処方できるのは医師から指示があった場合だけです。

（かといって今この瞬間、私の患者に対して指示が出せる医師は誰もいないけれど。そのリンって人は、いつ姿を見せるつもりだろう？）

ホットレモネードはいかがですか、ギャレット夫人？　うすい大麦湯もありますよ？

げえ！

部屋のもう片側で、イタ・ヌーナンがブライディの両手を引っ張って、自分のお腹を触らせているのに気付いた。

恐怖心に襲われる。どうしたんですか、ヌーナン夫人？

私の助っ人はベッドの上に膝立ちになっている。落ちないようにバランスを取りながら。そして彼女は両手の平の下にあるこんもりとしたものをじっと見つめている。イタ・ヌーナンは彼女の両手首を握りしめ、低くうなるような声を出す。苦痛ではなく、多分喜びを表しているのだと思う。

赤毛の顔が驚きに輝く。動いてる。中でばこばこしてる！

他に赤ちゃんが何をするとお思いになって？ と少し責めるように、デリア・ギャレットが言う。赤ちゃんってお腹の中で泳いだり、逆立ちしたりするんですよ。

うそ！ もう生きてるみたいに？

私は顔をしかめる。私のこと、からかってる？ そんなの当たり前でしょう、生きているんですから。そして言い直す。母親の中で生きているんです。母親の一部として。

出てきてから、生きるんだと思ってた。

一瞬、手を止める。どんな手品だろう、もしそうだったら——神が土からアダムを創り、魂を吹き込む。ほんの一瞬で。でもそんなに今更、驚くべきことじゃない。もうすぐ出産という段階でここに来て、一体自分に何が起こっているのかが、まるで分かっていない患者を今まで何人も見てきた。

『ジェレット式助産術』という本を棚から取り出し、オニオンスキン紙を破かないようにそっとめくり、ブライディ・スウィーニーに口絵を見せる。臨月の子宮と説明がある。

彼女は目を見開く。なんじゃこりゃ！

一秒、二秒してようやく、この絵の女性が真っ二つに切り裂かれていると、彼女が思い込んでいるのだと気づく。違う、違う、これは断面図というもので——こうやって彼女の中が見えるように描いてあるだけなんですよ。赤ちゃんが丸まっているのが分かりますか？

しかも逆さま！

笑みがこぼれる。きっと、そうしてる方が楽しいんでしょうね。今日一日でたくさん学んでいますね、スウィーニーさん。

彼女がつぶやく。小さな曲芸師だね。

でも、ほとんどの時間は寝ているんですよ。

デリア・ギャレットが口を挟む。うちの二番目の子は違いましたけど。クラリサはロバみたいにたくさん蹴りました。朝、昼、晩、時間なんてお構いなしに。でもあなたは違うわねえ、おりこうなお嬢ちゃん。

彼女は大きなお腹を、切ない愛情を込めてさすっている。

ブライディ・スウィーニーが正す。おりこうな坊ちゃん、かも？

デリア・ギャレットは首を振り、答える。男の子は好きじゃありません。それに義理の母が、わたくしのお腹の形を見れば女の子だって分かるって、おっしゃいました。その絵、見せてくださる？

『ジェレット式助産術』を渡すと、デリア・ギャレットは絵を見て、眉をひそめはしたけれど、その表情には誇りのようなものが滲んでいた。これ、ご覧になって。この内臓がこっち側に押しやられています！　わたくしのお腹の調子が良くないのも納得がいきます。

本を棚に戻す。もうすぐ十一時だ。シスター・ルークが貼ったイタ・ヌーナンの湿布を取り換えなければならない。アマニ油をアルコールランプで温める。液体にスプーンが直立するくらいねっとりするのが頃合いだ。ナイトドレスの脇紐をほどき、胸周りの包帯をぐるぐると外し、こびりついた前の湿布を引っ張ってはがす。彼女の顔はげっそりとして、黄色っぽい。彼女の赤くなった鎖骨についた汚れを、亜麻脱脂綿と石鹸水で拭き取る。ブライディ・スウィーニーはすぐ近くで、私の指示に応じてさっと必要なものを渡してくれる。

イタ・ヌーナンの雑音の混じった呼吸。あたいがいいって言うまで近づいて。

彼女の暗い呼気の方へと身を乗り出し、その間に脈をとる。でも、彼女は何も言わない。心拍が先ほどよりもやや速く、脈は弱く感じられる。

温めたアマニ油をリント布にたらし、その上にガーゼをのせ、殺菌したリネンをかぶせる。それをひっくり返して垂れた乳房の間に当て、綿ネルの包帯で覆った。包帯の両端は彼女の背中と、力のない両肩で結ぶ必要があったけれど、ブライディと二人でやったら、とても速く終わった。この野暮な厄介ごとにいくらかの効果があると信じられたら、どんな時間も惜しまないのだけど。

イタ・ヌーナンの息が上がり、呼吸するたびにキーキーときしむような音がした。トコンシロップをスプーン一杯分飲ませる。去痰薬として痰の詰まりを和らげてくれる。どうか吐き出しませんように。彼女はまずさに顔をしかめたが、抗おうとはしなかった。

一分ほど経って咳をし、海藻のような色をした痰を吐いた。ハンカチに取り、ブライディに焼却用シュートに捨ててくるよう指示する。

ブライディは戻ってくるのが少し遅く、帰ってきた彼女に私は尋ねた。道に迷いましたか？　それともシュートに落ちましたか？

ブライディ・スウィーニーは白状する。ごめんなさい、水洗便所についつい長居しちゃって。あのドアについてる小さいボルトを使えば一人っきりになれるし、たっぷりあったかいお湯は出るし、紙はすてきに真四角だし。病院っていいなぁ。

それを聞いて私は笑った。

あと、このいろんな匂い。

ユーカリ、アマニ油、フェノール？　今はウイスキーの匂いもする？　でも、それだけじゃ私の鼻から便と血の匂いは隠せない。誕生と死の匂いだ。

本当はもっと規律正しい場所なんです。今は不意打ちをくらってる状態。いつもの二倍以上の数の患者さんがいるのに、スタッフが四分の一しかいないんですから。

彼女の表情が明るくなる。私が使ったスタッフという言葉の中に、自分も含まれていると思ったのかもしれない。助っ人として。

ふいに、彼女がとても美しいことに気づく。青白く、痩せ細っているけれど。ゴミ箱の中に、きらりと光るビーズが一粒。シスター・ルークはこの娘を、どこで見つけてきたんだろう？　スウィーニーさん、家はこの近くですか？

その辺の角曲がったところ。

なんだか曖昧な言い方。きっとまだ親元で暮らしているだろう。見た目の若さからして。何歳か教えてもらえますか？　もし失礼でなければ。

肩をすくめる。二十二くらいかな。

またはっきりしない。二十二くらい。でも、要らぬ詮索はしないでおこう。

あたしのこと、ブライディって呼んでくれる？　彼女の申し出に私は驚く。

いいですよ、お望みであれば。

その後、私は何と言えばいいのか分からなかった。銀時計を見る。もうすぐ正午ですね。昼食をとりましょう。

持ってきてないけど、平気。

違うんです。スタッフの食事は容器に入れてキッチンの横に用意してありますから。

彼女はためらう。でも看護婦さんは？

ああ、私はまだお腹が空いていませんから。

彼女の靴もワンピースも、どうすることもできないけれど……袖を下ろして、髪を整えてから下に行きなさいね。

頬を赤らめながら、ブライディは乱れた明るい色の巻き毛を、顔にかからないよう後ろに引っ張った。

言わなきゃ良かった。そもそも、一日しかいない娘なのに。身だしなみなんて気にしてどうなると言うのだろう？

髪ゴムに悪戦苦闘している。

ねえ、クシは持っていないんですか？

彼女は首を横に振る。

私はカバンまで行き、硬いゴム製のクシを見つけ手渡した。

ブライディは髪を梳《す》くと、クシを差し出す。これ、ありがと。

持っていていいですよ、と私は言った。

うそ！

ほんとうに。もう一つお気に入りのがあるから。べっ甲みたいに見えるけど、セルロイド製なんですよ。

くだらないおしゃべりは止めなさい、ジュリア。自分を戒める。

廊下にバリトンの優しい歌声が響く――グロインだ。

〝おめ、そこにいるのか、マイケル、おめ、ちゃんといるか？

俺たちゃ、間に合うのかねえ、日暮れまでに〟

デリア・ギャレットが文句を言う。昨日わたくしを運んできたあのおぞましい男がまたやって来たようです。

雑役夫は後ろ向きにドアを押し開け入ってきた。その姿は、『フランケンシュタイン』に登場する気味の悪い助手を彷彿《ほうふつ》とさせる。

私はあいさつ代わりに一言かける。いつも歌を口ずさまれてますね。

彼は舞台の上でお辞儀をするように私に向かって大げさに頭を下げると、車椅子をくるりと回す。

新しい患者だ。若い女性――少女、と言ったかもしれない。もしお腹のふくらみがなければ――石炭のように黒い髪に、恐れに満ちた顔。

えり抜きのシスターフッドに、またかわい子ちゃんが入りましたぜ。もうすぐ赤ん坊が出てくるってのに、咳してるもんだから産科には置いておけないそうで。

グロインから手渡されたカルテに目を通す。一番上に一行だけ走り書きがある。〈メアリー・オーラヒリー、十七歳、初産婦〉。

経産婦は大体、わきまえていることが多い。たとえその日に何が起きるか分からなくても。メアリー・オーラヒリーのような初めての場合は違う。入院時に診察にあたった外科医は、予定日すら記入していない。かなり切羽詰《せっぱ》まっていたのだろう。

オーラヒリー夫人、車椅子から出ましょうか。

彼女は難なく立ち上がったけれど、震えている。悪寒、かもしれない。緊張か、そのどちらもという可能性も？　背が低く痩せていて、はち切れんばかりのお腹のせいでとても小さく見える。真ん中のベッドの足元にある椅子を、ぽんぽんと叩き声をかける。お洋服を替えますので、ここに座ってください。

雑役夫がドアの方へ空の車椅子を押していく。

グロイン、新しい医師がいつ到着するか聞いていますか？

ああ、あの女反乱軍ね！

この男は噂が大好物だ。噂話をけしかけるなど普段はしないのだけれど、今回ばかりは眉がぴくりと上がり、興味を隠しきれない。

彼が尋ねる。お耳に入っていないようで？

彼女がシン・フェインの一味だという意味ですか？

（その意味はゲール語でわれら自身。ホーム・ルールでは十分ではないと吹聴《ふいちょう》して回っている。共和国の独立を勝ち取るまで満足しない輩《やから》たちだ。）

意味とか何もないですよ、とグロイン。リン嬢は牧師代理の娘で、メイヨーから出てきて迷子になっちまったんです――社会主義者、婦人参政権論者《サフラジェット》、無政府主義の扇動者ときたもんだ！

嘘みたいにひどい噂話。グロインはいつも、どんな女性のことも悪く言ったけれど、今回はあまりにも細かい。

牧師代理の娘なんですか、と私は尋ねる。本当に？

緑をはためかせてるエリン愛国者たちのほとんどは、俺たちのようにカトリックですよ。けど、変人のプロテスタント野郎も交じってるんです、と彼は忌々しげに言う。（デリア・ギャレットが冷たい目で彼を睨んでいるのには気づいていないようだ。）こいつが、女船長《シー・キャプテン》だったのは間違いないですよ、あの反乱で。市役所の屋上で、銃で撃たれたテロリストのガキどもの傷を縫《ぬ》い合わせてやったのも、この女だそうですよ。

彼は四階にある執務室の方を指さし、続ける。お偉いさん方は樽《たる》の底をこそげ取るしかないんでしょうなあ、まあ。

それは、と私は決まりが悪くなって言う。えり好みできる時ではありませんから。

新しい患者は目を見開いている。この病院、犯罪者が働いているんですか？

雑役夫は頷く。リン嬢はお仲間と一緒に強制移送されて、ブリテンで閉じ込められてたってのに——去年また外に出されて、血で赤く染めたその手のままで、こそこそ帰ってきたってわけだ？

この会話の手綱を握らなければ、このままではみんながパニックになってしまう。

政治は置いておいて、と私は口を挟む。リン先生はきっと有能な方ですよ。そうでなければ、ここに呼ばれなかったでしょうから。

先生という言葉を私が強調したことに気づいたグロインは、薄ら笑いを浮かべる。おっと、しゃべりすぎたかな。

この雑役夫は言いたくてたまらないことがたくさんあると、決まってこう言う。出て行く様子など全くなく、まるでバーカウンターでくつろぐように車椅子のハンドルにもたれかかっている。近頃では、もう何にも言えないもんなあ、かよわい方の性別については——参ったなあ！　郵便配達の女、軍需工場婦《ミュニショネット》、消防婦人、ときたもんだ。どこまでいけば気が済むんですかねえ？

ここであまりお手を煩《わずら》わせるわけにはいきません。

彼は私の言わんとしていることに気づいたようだ。では幸運を祈ってますよ、オーラヒリー夫人。彼は踊るような足取りで出て行く。声を震わせ車椅子に歌いかけながら。〝おめ、そこにいるのか、マイケル、おめ、ちゃんといるか？〟

面白いね、あの人、とブライディが言う。

私は唇をゆがめる。

パワー看護婦は、あんまり好きじゃないの？

彼の冗談は、私にとってはちょっときわどく感じるんです。

だから、笑うしかないのに、と彼女が返す。

メアリー・オーラヒリーのショール、ドレス、ズロースを二人で脱がせ、寒くないように靴下はそのままにしておいた。ぶるぶる、がたがた震えている。滑《なめ》らかな黒髪の上からナイトドレスをかぶせる。これで少し過ごしやすくなりますよ、と患者には伝えるけれど、着替えるのは衛生上重要だからに他ならない。患者の中には、シラミをつけてくる人もいる。適した設備のある病室であれば、念のためにメアリー・オーラヒリーの私服も蒸気で滅菌したいところだけど、でもこんな状況なので、彼女の私服を紙に包んで棚の一番上にしまうよう、ブライディに頼んだ。ナイトドレスの脇で留めてある紐の締め上げ方を教える。それからベッドジャケットを着せ、病院配給のショールを首の周りに巻く。

メアリー・オーラヒリーが苦悶の表情になり、体をこわばらせる。

痛みが引くのを待って、彼女に声をかける。どれくらい強いですか？

(どれくらい悪いか、という問いかけはしてはいけないことになっている。)

そこまで強くないです、多分。

そうは言っても、と私は考える。初めての妊娠では比較のしようがない。私は尋ねてみる。予定日は知っていますか？

かすれ声。近所の人は十一月だろうって言ってました。

最後の月経は？

彼女の顔に困惑が滲む。

月のもの？

頬をピンクに染める。分かんないんです、ごめんなさい。多分、去年の冬？

最初の胎動を感じた時期を聞く手間は省いた。初産婦は自分が感じているのが、胎動だと認識するまでに時間がかかり、その答えが聞けたとしてもあまり正確な道しるべにはならない。

それから痛みだけど——一番強く感じるのはどのあたりですか？

メアリー・オーラヒリーは、自信がなさそうにお腹のあたりを指さす。

前駆陣痛の典型だ。警告射撃だけで、総攻撃はまだ。そして総攻撃は背中が狙われることが多い。まだ分娩まで数週間あるかもしれない。

もう一つ質問する。痛みと痛みの間隔はどれくらい開いていますか？

悲しそうに肩をすくめる。

一定間隔で来ている感じですか？

分かんないです。

規則性なし、止んではまた始まる——やっぱり前駆陣痛だろう。それでは、痛みを感じ始めてどれくらいになるか覚えていますか？

覚えてないです。

数時間くらいですか？

もう何日も。

一昼夜かけて子宮口が開くのは、珍しくない。でも、もし本当にこのまま出産になるとして、何日間もこの痛みを感じているなら、分娩まであとどれだけの時間がかかるのだろう？

声を詰まらせながら彼女が尋ねる。もうすぐなんですよね？

うーん、もうちょっと待たないと何とも言えませんね。

でも、あの男の人は――

思わず鼻で笑ってしまった。グロインは軍の担架兵だったんです、と私は彼女に言った。傷とか熱についてはそれなりに学んだかもしれない。きっとそうだと思いますけれど、出産についてはど素人です。

メアリー・オーラヒリーも笑うかと思ったけれど、心配で硬くなっているようだ。ここに来る多くの患者たちと同じように――経産婦でもこれは変わらない――今まで一度も入院したことがないのだろう。

彼女の病歴などを聞き取りながら、これから直面しそうな問題に思いをめぐらす。何よりも考えなければならないのは、くる病の可能性。都市の呪い――子どもたちの歯が遅くまで生えず、二歳になるまで歩けず、あばら骨や足、背骨が曲がりやすい。でも違う。メアリー・オーラヒリーはただ小柄なだけで、骨盤も体のサイズに応じた大きさだ。むくみもないので、腎臓に異常もなさそうだ。グリッペにかかるまで、何の問題もない健やかな妊娠だったのだろう。

彼女は身震いし、小さな手の甲で口を押さえて咳をする。ちゃんと気をつけていたんです。リンゴ酢でうがいするだけじゃなくて、ちゃんと飲むようにしていました。

私は肯定も否定もせずただ頷く。糖蜜が効くと信じる人も、ルバーブを試す人もいるけれど、家にある何かでみんなの命が助かるのなら苦労しない。赤を着ていれば病気にかからないと豪語するまぬけな輩もいたな。

銀時計を握った方の手をメアリー・オーラヒリーの胸にのせ、気づかれないように呼吸を数える。呼吸数が少し上がっているようだ。続けて咳き込んでいるせいかもしれない。舌下に体温計を差し込む。〈脈は正常だが少し弱め〉、と彼女のカルテに記録する。ところで、この手首の青痣《あおあざ》はどうしたんですか？　転びましたか？　立ちくらみなどがありますか？

彼女は首を横に振る。私、痣になりやすいんです、とつぶやくように答える。

一分後に体温計を見ると、平熱より少し高いだけだった。今のところ軽い症状ですね、と私は伝える。

ブライディと私で、彼女を真ん中のベッドに移動させる。（アイリーン・ディヴァインの死床。）いいえ、いいえ、いいえ、いいえ。

そんなことを考えるのはやめて。縁起でもない。

メアリー・オーラヒリーは、息切れをしながら話し出す。みんな、近寄ろうとしないんです。すぐにうつっちゃうから！　こないだも、うちの後ろの借家を警官がこじ開けたら、同じマットレスで一家全員死んでるのが見つかって。

私は頷く。そうなるまで近所の人が誰もその家族に近づかなかったことのほうが、むしろ悲惨な気がする……でもぼんやりとした恐れに人々が包まれているこんな状況で、誰が彼らを責められるだろう？

仰向けに寝かせ、腹部の状態を触診で確かめなければならない。膀胱《ぼうこう》がいっぱいだと辛く感じることもあるので、お手洗いに行く必要はないか尋ねる。

首を横に振る彼女。

デリア・ギャレットが苛立ちながら言う。わたくしは行く必要があります、あいにくながら。

ブライディが付き添うと申し出る。

少し躊躇《ちゅうちょ》する。いいでしょう、分かりました。ただし、ギャレット夫人をしっかり支えるように。倒れると危ないので。

わたくしが一体どうして、倒れるのでしょう?

二人が部屋を出た後、イタ・ヌーナンの様子を確認すると、まだ高熱で夢うつつだ。

メアリー・オーラヒリーに戻る。ナイトドレスをめくり、陰部と太ももをシーツで覆う。多くの若い妊婦と同じように、彼女もふくらみの下方に紫色の爪痕がある。ハリのある若い肌は、引き伸ばされる準備ができていない。でも、彼女の歳で出産することの強みは、産後の回復が早いことだ。

彼女の顔がよく見えるように、ベッドの端に腰を掛ける。両手をこすり合わせて、なるべく冷たくないようにしたけれど、それでも触れると彼女はびくっと体を揺らした。

ごめんなさいね。じきに慣れてくると思うから。お腹の力を抜いてください。

彼女のお腹の上に、私は手を滑らせる。こっちの場所からあっちへと。手を肌から浮かさずに行うのが肝。ピアノを弾くように触るとその度に筋肉が収縮してしまうから。目を閉じ、メアリー・オーラヒリーの内部を想像してみる。手から伝わってくることをもとにして。さあ見つけた、子宮底だ。彼女のへそから指六本分上にいったところ。正産期か、かなり近いところまで来てる。このインフルエンザは、彼女の育っていない種子を殻からはじき出すことはしなかったというわけだ。ひとまず、良かった。

単胎妊娠。(多胎妊娠は避けたい。)正常胎位、つまり頭を下にして、母体の背骨側に赤ちゃんの顔が向いている状態。小さなおしりから背筋の丸まりを手で下方へなぞる。赤ちゃん、きちんとした位置で入っていますよ。

そうなんですか？

骨盤に頭がしっかりはまっている。だからと言って、本当に陣痛が始まっているか判断するのは時期尚早だ。初めての妊娠では、出産の一か月ほど前から胎児の頭蓋骨がこの状態になる場合もある。

ブライディはデリア・ギャレットを連れて戻り、メアリー・オーラヒリーのベッドの反対側にちょこんと座り、いきなり彼女の手を取った。今、何してるの、パワー看護婦？

そこの棚の一番上にある、その、耳のらっぱみたいなのを取ってくれませんか、今から赤ちゃんの心臓の音を聞きます。ゆっくり深呼吸してください、オーラヒリー夫人。

木製のらっぱの先端が広がった方を、彼女のお腹にあてる。胎児の背中を感じたところあたり。背中の真ん中より、少し下。そして反対側の細い先端を自分の耳に入れる。

なにを――

ブライディだ。私は唇に指をあててしーっとする。そして数え始める。銀時計の秒針を見つめながら。

〈胎児心拍数一分間に百三十八〉、と書き留める。いたって正常。

メアリー・オーラヒリーが咳き込み始めたので、彼女の上体を起こし、ブライディにやかんのところでホットレモネードをつくらせる。その間に、メアリーには大きめのグラス一杯の水を飲んでもらう。痛みの波がまた来たのを確認して、銀時計に目をやる――さっきのから二十分間。左向きにして寝かせ、三秒間息を吸い込み、そして三秒間息を吐き、それを繰り返すよう彼女に伝える。

もし予行演習の痛みなら、水分補給、体の向き、そして呼吸法の組み合わせでおさまってくれるはず。

イタ・ヌーナンの様子を確認する——まだ眠っている。

それで、ギャレット夫人はどうですか？　まだお腹はゆるいですか？

彼女はちっちっと舌を鳴らす。全くその反対なんです。今度はかなり塞《ふさ》がっております。

下痢の後すぐに、今度は便秘しているように感じるなんておかしい。

メアリー・オーラヒリーの不安げに震えるうなり声が止まる。

今回のはどうでしたか？　前のと同じくらいの痛みですか、それとも軽め？

彼女の自信なげな返事。多分同じくらい？

おそらく、本陣痛だ。でも一日経っても、陣痛がまだ二十分間隔ということは……ああ、かわいそうに。この娘は分娩までまだかなりの長い時間、苦しまなければならないだろう。

でも本音を言えば、今すぐに出産が始まっても困る。こんなゴミゴミした小さな部屋で。しかも病院には一人の産科医もいないのだから。

内診をしてどれくらい子宮口が開いているか分かれば、もっと詳しく知ることができるのだけれど、それはできるだけ後回しにしたい。女性の中に手を入れるということは、その度に感染のリスクを負わせることだと叩き込まれてきた。

疑わしきは、よく観察して待て。そう教わった。

もしできるのならば、少し歩いてみるといいかもしれませんよ、オーラヒリー夫人。

（子宮口を開かせるのに効果的だし、彼女の気が紛れるかもしれない。）

目を白黒させて、彼女が聞き返す。歩くってどこを？

私は頭をひねる。伝染病の患者に廊下を歩かせるわけにいかないし、かといって、この部屋には猫一匹はべらせる余裕もない……あなたのベッドの周りを行ったり来たりしてみましょうか。ほら、この椅子をどけて。レモネードでも飲みながらやってみてください。

ブライディは椅子を積み上げて机の下にしまう。私が頼む前にやってくれた。

メアリー・オーラヒリーはベッドの周りを慎重に歩き、Uの字を描くようにまた戻ってきた。

大丈夫ですか？　寒くない？

大丈夫、ありがとう、お姉さん。

パワー看護婦ね、と私は優しく彼女を正す。

ごめんなさい。

いいんですよ。

メアリー・オーラヒリーは、大きなお腹をナイトドレスの上からひしと抱きしめ、へそに指をつっこんでいる。

そこが痛むんですか？　と私は尋ねる。

彼女は首を横に振り、咳を手の甲で押さえる。ただ、ここがパカッて開くのがいつ分かるのかなって考えてたんです。

私はたじろぐ。あなたのおへそが？

ゆっくり足を前に出しながら、彼女が震える声で尋ねる。おへそが勝手に開くんですか？　それともお医者さんがこう……無理やりこじ開けるのかな？

彼女の代わりに、私が恥ずかしくなる。オーラヒリー夫人、そこから赤ちゃんは出てきませんよ？

ぽかんとした顔で、私を見つめている娘。

どこから始まったかを考えてみて。私は少し待って、ささやく。その下よ。

それを聞いて彼女は衝撃を受けている。口を大きく開け、そしてまた固く閉じると、咳をした。

瞳が濡れている。

ブライディがメアリー・オーラヒリーのすぐ隣、ベッドの反対側に立っている。その手には『ジェレット式助産術』。棚から取っていいと許可した覚えはないけれど。ねえ、ここ見て、赤ちゃんの頭がここでしょ、それで、その次は……

彼女はページをめくる。

……突き出てるの、この女《ひと》から！

メアリー・オーラヒリーは生々しい絵にひるんではいたが、頷き、受け止めようとしているようだった。それからまた歩き出した。もうこれ以上は見たくないというように。

ありがとう、ブライディ。

私は彼女に本を片付けるよう合図した。心が辛くなるページを彼女が見てしまわないように。異常胎位、胎児奇形、産科外科手術。

メアリー・オーラヒリーは、ベッドの周りをよろめきながら行ったり来たりしている。恐怖心に突き動かされている。

無知こそが、純粋さを防御する盾だと考える清教徒もいる――そのことを思うと、私は怒りに震える。私は言う。お母さんは教えてくれなかったんですか？　あなたのお母さんも、そうやってあなたをこの世界に送り出したんですよ？　もう何十回も私は立ちあってきましたが――いえ、もう何百回ですね――いつもとても感動させられます。

（そうじゃないお産になるありとあらゆる可能性を考えないようにする。ここに配属された一か月目、若い金髪の妊婦は三日間陣痛に苦しんだ挙句、帝王切開で五キロの胎児を摘出し、そして傷からの感染症で亡くなった。）

メアリー・オーラヒリーは心ここにあらずといった声を出す。母さんは、私が十一の時、死にました。

母親のことを持ち出したことを後悔した。本当にごめんなさい。それは……

一番下の弟を産んだ時に、じゃなくて、産もうとして。

彼女の声はとても小さく、まるで秘密を告白するみたいだった。恥じるべき秘密。実際には最もありふれた悲劇なのに。この娘は出産の仕組みについては無知だけど、根本は身をもって知っている。そのリスク。

きっとだから、気づいたら私は彼女にこう言っていたのだと思う。私の母も、同じ理由で亡くなったのよ。

部屋にいるみんなの視線が私に注がれる。三人の女性たち。

メアリー・オーラヒリーは半分安心したような表情だ。そうなんですか？

私は答える。私たちの場合は、私が四歳だったんです。赤ちゃんは無事でした。

ブライディは私をじっと見つめている。憐れみで目を細めながら。

メアリー・オーラヒリーは十字を切る。額、両肩、胸骨の順に触れて。そしてまた歩みを始める。まるで偶然、浸水した小舟にこの娘たちと乗り合わせ、漂流しているような気分になる。嵐が過ぎるのを一緒に待っている。

うめき声がデリア・ギャレットから漏れた。わたくしのお腹が――すごくおトイレに行きたいけれど、ねえ、出したいのに出てこないんです！

私は彼女をじっと見つめる。新しい患者に気を取られて、便秘が出産の初期予兆である可能性をすっかり見落としていた。だけど、デリア・ギャレットは予定日まであと八週間あるはず。自問が続く。出産は三回目だし、陣痛だったら本人が気づくはずじゃ？

ただし、早く病院を出ていきたいあまりに、彼女自身、出産の兆候だと思えるものを見ないようにしていた可能性もある。なにより、このインフルエンザは予定日まで待たずに、赤ちゃんを出させてしまうことが頻繁にあるんじゃなかった？

彼女が激しく咳き込む。

ギャレット夫人、出そうな感覚の時、お腹がかたくなりますか？

まるで太鼓みたいに！

これも兆候の一つだ。

彼女を仰向けにし、膝を少し曲げさせて、私は触診を始める。赤ちゃんのお尻が上にあり、頭が下。良かった。ブライディ、らっぱを持ってきてくれますか？

デリア・ギャレットは上体を起こそうとする。らんらんとした目。それでわたくしを突いたりしないでしょうね？

痛くありません。

そんなものでわたくしに触らないでください。もう耐えられません。

分かりました。私の耳で直接聞いてみます。

私は頬を彼女のお腹にくっつけ、深呼吸するように頼んだ。

わたくしは、おトイレに行かなければならないって言っているでしょう！

多分何も出てこないと思います。差し込み便器を使ってみてください。

ブライディが急いで取りに行く。

私の耳を、熱くぴんと張った彼女の肌にあてる。脈が聞こえる……数えなくても、そのゆっくりとしたリズムからデリア・ギャレットのものであると分かる。

彼女の呟き込む音が、頭の中で響く。

違うところで試してみましょう……

でも、彼女は手をバタバタさせながら私が強く押しすぎだと抗議し、そのせいで、探しているリズムの心拍が聞こえない。母親のものより二倍速い胎児の心拍。

お願い、ギャレット夫人、ちょっと動かないでください。

だって痛いんです、仰向けでいるの！

なだめるよう、荒ぶる馬を静めるように話しかける。よーく分かりますよ。

デリア・ギャレットは金切り声で叫ぶ。あなたに何が分かるっていうのよ、独身女《スピンスター》のくせに！

ブライディの見開いた目と、私の目が合う。

私は彼女に微笑みかけ、首を振る。気にしていないから大丈夫だと伝えるために。出産中の女性は、事態が切迫するにつれて機嫌が悪くなる。裏を返せば、それは役立つ指標にもなるということ。

デリア・ギャレットが苦悶の表情になり、うめきだす。

私は時間を書き留める。

陣痛を待つ間、イタ・ヌーナンの様子を見る。まだ真っ赤な顔で眠っている。

二つのベッドの間を、メアリー・オーラヒリーが幽霊のようにふらふらと歩いている。窓へと三歩、そして後ろに三歩。邪魔にならないようにしているらしい。

オーラヒリー夫人は大丈夫ですか？

大丈夫です。でも、ちょっとだけ、座ってもいいですか？

もちろんです、無理しないでくださいね。

彼女の方をまわって、イタ・ヌーナンのベッドへ行き、上唇を上げて体温計を舌下に入れる。彼女は全く動かない。

デリア・ギャレットのベッドに戻り、膝立ちで乗る。もう一つだけ、確かめないといけないことがある。頭は骨盤にはまっているのか、それともまだ浮いたまま？

仰向けのまま、あと少しだけじっとしていてくださいね、ギャレット夫人。

つやつやした彼女のお腹の丸みに向かって、右手をポーリック式グリップの形にする。恥骨の少し上をつかみ、ぐーっと指を押し込む。大きなリンゴをつかむように、小さな頭を横から……

あああ！

デリア・ギャレットに膝蹴りをくらう。

痣になった脇腹をさすりながら、状況を理解しようとする。頭蓋骨をかすりもしなかった。ということは、もう、出産が始まっている。予定日より二か月も早く。

ブライディが指をさす。

ヌーナン夫人の口から体温計が外れ、毛布の上に落ちた。

拾ってもらえますか、ブライディ？　急いで、冷えてしまう前に。

ベッドの間を走るブライディ。

見せて？

彼女は体温計を私の目の前に出す。まっすぐに立てている。

平らにして！　数字が読めるように。

彼女が向きを変える。

四十一。また上がっている。

ウイスキーがまだ残っているか、確認してもらえますか？

ブライディが報告する。たっくさん。

氷で冷やした布を、首の後ろにあててください。

彼女は素早く、言われた通りにする。

私はデリア・ギャレットのズロースをちょっと引っ張る。これは脱ぎましょうね。

彼女はため息をつきながらも、お尻を持ち上げ、引き下げさせてくれた。

脚を開いてもらっていいですか？　少しの間だけ。

触れる必要もない。巻き毛の陰毛に血がついて乾いた塊がある。おしるしだ。確固たる証拠。

私の後ろで、ブライディが驚きの声をあげたが、デリア・ギャレットのうめき声でかき消された。

彼女の足を閉じ、銀時計を引っ張り出す。最後の陣痛からまだ五分しか経っていない。何もかも、速く進みすぎている。三十二週目で生まれてくるのは、かなりの未熟児だ。こういう赤ちゃんたちは、温かい箱に入れられ、上階で一週間過ごした後、綿毛布にくるまれて家に帰され、ミルクを与えるための目薬差しを持たされる。あとは幸運を祈るしかない――女の子に比べて弱いとされる男の赤ちゃんの場合は特に――まずは一歳まで、なんとしても生きますように、と。

私に与えられた至急の使命は、母親を守ることだ、と自分に言い聞かせる。デリア・ギャレットの血圧が、屋根を突き破るように急上昇することだけは避けなければ。

彼女の手首を持つ。指腹を脈が強く叩く。氾濫《はんらん》した川。枕の形を整える。上半身を起こして、この枕にもたれかかっていいですよ。

目をぱちくりさせて、彼女は指示に従う。

ブライディはまだ体温計を持ったまま、突っ立っている。口をぽかんと開けたまま。

彼女にシンクへと動いてほしくて、体温計を消毒するように頼む。彼女のあとについていき、耳元でささやいた。看護婦の体で一番大事なのって、どこだと思いますか？

ブライディは戸惑った様子で答える。手？　足かな？

私は顔を指さし、穏やかな表情をしてみせる。看護婦が心配そうにしていたら、患者さんも不安になるでしょう。だから、いつも表情には気をつけて。

彼女は頷く。心に留めようとしている。

デリア・ギャレットのもとへ戻り、告げる。もうすぐ生まれますよ。

恐れが彼女の声に宿る。初めて聞く声色だ。そんなわけないでしょう！　この子はクリスマスに生まれてくるんです。

なるべく心配させないよう、私は努めて明るくする。そうでしたね、でも、この赤ちゃんはハロウィンに出てきたいみたいですね。

あっ、やだ！

振り返ると、ブライディが顔をゆがめている。手から赤いしずくが滴っている。どうしたんですか？　と私は強い口調で尋ねる。

顔をしかめるブライディ。ごめんなさい。これ入れたけど。熱いお鍋の中に入れたけど、どこかに当たっちゃったみたいだったから——引き上げたら——

体温計はフェノールの入ったたらいで消毒すると思ったのに。沸騰したお湯に繊細なガラス球を入れたら割れてしまうことを知らないなんて、どこまでお馬鹿さんなんだろう? でも、非難したい気持ちを飲み込む。ほんの数時間で看護の基礎を全て学んでもらおうという方が無理だ。

ちょっと待っていてくださいね、ギャレット夫人。

彼女は枕に突っ伏すと、うめき声をあげた。

部屋を横切り、ブライディの手を取って沸き立つお湯の上でパッパッと、破片を振り落とした。滅菌した布で血を拭き、前掛けから止血剤ペンシルを取り出して少しだけ傷につける。これで、芝居の殺人鬼のように血を滴らせながら歩き回らずに済む。

これでよし。そしたら、三階に行って産科病室でシスター・フィニガンを捜してきてくれますか? 見つけたら彼女に切迫早産の――

ああ、もう。ブライディにこんな聞きなれない単語、覚えられるわけがない。

はやすぎる出産だと伝えてください、と私は代わりの言葉を選ぶ。

(紙に書いて渡したほうがいいだろうか?)

シスター・フィニガンに、ギャレット夫人の陣痛が五分間隔を切っていて、お医者様に来てもらう必要があると、伝えてください。もし婦人医師がまだ到着していなければ、どなたでも構いません。覚えられますか?

ブライディはわくわくしたような声で繰り返す。はやすぎる、五分、とにかく、医者さん。

そして大急ぎで出ていこうとする。

走ってはいけませんよ! 後ろ姿に私は呼び掛ける。

デリア・ギャレットは歯の隙間からうなるように訴える。わたくし、トイレに行かなければならないと、ずっとお伝えしています。

ブライディが用意してくれた差し込み便器に私は手を伸ばす。

それは嫌です！

今はできるだけ休んで、体力を温存しなければいけない時ですよ。

（赤ちゃんが廊下かトイレで産み落とされたらどうしよう？　という心配で頭がいっぱいだった。）

ぶつぶつ文句を言いながら、彼女は私にナイトドレスをたくし上げさせ、差し込み便器をその下に入れることを許してくれた。しかし、予想した通り何も出てこない。私は声をかける。せっかくこういう姿勢なので、きれいにしておきましょう。

何の抵抗もせずに、彼女はただぎゅっと目を閉じ、便器の上にみじめにかがみこんでいる。彼女の柔らかい部分を石鹸と水でしっかりと洗い、それから温めた薄い消毒液を使って、細菌を取り除く。母親の身体《からだ》に侵入させない、そして赤ちゃんが出てきた時に、汚染させないため。

次の陣痛が来た時、デリア・ギャレットは頭をがっくりと落とし、喉をがらがらいわせ、そして激しく咳き込んだ。ジュリア看護婦、痛み止めはいただけなくて？

お医者様が来ればすぐに――

今です！

薬を処方する権限は看護婦にないんです。

じゃああんたは一体、何のためにここにいるのよ？

その答えは、私にも分からない。

ちょっと体を横にしてみましょう。左側を下にしたら少し楽になります。

（出産中の女性が右側を下にして寝転ぶと、子宮が大静脈を圧迫して心臓への血流が減る恐れがある。)

ゆっくり呼吸してください、と私は乞《こ》う。

包みから清潔な布を取り出し、沸騰しているお湯につける。粗熱がとれたところで、絞り、小さく折りたたんで、横向きに寝ているデリア・ギャレットに向かう。膝を胸に近づけるように曲げてもらえますか？　お尻がつき出るように。

彼女は不機嫌な声を出したが、従う。

さあ、温湿布をお持ちしましたよ。私はそう言うと、彼女の会陰に布を押し付けた。

泣き声。

おしりから何か出さなきゃいけない感覚は、そこにある赤ちゃんの頭を、あなたが感じているからですよ。

やめさせてよ！

この何千年の間に一体何人の女性たちが、こんな風に虚しく叫んできたのだろう？

大丈夫ですよ、と私は声をかける。もうちょっとで出てくるから、そんな風に感じるんですよ。

(そしてどこに、ああもう、その呪われた女医は一体どこにいるわけ？)

真ん中のベッドで、かわいそうなメアリー・オーラヒリーは彼女自身のじっとりとした、止まない痛みに体を丸めている。額にうっすら汗が滲み、彼女の髪は黒く脂ぎっている。目の下には隈《くま》。出産はサイコロを振るみたいだ。そうふと、頭をよぎる。何日間も激痛の走る地獄のような出産もあれば、稲妻のように激しくあっという間の出産もある。

この状況で、行き届いたケアを二人の妊婦に対して、一人で施すのは不可能だ。デリア・ギャレットの方が緊急性は高い。でも、メアリー・オーラヒリーが顔をあげた時、私は優しく声をかける。

辛かったですか、オーラヒリー夫人？

彼女は悲しげに肩をすくめる。まるで十七歳に、自分の身に起こっていることの判断は無理だと言うかのように。何度も続けて小さな咳をしている。

ブライディ・スウィーニーが戻ってきたら、またホットレモネードを作ってもらいましょう。

デリア・ギャレットがあえぐ。

温湿布を片方の手で押さえたまま、もう片方で時計を見る。陣痛がほぼ三分間隔だ。銀時計の円盤をさする。悲惨な傷跡は消えない。前掛けのポケットにしまう。

デリア・ギャレットのわめき声。前の時は我慢できたのに、ジュリア看護婦、ねえ、何かないの？

こんなに急を要する事態なのに、どうして薬を与えてはいけないんだろう？　もういくつもの規則が破られているのに？

そうする代わりに、温湿布をゴミ箱に捨て、彼女の後ろに回る。これで少しは楽になるかもしれません。四つん這いになれますか？

彼女は怒りにぶつぶつ文句を言いながらも、重い体を持ち上げて牛のような格好になる。両手首付け根に近いところの手の平の部分で、彼女の両方の坐骨結節《シッツボーン》を強く圧迫し、尾てい骨をぐっと前に押し出す。

ああ、ああ！

この声は、痛みが少しは和らいでいる証だといいのだけれど。

次の陣痛が来たのも三分後で、お尻に近い椎骨《ついこつ》の両側を何か所か、親指で押してみたが、何の効果もなかった。背中下部にあるウェヌスのえくぼも試してみる。握りこぶしに、全体重をかける。

少しは楽ですか？

デリア・ギャレットは心ここにあらずの様子で答える。ほんの少し。

こういった対圧をかける方法は教科書には載っていない。産婆《さんば》から産婆へと受け継がれてきた。より厳格な産婆たちの中には、痛みをごく自然で役に立つものと考え、和らげる行為自体を良く思わない人もいる。でも、私は女性たちの体力を残し、最後までやり遂げるために必要なら、なんだってやるべきだと思う。

沈黙。デリア・ギャレットは枕にもたれかかり、ナイトガウンを下に引き戻した。目を固く閉じ、言う。わたくし、この子は欲しくなかったんです。

足音が後ろで聞こえる。ブライディの表情からして、今の発言を聞いたようだ。

デリア・ギャレットの熱い手を取る。ピカピカに磨かれた爪。そういうこともあります。

二人だけでも手一杯なのに、と彼女は続ける。もっと上の子二人に時間をかけてあげたかったんです……三人目が欲しくなかったわけではないの。だけどまさかこんなに早くできるなんて。わたくし、ひどい母親よね？

そんなことありませんよ、ギャレット夫人。

きっと天罰が下ったんです。

そんなことありません！　ゆっくり構えて、深呼吸しましょう。もうすぐ、医者さん来てくれるよ。

ブライディは彼女の横に立ち、手をぎゅっと握る。

うー、うー！　波がデリア・ギャレットを飲み込む。

痛みがおさまると、私は彼女を横向きに寝かせ、ブライディの右手を彼女の右尻に、そして左手を腰のくびれにあてるよう指示した。ブライディの手を取り、円を描くようにさする。自転車のペダルをこぐみたいでしょう？

ブライディが聞き返す。そうなの？

この娘はどうも、誰もが普通は経験したことがあるものについて知らなすぎる――自転車、体温計、そしてお腹の中の胎児。どんな小さなこともすごくありがたがるし。軟膏やまずいお茶にだって。それでいて、教えたことの飲み込みはとても速い。

やめないで、とデリア・ギャレットが言う。

ブライディに骨盤傾斜は任せて、他二人の様子を見てみる。

燃えるように赤い顔をして、イタ・ヌーナンは何度も寝返りをうっている。この熱をどうやって下げればいいのか全く分からない。いつもの助っ人、アスピリンもキニンも使えないのに。

オーラヒリー夫人、ご気分はどうですか？

彼女はぶるっと身震いし、肩をすくめた。

陣痛はまだ二十分間隔だ。記録で確認する。もし眠れそうなら、今のうちに寝ていてください、と私は伝える。

眠れそうにないです。

それじゃあ、もう少し歩いてみますか？

メアリー・オーラヒリーは枕に顔を向け、なるべく小さな音で咳をするよう努めている。やっとのことでベッドから這い出すと、またベッドの周りをよたよたと歩きはじめる。小さすぎる檻《おり》に閉じ込められた雌ライオン。

デリア・ギャレットが長いうめき声をあげる。ねえ、もういきんでもいいでしょう？

パニックで心臓がばくばくする。もう出さないとどうしようもない感覚がありますか？

彼女がぴしゃりと答える。とにかく早く終わらせたいんです。

ではあと少し我慢してください。少なくともお医者様が到着されるまでは。

反抗の沈黙。デリア・ギャレットが宣告する。わたくし、破水しています。

確認する。羊水なのか温湿布から滴った水なのか判断しかねたが、彼女の言葉を信じることにした。

その時、少年のような見知らぬ男が黒のスーツに身を包み颯爽《さっそう》と現れ、ドクター・マカウリフェだと名乗った。一般外科医だ、と。

心が沈む。二十五歳くらいにしか見えない。経験の浅い医師たちは全くと言っていいほど、女性についての知識がないことが多い。

内診をしようと言い出した。ここまでは予想通り。少なくとも衛生面には気を付けているようだ。

彼は煮沸されたゴム手袋を用意するよう指示した。デリア・ギャレットを簡潔に問診している間、私は紙包みを取り出し、彼のために中身を出しておく。彼は石鹼を使い、そして爪磨きで手を洗ってから、手袋をはめた。

私はデリア・ギャレットの太ももが背中と直角になるように押し上げる。彼女のお尻がベッドの端から少し出る形にし、彼が診察しやすいように場所を確保した。

彼が始めると、彼女は辛そうなか細い声をあげた。

マカウリフェが言う。さてと、そうですね、奥様――

（彼女の南ダブリン訛りを聞いて、奥さんではなくそう呼ぶべきだと判断したのだろう。）

良い感じで進行していると思いますよ。

またそんな曖昧な。

医師が手袋を外す。

私はブライディに合図し、手袋を消毒用のバケツに入れてもらう。

子宮口は全開でしょうか？　私は小声で尋ねる。

ああ、そんな風に見えなくもないね。

私は歯を食いしばる。なんではっきりした答えをくれない？　もし彼が間違っていて子宮口が開き切っていないのに、デリア・ギャレットが思いっきりいきんだりしたら、そこが腫れあがって通路を塞いでしまうかもしれないのに……

マカウリフェは彼女に言う。安心してパワー看護婦に任せたらいいですよ。

彼女は激しく吠えるように咳をする。

私は尋ねる。ギャレット夫人がもう少し楽になるよう、何かあげられるものはないでしょうか？

でも、もうあと少しのところまで来てるし、そんな必要は――

それに、彼女を落ち着かせなければいけないんです、と私は食い下がる。プレンダーガスト先生は彼女の高血圧をすごく心配されていて。

彼が目に見えて動揺している。プレンダーガストは彼の上司にあたる。では、クロロフォルムを。

通常量で、とマカウリフェが指示する。

メアリー・オーラヒリーについて彼の指示を仰ぐべきだけど、どうしてかあまり気が進まない。若い医師たちはどうも自然の成り行きに任せることを知らず、ぐうたらな馬を相手にしているかのように挑んでくる――鞭《むち》をバシンと鳴らして。彼らは初産婦を特に信用しない。自力で出産をやり遂げた証拠がないからだと。とりわけ今回のインフルエンザのような病などで、妊婦への負担が大きくなっている場合、マカウリフェのような若い外科医は遅々として進まない出産にしびれを切らし、人工的に子宮口を開いて鉗子《かんし》分娩に手を出す可能性が大いにある。この十七歳の少女が長い間痛みに耐えているのは事実だけど、だからといってこの子犬ちゃんが利にも害にもなる道具を振りかざすところなんて、絶対に見ていられない。

だから私は、デリア・ギャレットに話題を戻した。彼女のいきむタイミングを教えていただけますか？

ああ、いつでもいいですよ。頭が見えたらすぐに、僕を呼んで。分娩始まったら来ますから。そう言いながらもう彼はドアへ向かっている。

もうそんなに長くかからないと思います――このままいていただくことはできないのですか？

今日はみんな死ぬほど忙しいんですよ、と彼は振り返り答えた。

ドアが閉まり、病室は静けさに包まれる。

い、い、い、い、病室シスター代理、と自分に言い聞かせる。背筋をぴんと伸ばす。少しふらつき、頭がくらくらした。パンとココアを口にしてから、随分時間が経っている。

ブライディが私を見つめていた。

私は精一杯の笑顔をつくる。ブライディ、ごめんなさい。昼食をとる時間がなかったですね。

ううん、平気だよ。

少なくとも、デリア・ギャレットを少し楽にしてあげられる。薬棚に向かい、吸入器を取り出し、量を測ったクロロフォルムを、染みのついた綿パッドにつける。左を下にしてもう一度寝てください、ギャレット夫人。そしてこれを口に当てて、必要な時に吸い込むようにしてください。

彼女は口当てにしゃぶりつく。脈に触れてみる。前測った時よりも激しいことはなさそうだ。ああ、どうしてマカウリフェに胎児心音を聴診器で聞いてもらわなかったんだろう？　デリア・ギャレットに頼んだら、今ならもう一度、木のらっぱを試させてくれるかもしれない。

でも、もう次の陣痛がきた。

彼女の腰のくびれを、両拳でぐーっと押す。一分間の痛みは、見ている人にでさえとても長く感じられる。私は彼女の骨盤を押したり引いたりする。まるで重機を扱っているみたいだ。デリア・ギャレットの陣痛が収まるのを待ちながら、自分にはこんな痛みは絶対に耐えられないと思う。だけど、世界中でほとんどの女性がこれをやっているんだ。私ってなんか不気味な存在なのかもしれない。ただ現場上空にふわふわ浮いている。まるで石像の天使みたいに？

今、この時に集中するのよ、ジュリア。

デリア・ギャレットの過去二回のお産では、赤ちゃんがぽーんと出てきたと彼女は言っていた。ということは、もういつそれが起こってもいい準備をしなくては。ロケットみたいに頭が下りてきた時に、会陰が必要以上に裂けないように心がけて。人目を避けられる環境を用意するのは不可能だけど、必要なものを並べ、ベビーベッドも用意しよう。

ブライディ、産科までもう一度上がっていって、車輪付きの折り畳みベビーベッドをもらってきてくれますか？　ベッドの端に取り付けられるベッドですよ？

彼女は走っていった。

ジュリア看護婦！

デリア・ギャレットだ。クロロフォルムをもっと吸って、と言いながら私は吸入器を彼女の口元へ持っていく。本当によく頑張られていますよ。

痛みが引くと、私は手をもう一度洗い、分娩に必要なものの準備を進める。たらいにはヨウ化水銀に浸した手袋、消毒綿、はさみ、クロロフォルムの注射器と、モルヒネの注射器、針受け、縫合針、縫合糸。

デリア・ギャレットの声色が変わる。低いうなり声。

次の陣痛でいきんでみましょうか？

彼女はうんうんと頷く。

吸入器を彼女の手から取り上げる。意識をはっきり持ってもらわないと。

その時はっとした。上階の産科病室にある適切なベッドと違って、この簡易ベッドには足側のベッド枠がないんだ。ということは、デリア・ギャレットを反対向きに寝かせるしかない。

くるっと回ってもらえますか？　頭がベッドの足の方に来るように。

何でそんなことしなきゃいけなくって？

ヘッドボードに枕を立てかける。痛みが来たら、左足をここに押し込んで、思い切り力を込められるようにするためです、いいですね？

邪魔な毛布とシーツをどけ、彼女が動けるようにする。長い環状タオルを金属ベッドの足に結びつけ、彼女の手に握らせる。これを引っ張ってもいいですから。

デリア・ギャレットはしっかりとタオルを握る。息がかなり上がっている。

ナイトドレスを引き上げ、彼女の右足を押し上げて私の膝上にのせた。これでよく見える。

ブライディは、頼んでおいたベビーベッドを押して、もう部屋に戻っていた。色白く、か細く、疲労している。それとも気持ちが昂っているだけ？　たくさんの病室の中から、この病室にあてがわれた今朝——この娘はシスター・ルークに送り込まれた場所が、こんなところだと想像しただろうか？

ありがとう、ブライディ。いそいでマカウリフェ先生を呼んできて。

ぴゅんと走っていく。

あの若い外科医の場合、数回いきんでもまだ生まれずに待たされることになったら、すごく機嫌が悪くなるかもしれない。だけど、大事な局面でここにいてもらえないくらいなら、それくらい我慢する。

次の陣痛で、デリア・ギャレットが甲高《かんだか》い声を出す。

彼女にささやく。低めの音ですよ。低い音のほうが押し出す力がありますから。

デリア・ギャレットのすぐ側に膝立ちし、彼女の腰のくびれに私の太ももを当てて支える。いきむときに、力をしっかりこめられるように。タオルが両手にきつく巻かれ、その周りの肌が白くなっている。息を止め、下に押し出す。その時の静寂。何ごとにも代えがたい。そしてその瞬間、私は悟る。この仕事じゃなきゃ、私はダメなんだ。

あああああああああ！

私は言う。また一分間しっかり休んで。息を整えて。

脈を確認する。そんなに強くない。

お昼ごはんです。（聞き覚えのない声だ。）遅くなってすみません。

デリア・ギャレットのナイトドレスの裾《すそ》をさっと下までかぶせ、ドアの方を向くと、紫の母斑があるキッチン女中が三つ重ねたトレーを抱えて立っている。今じゃないでしょう、お願いしますよ！

あたふたして、彼女はあたりを見渡す。カウンターにも机の上にも置ける場所はない。床に置いてもいいですか？

絶対に誰かつまずくはず。ドアの外に、お願いします、と私は言った。

女中が姿を消す。

苛立ちを振り払い、デリア・ギャレットに集中しなおす。迫りくる次の痛みが彼女の瞳に映る。電車の到着だ。顎を引いて、もう少しです、ギャレット夫人。体を丸めるようにしていきんでください。枕を蹴って、これも引っ張って。

彼女がうめく。

イタ・ヌーナンが先週入院してきた時に、そういえばこう言っていた。彼女の精神がまだ侵されていなかった時。彼女は入院当初、私が近寄ることを拒んだ。近所にばあちゃんと呼ばれる人がいて、いつも赤んぼは彼女に取り上げてもらったんだから、と。ばあちゃんの手は幸運の手《ラッキーハンド》なんだ、と彼女は言った――私のこの手は、幸運を呼ぶだろうか？　その時、私は三つの修了証を持っているんですよ、と彼女に言いそうになって口をつぐんだ。私たちの戦いの半分は、患者を恐怖の渦から引き上げることだ。だから私はイタ・ヌーナンの赤い目をのぞきこみ、言った。私の手もこう見えて、結構ラッキーなんですよ。

デリア・ギャレットのナイトドレスを再びまくし上げ、よく見えるようにした。彼女の右足に私の左腕をかけて引っ張り、視界を妨げないようにする。音もなく彼女はいきむ。黒ずんだ、赤い顔。腿《もも》の間、紫っぽい色をした彼女の肉の中心に、暗い色の毛が見える。頭が見えてきましたよ、ギャレット夫人！

彼女は泣きだし、その頭が引っ込む。

今度は強くいきまないで。少しずつ息を吐きだすだけにしてください、と私は強めに指示する。ろうそくを消すみたいな感じです。

会陰が真っ赤で、はちきれんばかりだ。もし頭が急に、陣痛の勢いで出てきてしまったら、かなり裂けてしまうかもしれない。会陰に圧をかけることもできるけれど、繊細な皮膚を傷つけてしまう。その代わりに、私はシスター・フィニガンの教えに従う。手首の付け根に近い手の平の部分で、デリア・ギャレットのお尻の穴を押す。見えないけれど、そこにある頭を前方に押し出すように。そして私の左手を彼女の太ももの上から股へと動かし、その柔らかい部分の前で受け止める準備をした。さあ、もうちょっと！

彼女は力いっぱい、私の腕の中でいきむ。私の手首がもげるかと思うほど強く。

また頭が見える。私の顔から十数センチのところ。左手の三本の指でそのべっとりした毛の生えた頭をつかみ、引っ張り出そうと試みる……

オオカミに食べられているかのようなデリア・ギャレットの悲鳴。ベッドフレームを蹴っている。背後からバタバタという足音。来たのはブライディだけだ。デリア・ギャレットの頭がベッドの端から落ちそうな状態に出くわし、彼女はあっと息をのむ。

黒の毛がまた見えなくなる。紫に吸い込まれて。平静を装って、私は尋ねる。マカウリフェ先生はどこですか？

男性発熱だって。ごめんなさい。あたしは入っちゃいけないって言われて。けど、伝えてくれるって。

一瞬だけ目を閉じる。私は赤ちゃんの取り上げ方を知っている。幸運の手。

陣痛の中休みを待つ。右手の平の手首の付け根に近い部分、左手の指たち、ぬめぬめした頭をつかもうと力を入れる。まるで雨の中、岩に手を伸ばす登山者のように。今です、全部の力で一気に、がんばれ――

ああああああああああああ！　こめかみが青筋立つ。デリア・ギャレットは鍵穴に差し込まれた鍵。回らない、回らない、あっ、急に回り出し――

絶叫。引き裂かれた、びしょびしょの小包。私の指の間を血が流れていく。頭だけじゃない、赤ちゃんがシーツに飛び出した。

すばらしい！　私は大きな声でそう言った。

だけど、胎児の唇が浅黒いさくらんぼの色。体のところどころに痣があり、皮がむけているところもある。まるで、日焼けしたみたいに。まだ日の光を見たこともないのに。女の子。とっても小さな、動かない、女の子。

赤ちゃん用の毛布に彼女を包み、持ち上げる。小さな体に不釣り合いな大きな頭。もしかしたら私が間違っているかもしれない。彼女の背中を叩く。

待つ。

やりたくなかったけど、私はもう一度、デリア・ギャレットの赤ちゃんを叩いた。

何も変わらない。

皮のめくれたその体をなでる。幅広い顔。優美に浮き上がるまぶた。

ブライディは私の手の中でぐったりとした生物をじっと見つめている。どうしてそれ、少しも

――

死んでるの、そう私は口を動かす。

彼女は本がバタンと目の前で閉じられたような顔をしている。

真ん中のベッドでメアリー・オーラヒリーが上半身を起こし、頬杖をついて、こちらをぽかんとして見つめている。私たちの表情から状況を悟った彼女は、目をそらし、咳と陣痛に耐える。

ギャレット夫人に吸入器をお戻ししてくれる、ブライディ？

口に吸入器が入れられると、すぐにデリア・ギャレットは吸い込む。シューッという音。指の下で、冷たくなっていく、小さな体。声に出さず私は唱える。聖母マリア様、この眠れる赤子に神のご加護を。

そして私は彼女を布で包み、ブライディにたらいを持ってこさせた。

その中に、くるまれた赤ちゃんを入れる。きれいな布をお願い。

布を広げ赤ちゃんの上にかける。視界がぼやける。拳で涙を拭う。

窮屈な小さな部屋は静寂に包まれている。デリア・ギャレットは目を閉じたままぐったりとしている。大仕事に疲れ切って。脈を感じる。落ち着いている。それだけは、良かった。

彼女は少し体を動かし尋ねる。女の子？

私はやっとの思いで告げる。本当に辛いお知らせになってしまうのだけど、ギャレット夫人……赤ちゃん、出てきてくれた時には、もう眠っていました。

彼女は、私の言葉の意味が分からないという顔をしている。

覚悟を決めて伝える。死産でした。心からお悔やみ申し上げます。

デリア・ギャレットは咳をする。まるで岩が喉に詰まったみたいに。そしてそれがむせび泣きに変わる。

ブライディは彼女の肩をさすり、濡れた髪をなで、優しくささやいている。よしよし、よしよし。本当はそんなことは許されないのだけど、本能的な優しさのようなものを感じたので、何も言わないことにした。

目の覚めるような青色のへその緒を、お腹から五センチのところでこま結びにした。生きている赤ちゃんにするのと同じように。デリア・ギャレットの腫れた部分をちょっとすぎた辺りで、もう一つ結び目をつくる。ぶよぶよしたへその緒の上に指を滑らせる。赤ちゃんの結び目から一センチ、そこにはさみを入れゴムのような硬さを一気に切った。

たらいを持ち上げる。

ブライディがささやく。ギャレット夫人、娘さん見ないでいいの?

歩みを止める。死産の赤ちゃんは一刻も早く目に触れないようにし、母親にはその喪失をできるだけ考えないよう促すことが大事だと指導されてきた。

デリア・ギャレットはぎゅっと目を閉じ、頭を横に振る。頬を涙が伝う。

それを見て私は、布が掛けられたたらいを部屋の向こう側に持っていき、机の上に置いた。

ブライディ、ギャレット夫人を元の向きに寝かせてくれる?

静けさの中、他の患者の様子を確認する。メアリー・オーラヒリーは隣のベッドで、銅像のようにじっと横たわっているけれど、体をぎゅっと抱きしめているような格好をしているので、陣痛の最中だと分かった。

オーラヒリー夫人、大丈夫ですか?

彼女は目を合わせずに、ただ頷く。他の女性の悲劇に立ち入るようでばつが悪いとでもいわんばかりだ。だけど産科病室とはこういうものでしょう? ボタンがたくさん入った缶。一つのことが、他のこととひしめきあわない瞬間なんてない。

壁際では、イタ・ヌーナンがまだ眠っているようだ。

ギャレット夫人、後産《あとざん》を待っていますから、仰向けのままでいてくださいね。

そんな言葉は聞いたことがない、とブライディの顔に書いてある。

私は声を落として説明する。この紐をたどると、大きな内臓があるの。それのお陰で赤ちゃんは生きられたのよ。

（少なくとも、ある時点までは。）

デリア・ギャレットの中からだらりと垂れているへその緒は、浜辺に打ち上げられたヒバマタ海藻のようだ。私はそれを少しずつ引っ張りつつ、滅菌した布で裂傷を押さえた。

ブライディは彼女をなでたり、ささやいたりしている。まるでデリア・ギャレットが傷を負った犬みたいに。

銀時計で十五分間きっかり。シーツが赤く染まり、デリア・ギャレットが泣き続ける十五分間。彼女のお腹に私の手を当て、子宮にもう必要のない荷物を排出するよう刺激を与え続ける十五分間。この小さな部屋で、言葉を発する人は誰もいない。へその緒は長くなりもせず、子宮は上がりも、硬くなりもせず、全く動かない。そしてデリア・ギャレットの出血量は増える一方だ。

でも、病院の方針では胎盤が自然に出て来るのを一時間は待つことになっている。クロロフォルムを使用した場合は二時間。薬品のせいで遅れている可能性があるからだ。

ブライディがささやく。その紐、ぐんと引っ張ったら？

私は首を振る。ちぎれるか、子宮全体を損傷してしまう可能性があるとは教えなかった。後者を一度だけ見たことがある。疲れ果てたもう孫もいるおばあさん。四十七歳だった。シスター・フィニガンはこれ以上ないくらい、細心の注意を払っていたけれど。あの時のことは思い出すだけで、吐きそうになる。

デリア・ギャレットの巻き髪は枕で押しつぶされている。私はべとべとする手の甲を彼女の喉元にあて、熱がないことを確認する。一時間、自然に任せなきゃ。

でも悪い予感がする。内側に胎盤が付着したままだとしたら、放置される時間が長いほど、感染症のリスクも高まる。

マカウリフェ先生を待たなければ。それともブライディをもう一度遣《や》って、先生と一緒じゃなきゃ帰ってきちゃダメって強く言ったらどうだろう。けど、来てもらったところで、あの若造に女性の内臓の何が分かるっていうんだろう？

生ぬるい緋色の波があふれ出し、シーツに滴り落ちる。ああ、まずい。胎盤が部分的に剝《は》がれているんだ。こうやって何人もの母親たちが命を落としてきた。

子宮を強く刺激し、中身を出そうと試みる。レモンを搾るように。もう少し頑張りましょう、ギャレット夫人、もう一回いきんでみて――

へその緒についていた重荷が滑り出る。黒々しく光るエビ茶色の肉塊。

出てきましたよ！

でもすぐさま、その安堵《あんど》感も流れて消える。私が恐れていたことが、目の前で起こっている。後産の半分が出てきていない。赤潮だ。ベッドを染めていく。

ルールを頭の中で反復する。助産婦が人工的胎盤除去を行うのは極力避けるべきだが、他の止血処置が効かない場合と対処に当たる医師が不在の場合は例外である。もう時間がない。これ以上待っていたら、デリア・ギャレットが失血死してしまう。

シンクで私は入念に手を洗う。爪磨きが肌を傷つけ、フェノールが沁みる。ドアのすぐ向こうに、骨男《ボーン・マン》が立っている。小さな命を一つ、もう既に奪っていった。誰も気づかないうちに。今もすぐ近くをうろついて、カタカタ骨を鳴らして踊っている。まるでカブでも持つかのように、その骨の手で笑うしゃれこうべをぶらぶらさせながら。石鹸ですすぎ洗いし、ゴム手袋を装着する。

デリア・ギャレットの両足を肘で押し開け、薄めた消毒液を裂傷にかける。

彼女がうめく。

私は言う。なるべく速くしますから。彼女の両膝をしっかり押さえておいて、ブライディ。残りを全部取っちゃうから。

今の今まで、この処置はオレンジを使った練習でしかしたことがない。三年目の訓練内容だった。シスター・フィニガンが胎盤除去を詳細に説明するのを聞きながら、皮を途中までむいた大きなスペイン産のオレンジで試した。

左手で彼女のふにゃりとしたお腹に手を当て、丸い子宮をつかむ。それを私は圧《お》しつけて自分の手が届くくらい低い位置に下げると、できるだけそこで安定させつつ、右手を円錐《えんすい》の形にして、中に突っ込んだ。

デリア・ギャレットが叫び声をあげる。

滝の後ろにある洞窟。熱い赤を手袋が通り抜け、腕がすっぽり包まれる。子宮口に届いた。そのままできるだけゆっくりと中に手を進める。彼女は泣きわめき、右に左にのたうち回っている。

ブライディは彼女の肩をしっかり押さえ、固定している。優しくささやく。えらいよ、すごく、えらい!

ちゃんと入った。すぐに私は指を丸め、子宮の壁を傷つけないようにする。慎重なコソ泥。光のない部屋を手探りで進む。

デリア・ギャレットは膝を閉じて私の腕の動きを封じようとするが、ブライディがそれを引き留め、諭す。ジュリア看護婦がちゃんとしてくれるから。もうちょっとだよ。

どうして彼女にそれが分かるというのだろう? 私は不安でたまらない。ゴム手袋から触れているものが何かさっぱり分からない。

これだ、この形。締めつけられる手の付け根の辺りで感じる――間違いない。

デリア・ギャレットは泣きじゃくる。もうやめて、お願いだから。

あと少しだけ。

私は胎盤の後ろに小指一本を差し込み、そこから出ている線維をかき集め、引き離す。これで外せる。指の数を二本、三本と増やし、その凄《すさ》まじい果物を手袋越しにぎこちなくつかむ。出てきて。その物体に真剣に願うような気持ち。お願いだから彼女から離れて。

もう勘弁してよ!

ここでやめるわけにはいかない。まだ、ダメだ。

ブライディがデリア・ギャレットを強く押さえ、母親のように彼女をなだめようとしている。

全て取らなくちゃ。これで全部? 集められるだけ集めたまとまりのない束をひねり、その膜状物質を手の平に集める。ぬるぬるした肉の絡み合った物体。さあ、出しますよ!

(場違いに明るく響く。)

硬い丸い鍵穴から、私は拳を引き出し、その中には宝物。一瞬だけとどまり――

そして滑り落ちる。シーツの上に拳一個分の真っ赤な塊。

デリア・ギャレットがしゃくり上げる。

もう一つたらいを用意してもらえますか、ブライディ?

たらいに入った胎盤を私はつぶさに観察する。残っていたもの全部とれたように見えるけど。でも念のために、もう一回確認して、どんな欠片や血栓も逃さないようにしなきゃ。もう一度だけ、中を感じさせてもらえますか、ギャレット夫人――

彼女はあまりの勢いでばたんと足を閉じたので、骨と骨がぶつかる音が聞こえた。

私は厳しく告げる。感染症の予防のために、もう一回だけ見ないといけません。

新しい手袋を装着し、個別包装された消毒薬が染み込ませてある球形ガーゼを開ける。私が頷くと、ブライディはデリア・ギャレットの膝を押さえる。できるだけ優しく、中に手を入れていく。

彼女はより大げさに泣いたけれど、抵抗しなかった。

私はガーゼを使ってそのくぼみを消毒し、細菌が繁殖しそうな粘膜が残っていないか確認する。これで、よし。大丈夫です。もうこれで、全部終わりました。

よろめきながらシンクへたどり着き、手袋を外した。フェノール液を用意する。膣《ちつ》洗浄をして、私が彼女の体内に入れてしまったかもしれない細菌を殺すためだ。その液をアルコールランプで温める。止血に、高温は効果的だ。肩越しに彼女の様子を見る。あんなに頑張ったのに私の腕の中で死んでしまうんじゃないだろうか。

ブライディはベッドの上でしゃがみこみ、彼女の手を取って、何かささやいている。

滅菌したバルブシリンジを取り出す。ゴム製の球状のところがあって、そこからチューブが出ている。足が二本しか残っていない赤いクモをいつも連想してしまう。消毒液を手首の内側に数滴落として、温度を確かめる。そして大きな瓶に流し込む。新しい手袋。

出血は落ち着いてきたようだ。ギャレット夫人、これで温かくしてきれいに洗いましょうね。

シリンジのシンカーを瓶の中に落とし、ガラス製の先端を子宮頸部に差し込む。丸い部分を押して液体を中に流し込む。その間に、彼女のしわくちゃなお腹をもう一方の手でマッサージする。ピンク色の水が流れ出した。シーツに染み込み、私とブライディの前掛けを濡らす。

やっと、手の平の下で間違いなく子宮収縮が感じられる。出血はほとんど止まった。麦角《ばっかく》も処方しなくていいし、缶いっぱいのガーゼを詰め込んで止血する必要もない。これでこのお産はおしまい。母親は失わずに済んだ。

この病室の代表者は誰？

ぎくりとして振り向く。

黒ずくめの見知らぬ人。これが、悪名高い、リン医師。男性が身に着けるような襟シャツにネクタイ。それなのに、無地のスカートをはいて、前掛けはつけていない。四十代くらい？　長髪（少し白髪交じり）で頭の後ろに二つのおさげ。窓からさっき見た、毛皮を着てた女の人だ。

彼女の視界には、血をべったりつけている私とブライディ。デリア・ギャレットの乱れたベッドの脇に、突っ立っている。そして、空っぽのベビーベッド。彼女が頭を動かし目をやった先には、布で覆われたたらい。

II

茶

私がリン医師に報告する間、デリア・ギャレットの小さな泣き声が聞こえていた。部屋が薄暗い。秋の太陽が気づかないうちに沈み始めている。スイッチまで行き、まぶしい天井灯をつけた。

ありがとう。

リン医師はまだ、私を責める言葉を発していない。

自分の腕当てのひどさに目を覆いたくなる。茶色に変色し始めている。ボタンを外して、洗濯用バケツの中に落とし、腕を洗い、新しい腕当てをつける。

ブライディは隅っこで、この一時間のあまりの展開に呆然としているようだった。

リン医師は眼鏡をくいっと上げ、デリア・ギャレットのカルテに目を通し、最下部に何か書き留めた。

お産後の片付けをするべきだと分かっていたけれど、医師と患者の間に割り込みたくない。空っぽのベビーベッド——これだけはデリア・ギャレットから遠ざけよう。まるで咎《とが》めるように佇《たたず》んでいる。押すと、車輪の一つがきぃーと音を立てた。病室担当シスターの机まで押していく。（今日は私の机。何が起こっても、全て、私の責任。）

リン医師が言う。お悔やみ申し上げます、ギャレット夫人。

小さな泣き声。

（私が何かしくじったのだろうか？　息が詰まりそうなこの部屋から、今すぐに逃げ出したい。）

あなたの娘さんの様子から、とリン医師が告げる。彼女の心臓は数時間前には止まっていたようです。おそらく、インフルエンザの影響でしょう。

ということは、私のせいで赤ちゃんが死んでしまったのではないということ。それでも、気持ちは沈む。今朝、デリア・ギャレットがぶつぶつ文句を言ったり、雑誌をめくったり、ソーセージをこっそり食べたりしている時にはもう、彼女の乗客は旅立っていたのだ。

デリア・ギャレットが言う。だけどあのお医者様――プレンダーガスト先生は――わたくしはとても軽い症状だとおっしゃいました。

リン医師は深刻そうに頷く。軽症でも子宮内の胎児に危険が及んだり、早産になってしまったりすることが判明しています。

泣き声が大きくなる。

静かな声で医師が言う。私が間に合っていたとしても、あなたの娘さんのためにできたことはなかったかもしれません。ですが、遅くなってしまい、本当に申し訳ありませんでした。さあ、少し横になって眠ってください。その間に、きれいにしておきますから。

むせび泣く母親から返事はない。

リン医師は私の方に振り返ったけれど、その時私はクロロフォルムの準備に取り掛かっていた。医師が彼女の骨ばった指を消毒している間に、デリア・ギャレットのべっとりとした頭の後ろに分厚いマスクの紐を結び、クロロフォルムを垂らす。あっという間に、彼女は眠りについた。

リン医師が私に声をかけた。君にも悪かったね――病院からの電報が届くのに何時間もかかってしまって。自宅から離れたところにある、自分で立ち上げた無料診療所に出てたもんだから。

毛皮を着てたこの外科医は婦人慈善家なのだろうか？　熱心で有能そうに見えるし、自分の開業病院に加えて仮の慈善診療所まであるのに、今日ここに加勢に来てくれるっていうのは、国民としての責任感がすごく強い人なんじゃないだろうか。お給金だってそんなに出るわけではないのに。でも、反乱軍の戦闘員だった人だ——暴力的な反乱に加わり、強制移送された人。だけどそんな風には見えない。このリン医師という人物が、どんな人なのか全く分からない。

自分の手を洗い、道具がのったトレーを取り出し、ホルダーにぐいんと曲がった長い針を入れて、腸線を針穴に通した。

リン医師はデリア・ギャレットの股を開き、慎重にその傷に触れ状態を確認する。これはひどいね——巨大な頭に破られて、しかも破られ損。

この女医は一体どれくらいの経験を積んで、これからの処置にあたろうとしているのだろう。先生は一般医師なのですよね？

彼女は、細めた目で私の目を見つめ、口元には皮肉な笑みを浮かべている。会陰裂傷の縫合が私にできるのか聞いてるのかな、パワー看護婦？

私はごくりと唾を飲む。

産科は私の専門分野の一つ。眼科・耳鼻科と精神病も専門だよ。

私は目をしばたく。興味の範囲が広すぎる。

助産婦の資格も持っているし、複数の分娩病院で勤務していたこともあるって言ったら、少しは信用してもらえるかな。

ブライディは壁際に立ち、たじろぐ私を見て面白がっているようだ。

フェノール液を意識のないデリア・ギャレットの股に注ぎ、亜麻脱脂綿で優しくちょんちょんと押さえる。

綿はないの?

不足しています、と私は答える。

リン医師が頷く。肛門まで裂けているね。経産婦ではとても珍しいけど運が悪かったね。

会陰をかばおうと試みたのですが。

ああ、批判するつもりで言ったんじゃないよ、と彼女は目線を上げずに言う。こういうことはあまり言わないようにしているんだけど、率直に、かなり危ない状態だったから、もし君が止血してくれていなかったら、この人は助かってないよ。

ブライディがニコニコ笑って私を見ている。

頬が燃えるようだ。まるで私が誉められるのを待っていたみたいじゃないか。

リン医師が針受けを私の手から取る。絹糸じゃないね? あっちのほうがしっかり結べるんだけど。

残念ながら、もう何週間も入ってきていません。

縫合が始まる。看護婦、シフトに入ってどれくらい?

えっと……今朝七時からです。

休憩なしで?

全然問題ありません。

リン医師の縫合は非の打ち所がなかったが、裂け目があまりにもギザギザで、デリア・ギャレットが元通りだと感じられる日が来るのかと不安になる。

ブライディ、と私は呼ぶ。冷蔵庫にもう一度行って——さっき行った備品室にある——凍らせた綿パッドを持ってきてもらえますか？

彼女はさっと飛んでいく。

リン医師が最後の糸を切る。さて、できた。まあでも、腸線は自然に溶けて消えるから、抜糸のためにまたここに戻ってきてもらう手間は省けたね。今日のことは思い出したくないだろうから。

消毒液をもう少し垂らし、シーツをとりあえず、デリア・ギャレットの腰まで引き上げる。手を洗った後、彼女はハンドルをぐるぐるまわして高窓を全開にした。空気がこもらないように。新鮮な空気入れて！

はい、先生。

私は言伝《ことづて》を走り書きしながら答える。すぐギャレット夫人の旦那さんに電話してください、と書き終え、その紙切れを前掛けに入れる。

リン医師はメアリー・オーラヒリーの手を取る。まるでパーティー会場で出会ったみたいに。それで、ここにいるのはどなたでしょう？

オーラヒリー夫人、十七歳、初産婦です。陣痛が一日、二日続いていますが、今のところ二十分間隔です。

ああ、それはさぞ辛かっただろうね。

優しい言葉に、メアリー・オーラヒリーの左目から涙がこぼれ、彼女は咳き込み始めた。

彼女のカルテを壁から取る拍子に、ゆるんでいた釘が抜け床に落ちてくるくると回った。すみません！

医師にカルテを渡し、急いで釘を拾う。その時、銀時計のことが頭をよぎる。デリア・ギャレットの赤ちゃんの印を刻まなくては。

医師がメアリー・オーラヒリーの問診をしている間、背を向けて前掛けから重い円盤を取り出す。印と印の隙間に小さな線を刻む。円じゃなくて、短い線。

ブライディはそこに立ってじっと私を見ている。前掛けのポケットに銀時計を落とし入れ、壁に釘を戻した。

彼女はこんもりとした物体をさし出す――私が頼んだ冷凍綿パッドじゃない。毛織袋に入った苔《こけ》、と彼女が言う。看護婦さんが効き目あるって。

つまり、それしかないということだ。ため息をついて私は受け取る。

デリア・ギャレットの眠りが浅くなり私の声が聞こえるかもしれなかったので、私は忠告する。ちょっと固定しますよ、ギャレット夫人。

その冷えた苔ソーセージのようなものを彼女の股の間に挟ませ、およそ三十センチ幅の帯の下側をピンでとめ、三つの紐をきつく締めた。

それは何のため？　ブライディが尋ねる。

引き伸ばされた真ん中の部分を固定しています。ああ、この言伝を四階にある執務室まで持って行ってもらえますか？

ブライディは、役に立ちたくてうずうずしているように、瞬時にそれをつかみ取った。

デリア・ギャレットは、眠ったままうめき声をあげる。

彼女の目が覚める前に、赤ちゃんの遺体を目につかないところに移動させなければ。狭いカウンターの上から、積み上げてあった空の靴箱の一つを下ろす。ろう紙を広げ、たらいの覆いを取り、毛布にくるまれた赤ちゃんを持ち上げる。ろう紙の上に赤ちゃんを置き、なるべく体裁《ていさい》よく包む。

蓋を閉める手が、少し震えた。茶色の紙袋に入れて、紐をかけて結ぶ。予期せぬ贈り物のように。

出生証明書も死亡診断書もいらない。法的には、ここで何もおこらなかった。〈ギャレット〉と箱に書いた。〈十月三十一日〉。

明日、デリア・ギャレットの旦那さんがこの靴箱を取りに来ますように。こういう場合、受け取りに来たがらない父親も少なくないので、看護婦長は靴箱が何個か集まるのを待ってから、墓地に送らせるようにしていた。

リン医師はメアリー・オーラヒリーの腹部を触診し、聴診器で聞いている。今のところ、忍耐しかないね。パワー看護婦に睡眠薬を用意してもらうから、それでなんとか時間をやり過ごして、休める時に、休んで力を蓄えるように。

デスクまで来て、彼女は指示を出す。クロラールを。子宮口を開く効果もあるから。だけどクロロフォルムはやめておこう。初期の陣痛を弱めてしまうからね。

私は頷きながらメモを取る。

医師は声を落として続ける。時間がかかりすぎているのが少し心配だね。母親はまだ準備が整っていないようだし、栄養状態も悪い。私が世界の支配者だったら、二十歳前の出産は禁止にするけどね。

この大胆な発言で、リン医師のことが少し好きになる。

メアリー・オーラヒリーは無言で薬を飲んだ。

ブライディももう帰ってきている。

靴箱を彼女に渡す。地下にある遺体安置所にこれを持って行ってもらえますか。

どこって?

私はささやく。死んだ人がいくところよ。

ブライディは目線を落とし、自分の手にしているものが何か気づく。

頼むことはできますか？　と私は尋ねた。

もしかしたら世間知らずの娘に、無理を強いているのかもしれない。二十二、くらい。どうしてあんなに曖昧な言い方をしたのだろう。今の時代、自分が何歳か本当に分からない人なんているんだろうか？

大丈夫、とブライディが答えた。

そして、赤銅色のふわふわした髪をなでつけてから、出て行った。

すごく活きの良い雑用係だね、とリン医師。

そうなんです。

見習い？

いいえ、本日限りのボランティアみたいで。

メアリー・オーラヒリーは既に眠りかけているように見える。しかし、イタ・ヌーナンはもぞもぞとして、彼女の呼吸音にキーキーという音が混じり始めた。リン医師は彼女の手首を持ち、私は体温計を手に急ぐ。

ヌーナン夫人、具合はどうですか？

彼女の咳はまるで銃声のようだけど、咳き込みながらも微笑む。素敵でピッカピカ！　磨き粉なんていらないね。

六日間ずっと熱が続いてる、とリン医師が言う。入院時から、足はこんな風に白かった？

頷く私。ずっとその大きさで、冷たくて硬いままだと言っていました。前回の出産からずっと。

イタ・ヌーナンの熱はおよそ一度下がってはいた。でも、脈と呼吸数が上がっているね、とリン医師が告げて、胸のくぼみに聴診器を当てる。ふむ。常時だったら放射線装置で検査したいところだけど、でもあそこは今、廊下の中ほどまでずらっと列ができてる。

常時だったのって、いつが最後だったっけ、と頭の中で考える――夏の終わり？

医師が続ける。まあでも、X線で分かるのはどれくらい彼女の肺が詰まっているかってことで、それを取り除く方法を教えてくれるわけじゃないからね。

イタ・ヌーナンが喘《あえ》ぎながらも、最大限の親しみを込めて医師に話しかける。飲み会までいなさるんでしょ？

もちろん参加しますよ。ありがとう、ヌーナン夫人。

リン医師が私に話しかける。左腕に若干の麻痺があるね。このインフルエンザでは珍しくないことだけど。めまいはどう？

おそらくあると思います。先ほどお手洗いに連れて行ったとき、そうかもしれないと思いました。

カルテに記入しながら医師が言う。せん妄状態の患者から明確な答えが引き出せないのは、もどかしいね。一つ一つの症状がその病気の言語の一単語なのに、ちゃんと聞くことができないこともある。

聞くことができても、明確な文として理解することが難しい場合もあります。

彼女は頷く。だから、ただ口をつぐませるしかないんだ、一単語、そしてまた一単語。

私は尋ねる。ヌーナン夫人にはもっとウイスキーを与えるべきでしょうか？　プレンダーガスト先生から――

物憂《ものう》げに彼女が答える。うーん、今のところインフルエンザ患者に安全に与えられるのはアルコールしかないみたいだしね。色々なことを考慮すると。

見知らぬ顔の准看護婦がドア口に立っている。リン先生？　女性外科病室に来ていただけますか？

医師は立ち上がり、眼鏡をくいっと上げる。今行きます。振り向いて私に呼び掛ける。ギャレット夫人のために病院付きの牧師を手配するよ。

彼女にウイスキーを与えてもいいでしょうか、後陣痛と咳のために？

もちろん。どの患者にもそれは与えて大丈夫。君の判断に任せるよ。

その指示に私は驚く。それって――特定の処方がないのに薬を与えていいということですか？そんなの規則に反する。もし彼女の言っていることを誤解していたら。出過ぎた真似をしたと首になるかもしれない。

リン医師はしびれをきらしたように頷いた。今日はいくつもの病室を担当させられているし、パワー看護婦、君はすごく優秀そうだから。アルコールはどの患者にも与えていいし、もし痛みがひどいようだったら、クロロフォルムとモルヒネの投与も君の判断で行ってください。

感謝の気持ちでいっぱいになる。リン医師が手かせを外してくれた。

病室に入ってきたブライディが、入り口で医師とぶつかりそうになる。少し息切れし、そばかすの散る頬骨がてかっている。三段飛ばしで階段をのぼったんじゃなかろうか？

ちょっと休憩して、とリン医師が声をかける。

平気だよ。次は何したらいいの、パワー看護婦？

焼却用シュートまで、デリア・ギャレットの出産で汚れたものを持っていき、洗濯用シュートまで血だらけのシーツを持っていくように彼女に頼んだ。

手狭な私の城を見渡すと、割れた体温計がまだ入っている鍋が目についた。中の冷えた水をシンクに流すと、鍋底でガラス片がキラキラ光り、水銀の粒がころころしている。新聞紙を小さな袋形にして、全て集める。

ブライディがちょうど戻ってきて、私を見た。それ割っちゃうなんて、あたし間抜けだね。

あなたのせいじゃありません。沸騰したお湯が、水銀を膨張させてガラスを割ってしまうことを、私が最初に教えておくべきでした。

彼女は首を横に振る。考えれば分かったことだもん。

教えられたことを学ばなければ、生徒を責めなさい。でも、教え方が悪い場合――そして教えてもいない場合は――教師を責めなさい。

彼女はにかっと笑う。てことは、あたし生徒なの？　いかしてる。

新聞袋を畳みながら言う。今のところ、教師らしいことは何にもできてなくて申し訳ないけど。

まぁ、でも今はぜんぶ、くそみそだから。

ブライディは息をひそめてつぶやいた。その表現で私が気を悪くすると思ったのかもしれない。

私はひそかに微笑む。ティムがよく使った言い回しだ。

もうろうとする意識の中で、デリア・ギャレットは枕がずれるくらい大きく首を振る。

ブライディは頷くようにして彼女を指す。あの人、血を出しすぎて死んじゃっていたかもしれないんでしょ、パワー看護婦があの塊を取り出さなかったら。そう先生は言ってたんだよね？

私は顔をしかめる。どうでしょうね。

彼女は星空のような、青く輝く瞳を私に向ける。あんなの初めてみたよ！

崇拝されるようなこと、何もしてない。今日の午後だって、少しでも手際が悪かったら、デリア・ギャレットは引き裂かれ、二度と子どもができない体になったり、死んでしまったりしていた可能性だってあった。どんな看護婦も、心に跡を残す大きな間違いを犯したことがあるはずだ。

独り言のようにブライディがつぶやく。あの人にはよかったかもね。

裕福という意味だろうか？　今のギャレット一家にとって、それが何の意味を持つというのだろう。私は静かに聞き返す。よかったっていうのは、どういう点で？

いない方がいいってこと。

一瞬よく分からなかった。小声で聞き直す。いないって――赤ちゃんのこと？

ブライディは息を大きく吐く。だって結局、苦労ばっかりなんでしょ？

言葉がない。人類の主な目的に対して、彼女のような若い娘がどうしてこんなにひねくれた考え方をするようになったのだろう？

それにギャレット夫人も、三人目はいらないって言ったよ？

だからといって、彼女の悲しみは減りません、とだけ私は答えた。

ガラス片と水銀の包みに視線を戻し、業務に集中しようと努める。これを燃やしたら危険な煙が出たりしないだろうか。

ブライディに病院の外に出て一番近くにあるゴミ箱に捨ててくるように頼む。それから、昼食をとってください――というより、夕食ね、もう。

忙しいシフト中は、お腹が空かない。私の身体にとって必要なことは全て、後回しになるみたいに。母斑がある給仕係を追い返してしまったことを思い出す。あのランチトレー、ブライディ、ドアの外にまだありますか？

彼女は首を横に振る。もう誰か取っちゃったみたい。

特別にまた持ってきてもらうなんてできない。厨房はてんてこ舞いだ。それでは、ブライディ、食堂に行ってみんなの食べ物を、トレーにのせて持ってきてもらえますか？

彼女はガラス片の入った包みをいったん置くと、髪の毛に触れる――ぐちゃぐちゃの銅線。私があげたクシを取り出し、彼女なりに精一杯、後ろになでつける。

さあ行きなさい。きちんとして見えますよ。

彼女はぴゅんと消える。

奇妙な生き物。ブライディ・スウィーニーという娘。でも、病室仕事の筋はとても良い。静けさに包まれる。

前掛けが汚れ、飛び散った血の跡までついている。新しいものに着け換える。ぺたんこのお腹をなでつけて、皺を伸ばす。お腹が鳴る。シフトが続く限り、動き続ける私。

デリア・ギャレットが目をしばたき、少しずつ我に返る。するとおもむろに横向きに身を投げ出し――

私はたらいをつかみ、棚から布を一枚とって駆け付ける。出てきたほとんどは間一髪受け止めることができた。

彼女のえずきが止まるのを待って、口元を拭く。クロロフォルムの後によくあるんですよ。体の中をきれいにしようとしているんです。

記憶が彼女を殴りつける。目線が定まらない。あの子はどこ――赤ちゃんをどこにやってしまったの？

娘の顔が見たかったのだろうか？　見るようにもっと強く勧めておけば良かった。でも、あの真っ黒な唇を見て、もっと辛い思いをさせることになっていたら？

私は告げる。未洗礼児墓地《エンジェルズ・プロット》に行きましたよ。

何ですって？　しわがれた声が返ってくる。

墓地の中にそう呼ばれる特別な場所があるんです。

（集団墓地をどう説明したらいいんだろう。）

私は何とか取り繕う。素敵な場所です。緑があって、お花も咲いています。

彼女のまんまるな頬に、塩水で線が描かれる。ビルになんて言ったらいいの？

こちらで電話して、旦那様には説明します。

（まるで、説明のしようがあるといわんばかりだ。）

私は、飛び散った吐物を布でぬぐう。上半身を起こしてみましょうか。さあ、ギャレット夫人、その姿勢の方が良いですよ。

この姿勢になることで、子宮の内容物を出し切ってしまえるのだと伝える気にはなれなかった。

半ば無理やり彼女を引き上げ、枕にもたれかけさせた。

彼女の心拍数と脈の強さは正常に戻っている。血の流れも正常。小さな荷物を産み落としてしまったから。パッドを確認する。出血はとても少ない。デリア・ギャレットに残されたのは咳と、赤ちゃんの頭によって裂かれた陰部。赤ちゃんはいない。収穫、なし。

ウイスキーは彼女の胃に良くないと考え、お茶を用意する。強めに淹れて、角砂糖は三つ。疲れた心に効くように。それから受け皿にビスケットを二枚。

デリア・ギャレットはお茶をすする。涙が口の両端に流れ込む。

私は、ビスケットを食べるように勧めた。

彼女は見もせずに、手だけを動かしてビスケットを探している。

病室はかなり静かだ。話題の尽きた、盛り上がらないお茶会みたい。

左手のベッドで、イタ・ヌーナンがいきなり両足を蹴りだし、私はびくっとした。彼女は座り、唇をすぼめ、鼻の上に皺を寄せて、悪臭でもかいでいるような表情をしている。せん妄によるものだ――幻視、幻聴だけでなく幻臭も引き起こす。

喉は渇いていませんか、ヌーナン夫人？

蓋つきのコップを彼女に差し出したが、彼女はそれが何なのか分かっていない様子だった。唇につけると、真っ赤な顔を背ける。濡らした布を首にあて冷やそうと試みるも、彼女は床に投げつけ、そしてベッドに潜りこんでしまった。脈をみようと彼女の手首に触れようとしても、腕を体の下に隠してしまう。

背後でカタカタと音がする。食べ物でいっぱいのトレーを抱えたブライディが、後ろ向きでドアから入ってきた。

急いで机の上に場所を確保する。

泥水のようなシチューが二皿。白っぽい、転覆した小舟のようなものが浮かんでいる。くずくずのキャベツが一山に、カブのような匂いがするドロドロした物体。マーガリンがぬられた戦時パン。パイが二切れ。多分ウサギのパイ。それからプルーンが小さな器に一盛り。

ブライディが言う。ほら、鶏肉の切り身まであるよ。

ゼリー漬けされているように見える。缶詰だ。

魚を揚げたのも！

そう言った後に、彼女の表情が曇る。けど、インフルエンザはこいつのせいだって、調理場の人が言ってた。

こいつって……魚？

彼女は頷く。死んだ兵士を食べた魚から始まったって。

そんなことはありえませんよ、ブライディ。

ほんとのほんと？

百パーセント、本当です。

私がそう言うと、彼女はくすくすと笑いだした。

なんですか？

百パーセント本当なんて、ありえないもん。だって、本当にどこから来たかなんて、だーれも知らないんでしょ？

やきもきして答える。では、九十五パーセントにしておきましょう。

皿の下に敷かれた紙に、何か印刷されている。まだインクが乾ききっていない。

清潔にし、温かくし、栄養を十分に取りましょう。
ただし、燃料と食料を必要以上に使用することは禁止します。
早く寝て、窓を全開にしておきましょう。
その際、隙間風に当たることは避けましょう。
換気と消毒
それこそが我が国の救世主。

逆説的な文言に自然と口がすぼまる。なんかどっちにしろ、虚しく思えてくる。健康のために暖炉のガスを少し上げるにしろ、節約のために下げるにしろ。手に入らなくなった小さなものを嘆くたびに、もっと悪い状況の人たちもいるのにと自分を恥じる気持ちになる。煤けた空気のように漂う罪悪感を吸い込んで、最近の私たちは生きている。

でもブライディは違う。立ったまま、ウサギのパイをおいしそうに食べている。リッツホテルの食事を味わうかのように。

自分を奮い立たせてシチューの皿を手に取る。ひとさじ。そして、もうひとさじ。食糧省は戦争開始で栄養状態が改善されていると主張する。野菜の量が増え、砂糖の量が減ったとか。まあ、彼らが言いそうなことだ。

ブライディに話しかける。こんなに大変な状況になる前、私たち看護婦には一時間休憩が与えられていて、看護婦専用の食堂まであったんですよ。

彼女は感嘆の声をあげる。一時間も?

ニュースを一緒に読み合ったり、編み物したり、歌ったり。蓄音機の音楽で踊ったりもしました。

パーティーみたい!

それは少し言いすぎです、と私は言う。お酒もないし、煙草もないし。煙草は仕事中じゃなくてもダメなんですよ。

でも、すっごく楽しそう。

ジュリアと呼んでもいいですよ、もしそうしたいなら。

自分で言って、自分で驚いている私。しかも私、あんなに小さな声で。

ただし、患者さんの前ではダメですよ、と私は付け加える。

ブライディは頷く。ジュリア、と優しい調子で繰り返す。

ときどき、言い方がきつくなってしまったらごめんね。

きつくなんてないよ。

小声で私は認める。インフルエンザが流行り出してから、気が短くなってるの。内面が少し死んでいるみたい。

少し死ぬなんて無理だよ。土に埋められてないってことは、百パーセント生きてるってこと。

彼女に笑顔を返す。

ブライディはメアリー・オーラヒリーがまだ寝ているか確認し、イタ・ヌーナンとデリア・ギャレットが聞いていないのを確かめてからささやいた。さっき食堂で聞いたんだけど、インフルエンザでわけが分からなくなって、奥さんと子どもたちを殺した男がいるんだって。

作り話みたいだけど、と私は言う。（そうでありますように。）ただ、自分の命を絶ってしまった感染者は数名知っています。

彼女は胸の上に十字を切った。

自分と家族のために薬を買いに出たある男性がね、と私は話し出す。公園を横切り、池のそばを通って……でもその後、池を泳ぐ白鳥たちの間に頭を突っ込んだままでいるところを、保安官に発見されたんですって。

ブライディは息をのむ。身投げしたの？

きちんと考えられてなかったのかもしれません。すごく熱くて、池の水がどんなに冷たくて気持ちがいいだろうと考えたとか？　それか、偶然転んだ先が池だったのかも？

イタ・ヌーナンにブライディが視線をやる。あの人から目を離さないようにしなきゃ。ひどい熱だもの。

そうですね、先の尖った道具などは絶対にせん妄状態の患者さんの側に置きません。包帯もダメです。

ブライディは滑らかなおでこに皺をよせた。包帯も?

首の周りに巻き付けるしぐさをしてみせる。

ああ。

ブライディには教えなかったけれど、ある少女はトイレの個室であやうく首を吊って死ぬところだった。シスター・フィニガンが間一髪のところで彼女を見つけた。彼女の場合、熱はなかったけれど、絶望する理由があった。十二歳で妊娠七か月。彼女がほのめかしたことから、彼女の父親を私たちは疑っていた。

左手のベッド脇に立ち、ブライディはイタ・ヌーナンを見下ろしている。青っぽい、と彼女が言う。

今、なんて?

この爪。これがさっき教えてくれたことかな——赤、茶、青、黒?

彼女のもとへ急ぐ。イタ・ヌーナンの爪の付け根は確かに青っぽくなっている。チアノーゼが進行しているのかもしれないけれど、彼女の顔色はまだ赤く、ギトギトしている。それよりも気がかりなのは、彼女の呼吸。バグパイプに空気が閉じ込められたみたいに、皮がパンパンに引き伸ばされているような音がする。彼女の短い呼吸を、銀時計を出して数える——六十秒で三十六回ということは、心臓も両肺も、いっぱいいっぱいだ。彼女は小舟を着岸させようと必死でオールをこいでいる。小刻みに震えているので、ショールともう一枚毛布を体に巻き付けた。脈拍数は一分間で百四。脈はかなり弱くなっているように感じられる。

くらくらしますか、ヌーナン夫人？

何か言葉を発しているが、聞き取れない。

低血圧の場合、患者の足を四角いクッションに置いて高くするのが効果的だけど、その体勢は肺うっ血には最悪だ。同じことがぐるぐると頭の中を回り、パニックと敗北感の輪を描く。私は何もしなかった。ただ観察し、待った。

ドアを叩く音。エグザビア神父だ。

彼の優しい、皺の刻まれた顔からは、彼が一体何歳なのか見当がつかない。五十歳でも、百歳でも、その間のどの年齢だと言われても、全く不自然に感じないと思う。パワー看護婦、と彼の冬のような声が呼ぶ。ギャレット夫人はここですか？

リン医師は間違った聖職者をよこしてしまったんだ。彼女のベッドを指さす。だけど、彼女はプロテスタントなんです、神父様。アイルランド聖公会です。

幽霊のような顔をしたデリア・ギャレットは、背もたれにしていた枕から半分ずり落ちている。その横の小さな棚ではお茶が冷え切り、受け皿でビスケットが溶けている。

彼は頷く。残念なことにあの司祭もやられましてね。だから今日は私しかいないのです。右足蹴りも左足蹴りも関係ない。ほら、よく言うでしょう、どんな猫も暗闇では灰色。

私はブライディに説明する。エグザビア神父様は病院付きのカトリック教神父でいらして、退職の際に、ドミニク司祭様が代わりに入られたのですよ。

そのドミニク司祭が、今週になってインフルエンザで倒れて、と彼が話を継ぐ。それで私が、呼び戻されたのです。

デリア・ギャレットのベッドの横に、彼のための椅子をねじ込む。大変狭くて申し訳ありません、神父様。

大丈夫です。あまり長く座ってると体が痛くなってしまいますからね。

彼は壁にぴったりと背中をつけ、体勢を整える。

ギャレット夫人、アイルランド聖公会の友人の代理として参りました。あの者は体調が優れないのです。異議はございませんか？

彼女のまぶたは閉じられたまま、ぴくりともしない。眠っている、それとも無視しているの？

彼はかがみこむ。あなたの苦悩のほどお察しします。

応答なし。

エグザビア神父はため息をつく。どの宗派のキリスト教徒であろうと、希望だけは否定できないと私は信じています。少なくとも、主は憐れみにおいて、救済の術《すべ》をお与えくださる。子宮において死に、洗礼されなかったのは赤子のせいではないのですから。

デリア・ギャレットからむせび泣きが漏れ、咳に変わる。この人、良かれと思って言っているんだろうけど、もう放っておいてあげてほしい。

子どもたちを来させなさいと、おっしゃったのはイエスでありましょう？　ですから、あなたの赤子も神と守護天使たちの愛溢れる庇護《ひご》のもとにあります。

彼女はそれをはっきり聞いたようで、神父とは反対側に顔をぷいと背けた。

年老いた神父は辛そうに背筋を伸ばし、言う。もう休むのがいいでしょう。

机までやってきて彼は尋ねる。准看護婦がついたのですか？

ただの下女、と私が答える前にブライディが言う。穴埋めなの、神父さんと同じ。

彼は私を見て、彼女の方向に頭を向ける。なかなか頭が切れる娘のようですね。

手を焼いております、神父様、と私は答える。

神父はくしゃみをし、大きな赤くなった鼻をぬぐう。これは失礼、ご婦人方。

私は尋ねる。風邪でも召されたのですか？

このインフルエンザの治りかけなのです。

ちょっと失礼して――

手の甲を彼のおでこにあてる。少し温かい。寝ていなくていいのですか、念のために？

いいえ、動いていたらそのうち治るでしょう、と神父は言う。発熱病棟で少しは役に立つのなら、そっちの方がいい。

ですがご負担が――神父様はもう……

彼はふさふさした眉を上げる。私はもう、若くないと言うのですね、お嬢さん。けれど、もし私が今夜召されたとして、大きな計らいの中で一体何が変わるでしょう？

ブライディが声をあげて笑った。

エグザビア神父は彼女にウィンクする。私は平気です。年寄りの方が若い人よりずっとよく持ちこたえてるとも聞いています。

私はその発言を肯定する。まあ、そういう傾向はありますが。

神父はきっぱりと言う。神の思《おぼ》し召しはいつも謎に満ちています。

デリア・ギャレットの目が開き、その視線はドアを出て行く神父のあとをたどる。まるで抜け殻になってしまったみたい。

こんな彼女を見るのは辛い。温かいウイスキーはどうですか。ギャレット夫人？

コップを受け取るやいなや、彼女は一気に飲み干し、そして枕に頭をのせて、目を閉じた。

また静けさが来る。息つぎの時間だ。一分間ジャグリングし続けて、その次の一分は、更に高速でジャグリングしたあとの休息。

イタ・ヌーナンのぐったりとした姿を見つめる。上体を起こさせて、呼吸しやすいようにするか、それとも足を高くして、脈を改善させる？　それとも平らに寝かせるべきだろうか——最善の妥協策のように思えるけど、どちらの問題も結局解決しないからダメ？　全ての症状はメッセージ。それはそう。だけど私は理解できていない。ついていけていない。

ブライディは床にモップ掛けをしている、頼まれてもいないのに。なんてスタミナの持ち主だろう。彼女にありがとうと言う。

どういたしまして、ジュリア。

私のファーストネームを少しはにかみながら呼ぶ。まるで体に合うか試着してるみたいに。

窓の外は、真っ暗。全ての光がこっそり逃げていった。

夜なんて大きらい、とブライディが言う。

そうなの？

夜が来れば寝なきゃいけない。けど、どんなに頑張っても眠れない。自分がイヤになる。だって朝が来て、鐘が鳴っても起き出せなくてすごく辛い思いすることになるのに。

どんよりとした暮らしの印象。スウィーニー家はすごく厳しい状態なのかもしれない。両親につらく当たられているのだろうか？

どすん。

左手のベッドを見ると空っぽで、シーツは盛り上がった波のようになっている。頭が混乱して一瞬、イタ・ヌーナンがどこに行ったのか本気で分からなかった。

私は、メアリー・オーラヒリーのベッドから急ぎ回り込もうとして、ベッドフレームに向こうずねを思い切りぶつけた。

イタ・ヌーナンは幅木のすぐ横で、魚のようにのたうち回っている。白目だ。彼女の両足は毛布に絡まり、両手をバタバタさせている。小さな棚の角に頭を打ち付ける。

ブライディが叫ぶ。たいへん！

イタ・ヌーナンが呼吸しているのか分からない。腸から異臭が上がってきている。彼女の横にひざまずき、頭の後ろに枕をすえる。彼女の片手が私の胸を叩いた。

口の中にスプーンをつっこんだら？　とブライディが尋ねる。

ダメ、歯が割れたら大変。もっと枕を！

ドスンドスンと足音がして、バタンバタンと戸棚の中を探す音が聞こえる。

なすすべもなく、ひざまずいたままの私。イタ・ヌーナンが骨を折らないように押さえつけようとするけれど、彼女は痙攣《けいれん》し続ける。口の片端からバラ色の泡。横向きに寝かせて窒息を防がなければいけないけど、この状況じゃ無理だ。隙間にぴったり挟まっている。しかも両足はまだベッドに上がったままで、毛布でぐるぐる巻きになって取れない。

子どもの頃の祈りの言葉が頭の中に縫い付けられていく。神の母聖マリア、私たち罪びとのために、今も——

ブライディが三つの枕を私に手渡す。

でも、イタ・ヌーナンはもう動かない。痙攣も止まった。彼女の胸は上がりも、下がりもしない。

私は前掛けで彼女の口を拭い、身をかがめ、頬を彼女の唇にあてる。

何してるの？

しーっ！

私は待った。呼気は顔にあたらない。全く。彼女を動かすのを手伝ってください、うつぶせにします。

床で？　そう聞きながら、もうブライディは毛布のもつれをほどいている。イタ・ヌーナンの両足が自由になり、下に落ちる。巨大な白い足と、痩せっぽちの足。

彼女をうつぶせにすると、一方の頰が床板に触れた。彼女の頭側に座るべきだったけど、そんな場所はない。彼女の背中をできる限りの力で押して、両肺に空気を送ろうとする。彼女をまたぎ、腕を組ませ、黄ばんだ指先が彼女の顔の下にくるようにした。両肘を持ち、ぐーんと後ろに引っ張って胸を開かせる。練習した通りに。あばら骨の後ろを押し、肘を強く引く。押して、引いて、押して、引いて。生地の塊をこねてるみたいだけど、すごく粉っぽい。パンなんて永遠に焼けない。

そしてついに、私が動きを止めた時、部屋の空気も固まったようだった。銀時計を確認する。五時三十一分。

この人……

ブライディに答えることができなかった。今日はあまりに辛い日だ。目を閉じる。

私の手が握られる。ふりほどこうとした。

でもブライディは手を離さない。それどころかぎゅっと強く握りしめる。

だから私も彼女の手を握り、その指に力を込めた。痛いくらいに強く。

それから私は顔の汗をぬぐうために手を引っ込めた。汗だけ。泣く余裕なんてない。

その間中ずっと、頭の中で計算していた。シスター・フィニガンが子宮底の高さを恥骨から測って、イタ・ヌーナンはおよそ二十九週目だろうと結論付けた。その場合、医師を呼んで死亡診断をしてもらえばいい。理論上は二十八週目から胎児は生存できるとされているけれど、現場では三十週に満たない場合、生存確率がとても低いため、生まれても反応がなければ蘇生を行わないのが病院の方針だ。

でも気がかりなのは、出産が近くなると子宮が下がってくるため、妊娠九か月が八か月に見えることもあるし、七か月に見える場合もある。そうすると、ごく小さな、でも重大な結果をもたらしかねない一つの可能性がある。つまり、シスター・フィニガンの予測が間違っていて、彼女が——十二人目の妊娠だったためにお腹が普通よりもかなり下がっていて——もう正産期だったという可能性が否めないということだ。

ブライディ、すぐにお医者様を呼んできて。

ベッドに上げるの手伝ってからでいい？

行って！　私は怒鳴った。

私の頭の中のこんな悲惨な計算、どう説明したらいいのか分からない。

すぐ行く、と彼女が答える。リン先生？

私は手を振る。誰でもいい。

死後帝王切開の場合、絶対に産科医である必要はない。救うべき母親はもうおらず、ただ切られるべき彼女の死体があり、取り上げられるべき赤ちゃんがいるだけ。助けられる可能性があるのは二十分間だけど、早ければ早いほどいい——脳障害のリスクが低くなる。

廊下を走るブライディの足音。

私は脱力感に襲われる。

デリア・ギャレットはピンと背筋を伸ばして座り、私を非難するように睨みつける。まるでこの部屋が地獄への控室で、私がその世話人とでもいわんばかりに。ヌーナン夫人まで――お亡くなりになったのですか？

私は頷く。大変なところをお見せして――

じゃあどうして声を荒らげたりするんです――急いだってもうどうしようもないのに？

体がまだ温かいうちであれば、外科医によってその果物を収穫できる可能性があるのだと、彼女に伝える気にはとてもなれなかった。

イタ・ヌーナンの体に両腕を回し、力を込めて彼女をベッドに上げる。背中に激痛が走る。仰向けに寝かせた。彼女の見開いた目を閉じ、両手を合わせる。片方の手がだらりとベッド横に垂れさがり、それを私はまた持ち上げて毛布の中に入れた。神父がいないため、私が唱える。永遠の安息を彼女に与え、絶えざる光を彼女に照らしたまえ。

銀時計を確認したい衝動を抑える。刻一刻と進んでいく時間を、遅くすることなど私にはできない。ブライディが医師を見つけるのに二十分以上かかるかもしれない。でも、もしそうなれば、この重い判断を誰にも委ねずに済む。

前掛けをまるめて洗濯カゴに投げ入れ、新しい前掛けをきゅっと結び、次に来るものがなんだって立ち向かう覚悟を決める。一歩ずつ、少し前に足を出し続ける。それ以外、私に何ができるというのだろう？

リン医師が滑るように現れ、そのすぐ後ろにブライディが続く。イタ・ヌーナンの首で脈を確認しつつ、リン医師は私の矢継ぎ早の報告に耳を傾けた。

頭の奥で、自問する。なんてことしたんだろう？ なんでこんなに急いで先生を呼びにブライデいを遣ったんだろう？　もし私の疑念で先生が、未発達の苦しんでいる赤ちゃんを取り出すとして、その子が二十九週とか、二十八週とか、二十七週だった場合の結末はもう目に見えてるのに……

リン医師が手術をしないと決断した瞬間が私には分かった。三つ編み頭をかすかに揺らす。普通の人には分かりっこない、彼女のメッセージ。

ほっとして足がふらついた。

いいいいインフルエンザによる熱性痙攣、イタ・ヌーナンのカルテ下部にリン医師は記入し、K. Lynn とサインした。

Kは何の頭文字だろう。

執務室には私から連絡しておきますね、パワー看護婦。

今日、リン医師のもとで亡くなった初めの患者だろうか、と私は考える。

ヌーナン夫人に背中から胸骨圧迫を実施し、と私は言う。両腕を引き上げたりもしたのですが。

蘇生はいつでもやってみる価値はあるよ、と平坦な声で彼女が答える。やるべきことは全てやったって、心を落ち着けることができるし。

（でも私の心は全然落ち着いていない。）

急速に悪くなっていると気づいた時点で、と私は尋ねる。刺激剤を試すべきだったでしょうか――嗅ぎ薬やストリキニン注射などを？

彼女は首を横に振る。苦しむ時間が数分増えるだけで、命を救うことにはならなかっただろうね。もうね、ハエみたいに落ちる患者がいれば、平気な顔で助かる患者もいる。その謎が解明できなければ、何一つしてやれることがないんだよ。

メアリー・オーラヒリーは眠り薬に見せられている夢の中で、咳をしている。

リン医師は彼女のもとへ行き、手の甲をピンクの頬にあて熱の有無を確認する。それからその場で振り返り、悲しみに暮れるデリア・ギャレットを見つめる。

咳はどうですか、ギャレット夫人？

彼女はただ肩をすくめる。今更どうでもいいでしょう？ とでも言いたげだ。

出産による感染症の疑いは？ リン医師が私に尋ねる。

私は首を横に振る。

医師が退室すると、カウンターで綿棒の包みを数えていた私のところにブライディがにじり寄ってきた。二十九週とかってなんのこと？

躊躇したが、静かな声で教える。もし胎児がもっと発達していたら——出てくる準備ができていたら——医師が取り出していたかもしれないの。

一体どう——

お腹を切り開いてね。

指でメスを持ち切るしぐさをしてみせる。

薄い青色の瞳が大きくなる。そんなの気色悪い。

やっとの思いで、小さく肩をすくめる。両方は救えなくても、一つの命を救うためだから……

それで母ちゃんなしで家に帰すの？

そう。

銀時計で五時五十三分。イタ・ヌーナンの末っ子の跳ねるような鼓動が止まったのはいつだろう。生まれることもなく、死んでしまうって一体どういうことだろう？

ブライディ、雑役夫室に行って、ヌーナン夫人のために二、三人連れてきてもらえる？

今すぐに。

ブライディがいなくなって、私は死人に清拭をほどこす。イタ・ヌーナンがまだ全てを感じられるかのように優しく。時間があったし、それにどうしてか、遺体安置所の係に彼女の身支度を任せたくなかった。

デリア・ギャレットは壁の方に顔を向けた。まるで死んだ戦友が恥ずかしくないように気遣うように。

ぱりっとしたナイトドレスに着替えさせ、小さなスズ製の十字架を首元から外して、重ねた両親指の下に入れた。彼女の顔を白い布で覆う。

彼女の少ない荷物もまとめる。紙袋には刈り取られた髪――見た瞬間、私は崩れ落ちそうになった。彼女の帰りを待ちわびるヌーナン一家。手回しオルガンの男（自分が寡夫になったと彼はいつ知るのだろう？）と七人の子どもたちは、彼女の代わりに傷んだ巻き毛が入ったこの袋を受け取る。

グロインがブライディについて入ってきた。彼女に歌いかけながら。

〝お別れの日は、ねえ、明るく送り出して
辛い日に思い出して
心安らぐように。きっと雨の後に、
輝くお日様のように、僕を照らすから……〟

苛立つ私。二人は必要とお願いしたでしょう。

ごめんなさい、グロインさんしか見つけられなくて。

左手のベッドを彼は見る。あーあ、今度は、イカレ頭の肩掛け姉さんがくたばっちまったんですか？

歯の隙間から私は話す。ヌーナン夫人には、せん妄の症状があっただけです。特に気に留めない様子だ。んじゃあ、目に見えない讃美歌隊に仲間入りしたんですなあ、天国の讃美歌隊。天職見つけたってわけだ、あのばばあ。境界線をひょいとまたいで、あのばばあ――

お黙りなさい！

叫んだのはデリア・ギャレットだ。ベッドからうなり声をあげる。

この時ばかりは、グロインも口をつぐんだ。

ベビーベッドを彼の方に押す。車輪の一つがきいーっと音を立てる。これを運び出していただけますか？　そして担架と、もう一人誰か連れて戻ってきてくださいますか？

肩を落とした様子で雑役夫はベビーベッドを受け取り、押しながら退室した。

デリア・ギャレットの体温、脈、呼吸を確かめる。身体は理想的な回復を見せている。

ブライディは消毒液でカウンターと机を拭き、イタ・ヌーナンの体液で汚れていた部屋の隅にモップ掛けをし、そしてもう一度きれいな水を使って部屋の床全体にモップをかけた。

みんな見ないふりをした。私たちの間に横たわっている死んだ女性。彼女の顔を覆う白い布。

数時間とも思えるくらいの時間が過ぎ、やっとニコールズとオーシェイが両側のぼこぼこした担架を運んできた。はしごか、格子《こうし》窓みたいだ。

メアリー・オーラヒリーは男たちを見て目を丸くしている。一方の手を口に当て、まるで目が覚めたのに、悪夢の中にいるような顔だ。ああ、マリア様！

ニコールズは目を伏せる。すんませんね、ご婦人たち。

彼女は、金属マスクを見るのが初めてなんだ。この男性はなんて辛い人生を送っているんだろう。同じ人間として歩いているのに顔半分は金属で――その下に隠している穴よりも見た目は良いのかもしれないけれど、それでもかなり不気味に目立っている。

私は雑役夫に優しく話しかける。進めてください、ニコールズ。

ブライディはメアリー・オーラヒリーのすぐ横で、彼女の肩に腕を回し、耳元で何かささやいている。おそらくイタ・ヌーナンの顚末《てんまつ》を話しているのだろう。

少しもたつきながらも、男たちは担架にイタ・ヌーナンの遺体をのせた。ぶるぶるオーシェイは有能だ。震えがあるにもかかわらず。前線で傷ついたのは彼の手だろうか、それとも脳？　多くの帰還兵たちは、私の弟も例に漏れず、不良品になって戻ってくる。表面上は傷一つなくても、見えない心の傷がある。

イタ・ヌーナンが雑役夫に運び出されるのを見送りながら、私たちは十字を切った。

長い沈黙の後、ブライディが尋ねる。あの人の顔どうしたの？

戦争です、と私は答える。

でもさ、どのくらい残ってるのかな、マスクの下？

私が知るわけないでしょう、ブライディ。

メアリー・オーラヒリーのカルテを外し、釘を取った。まだイタ・ヌーナンの印をつけていない。銀時計を取り出し、円盤を埋め尽くしつつある印たちの隙間を探す。印をつけるとき、その前に死んでしまった女性の満月や、生まれてくる前後で亡くなった胎児の三日月や短い線と重なるようになってしまった。イタ・ヌーナンの小さな円をできるだけきれいに刻もうとしたけれど、滑ってしまい終わりは尖った線のまま。まるで秒針を数えるかのようにして、銀時計を構える。死人たちの象形文字的集合体が浮かび上がり、迫ってきて私を通り過ぎる。星くずに圧倒される。周りが暗くなり、一瞬、自分の目がおかしくなったのかと思った。でもすぐに病室の照明だと気が付いた。

メアリー・オーラヒリーが息をのむ。

また減灯のようですね、と私は穏やかに言う。ご不便をおかけしてすみません、みなさん。夕方にこうなるのが当たり前になってきた。一時間ずつ夜が深まるごとに、多くの人たちが仕事を終えて家路《いえじ》につき、お茶を淹れて心細い灯りの周りに肩を寄せ合う。電力の各自供出。暗がりで、ブライディが自ら進んで左手のベッドのシーツを取り換えている。

私は尋ねる。よく眠れましたか、オーラヒリー夫人？

彼女が困惑したように答える。多分。

彼女のお腹のふくらみに手を当て、胎児がまだ正しい位置に入っているか確認する。らっぱを使い、かすかな、とても速い心音を聞くことができた。陣痛はどうですか――何か変わったことはありますか？

あんまり変わらないと思います。

彼女は身震いをして、咳をした。

温かいウイスキーのコップを、彼女の手に持たせる。

メアリー・オーラヒリーはぐいっと一口飲み、むせた。縁からこぼれそうだ。

少しずつ飲みましょうか。強いお酒を飲みなれていないと思うから、と私は言う。陣痛と咳を少し楽にしてくれますよ。

彼女がいざという時に、出産する体力が残っていないのではないかと私は密かに危惧していた。

卵甘酒《エッグフリップ》をつくりましょうか？　ビーフ・ティーはどうですか？

　絶対イヤだという顔をして彼女が首を振る。

　パンなら少し食べられそう？

　多分。

　棚の箱からパンを一切れ取り出していると、メアリー・オーラヒリーがやきもきし始める。病院じゃなくて、家にいるべきだって言われたんです。それなのに、ここに来てもらうのもダメなんて。デリア・ギャレットががらがら声で答える。まあそれでも、おうちで首を長くして待っている子どもたちはいないのですから。

　メアリー・オーラヒリーは頷きながら、パンを少しかじった。でも、妹と弟たちが五人もいて、朝と夜のお世話するのは私なんです、と彼女が話す。父さんは今ごろ大変だろうな。

　ブライディが尋ねる。旦那さんには、妹さんや弟さんたちを任せられないの？

　その若い娘は首を横に振る。オーラヒリーさんは船の荷下ろし係だったんだけど、今、港は休止状態だから。それで今は車掌なんだけど、それも代理で、ずっとってわけじゃないんです、と息切れしながら彼女が付け加える。トラム乗り場に毎朝行かなきゃいけないんです。晴れも雨も関係なし。せっかく行っても仕事がない日もあって。

　ウイスキーのせいで饒舌《じょうぜつ》になっているのだろう。私は言う。それは大変ですね。

　彼女が答えた時、声がとても小さくて、咳き込むのを我慢しているように聞こえた。すごく怒るの！　それに加えて今度は、私の仕事まで遅れちゃう。

　どんな仕事？　とブライディ。

　前は泥地で石炭の燃えカスを集めてたんです。けど、オーラヒリーさんがそれを嫌われて。

（この男のことがもうすでに嫌い、まだ会ったこともないけれど。）

彼女は続ける。だから、今は家でドロンワークしてるんです。配達の男の子がハンカチの束を持ってきてくれて、糸を抜き取って模様を作るんです、分かります？

そんなハンカチを一揃い、わたくし、持っています、とデリア・ギャレットが言う。

私が作ったものかも！

次の瞬間、メアリー・オーラヒリーは体を棒のように固くし、痛みに耐える。大きな咳をする。続けて四回。

私は薄暗い照明の下で、銀時計を見る。前回の陣痛から十五分。

彼女がばたんと仰向けになったので、声をかけた。もう少し歩いてみましょうか、オーラヒリー夫人、もし可能なら？

従順な指人形のように、ベッドから出てくる。

さあ、ショールをどうぞ。

彼女の肩周りに巻き付け、頭の上にも回す。

悩ましげな表情。彼女がささやく。看護婦さん、どうして私の赤ちゃん出てこないんですか？

もしかして……あの人の赤ちゃんみたいになっちゃうの？

デリア・ギャレットのほうに頭を揺らす。ほんのすぐそこだ。

私は彼女の手を取る。少しかさかさしている。そして、彼女に言う。さっき耳にあてるらっぱで、あなたの赤ちゃんの大きな心臓の音、しっかりと聞くことができましたよ。まだ準備ができていないだけです。

彼女は頷く。信じようとしている。

自然は、自然の時計に従っているんです。だけど、ちゃんとその時がきたら、うまく行きますから。

メアリー・オーラヒリーは私をじっと見つめ返す。母親のいない娘が二人。私の今言ったことが真っ赤な嘘だって、彼女は私と同じくらい分かっているはず。けれど、できるだけの慰めを、受け取ってくれた。

彼女は今朝ここに来た時、おへそがぱっくり開くと思っていた。実際、彼女自身もまだほんの子ども。だけど、すぐに姿を変える。母親にならなければならないのだから。

失礼しますよ！　男の声がドアロから聞こえる。

グロインが少女を腕に抱いて入ってきた。まるで花嫁を連れて戸口から入るように。

グロイン、あなた一体——

左手のベッドに彼女をちょいと下ろすと彼は答える。車椅子が足りんのですよ。

（イタ・ヌーナンのベッドがずっと空っぽのままなんてあるはずがないでしょう？）

新患者は体を折り曲げて、咳き込む。彼女が上半身をまっすぐにした時、私は茶けた照明に目を細めて彼女を見た。メアリー・オーラヒリーほどは、若くない。ただ同じようにかなり痩せている。ギョロリとした瞳。その上の藁《わら》色の髪。そして大きなお腹。

彼女の肩の端に、手を置く。看護婦のパワーです。

彼女は答えようとするが、咳き込んで話ができない。

お水を飲んでみましょうね。

ブライディが急いでグラスに水をつぎに行く。

新患者は何か言葉を発しようとしていたけれど、聞き取れなかった。腕にロザリオの数珠《じゅず》が二重巻きにされ、肌に跡を残している。

無理しないでくださいね、えっと……

グロインに手をさしだし、カルテを求める。ぼんやりした電球の方へ傾けて読む。〈オナー・ホワイト、妊娠二度目、二十九歳〉。（私と同じ歳だ。）十一月末が予定日。ということは、現在三十六週目。インフルエンザにかかったのは丸一か月前だけれど、よくあるように、合併症があるようだ。

咳が良くならないようですね、ホワイト夫人？

コンコン、咳が続く。涙目だ。鉄欠乏症。紙のように白い肌から分かる。

コートを掛けていると、彼女の薄手のコートの襟折り返しにある小さな赤い聖心のマークと、ポケットの中の変な塊に気づいた。乾いた皮とその破片が私の手の平に残る。これって……ニンニク？

ホワイト夫人は喘ぎながら、とても小さな声で、グリッペ除《よ》け、と言った。

グロインがけたたましい笑い声をあげる。そりゃあ効果てきめんでしたな。

この患者には、遠い西部の訛りがある、と私は思う。雑役夫が帰るまで着替えは待たなければならない。

彼はだらだらしている。それでパワー看護婦、死にぞこないとはうまくやってますかい？

誰のことか一瞬分からなかった。ああ、リン先生のことですか？　すごく経験豊富な医師のようですよ。

グロインは鼻を鳴らす。政治運動と無政府主義が大得意ですってね！

よしてください。

ブライディが口を挟む。死刑になるとこだったんでしょ？

嬉々《きき》とした顔の彼女を見つめる。私の雑用係は、グロインの肩を持つつもり？　私は尋ねる。どこで聞いたのですか？

階段のとこ。

そりゃあ事実ですよ、とグロインが念を押す。蜂起の後、九十人が死刑を命じられて――ご婦人方だけは恩赦になったんだ、とグロインが不満げに付け加える。そいで十六人にぶっ放しただけでやめちまったんでさ！

まあでも。（患者たちがこの話を聞いていることに不安を覚えた。）少なくとも、今日は産科を専門とするお医者様がいらっしゃるということでいいではないですか。

まあそうですね、どうせリン嬢はサツからばっくれるためにここにいるだけですから、と彼が言う。

私は眉をひそめる。話が見えない。どうしてこの期《ご》に及んで警察がリン先生を捜さなくてはならないんですか？　反乱軍は昨年、全員が牢屋《ろうや》から出されたはずでは？

グロインは鼻を鳴らす。看護婦さんは新聞をお読みにならないんですかい？　五月にもう一度反逆者たちを捕まえようとしたんですよ、今度はドイツの奴らと武器密輸した罪で。あの女王バチがどうやって網目を潜《くぐ》り抜けたか知りませんがね、今だってあの女は逃亡中で、こうして俺らがしゃべってる間だって、あの女は――

彼が固まった。

振り返ると、リン医師がさっと入ってきた。眼鏡の後ろの表情からは、彼女が私たちの話を聞いていたかどうか分からない。けれど、私の顔は燃えるようだった。

彼女はうっすらと照らされた病室を見渡す。こんばんは、ギャレット夫人、オーラヒリー夫人、そして……こちらはどなた？

オナー・ホワイトを紹介する。

彼女の三つ編みは乱れがなく、襟もパリッとしている。グロインの言うように外国勢と何か画策しているなんてありえない、と自分に言い聞かせる。

生きていてくださいよ、ご婦人方、とグロイン。彼はぶらぶらと出て行く。歌いながら。

〝ああ、死よ、そなたの刺《とげ》は今いずこ？
ああ、墓場よ、そなたの勝利は今いずこ？
地獄の鐘がリン、リン、リン。
我がためでなく、君がために……〟

ブライディの助けを借りて、オナー・ホワイトをナイトドレスに着替えさせた。その間、リン医師が検査をする。熱はなし。でも脈と呼吸が少し速いね。苦しそうに呼吸しながら、食欲はなく、ただ横になりたいのだとその女性は医師に伝えていた。

リン医師がスプーン一杯のトコンを与えるように指示する。肺を楽にするためだ。

咳をすると痛みますか、ホワイト夫人？

彼女は胸骨をさすり、ささやく。ナイフで刺されてるみたい。

十一月末が予定日ですね？

オナー・ホワイトが頷く。医者によると。

どれくらい前のことですか？

かなり前。何か月も。

初めて胎動を感じたのがいつか覚えていませんよね？

リン医師がなぜこれを知りたいかというと、通常十八週までに初胎動を感じる場合が多いからだ。

でも、オナー・ホワイトは肩をすくめるだけだった。

また彼女が咳き込みはじめたので、フェノール液でチャプチャプしている痰用のコップを渡した。

黒っぽい線の入った緑色の物体を、彼女は吐き出した。

鉄欠乏症のために鉄剤を毎日与えてください、と医師が指示する。でも、お腹を壊さないかどうか注意してあげて。

私は、戸棚へと鉄剤の瓶を取りに行く。

リン医師が告げる。あなたは肺炎を患っています。つまり、インフルエンザがあなたの肺深くに巣くっているということです。

患者の目がぎらりと光る。彼女は聖なる数珠をぎゅっと引っ張った。

でも心配はいりません。パワー看護婦がしっかりお世話してくれます。

(イタ・ヌーナンとアイリーン・ディヴァインみたいに？)

オナー・ホワイトはこっそりと秘密を告げる。先生、私はここから裂けるよ。

彼女はふくらみの中心に指をのせる。

咳をするとそう感じますか？

彼女は首を横に振る。

リン医師は安心させようとする。出産の時期が近くなると、張り裂けるように感じるのはよくあることですから。

違う、ここ——

オナー・ホワイトはナイトドレスをできるだけ控えめに引き上げる。ドレスの裾とシーツの間に大きなピンクのピカピカ光るボールが露わになる。彼女はおへそを通ってあばら骨のあたりまでまっすぐ延びる茶色の線を指さす。日に日に濃くなってる。

リン医師は笑みを隠して答える。それは黒線と呼ばれるものです。ただの色素だから安心して。目の下にできる人もいるんですよ、と私はオナー・ホワイトに教える。上唇に出る人もいます。その通り、とリン医師。茶色の皮膚も、白の皮膚と変わらないですよ。

でも、前はなかったのに……

前回は、と彼女は言いたかったのだろう。

デリア・ギャレットが急に声を出す。わたくしのものは、おへそでぴったり止まりました。

オナー・ホワイトはぐるりと左に体をひねって、隣人を見る。

ビルの母親には、きっと女の子が生まれてきますよと言われたんです。

そう言うと、彼女の瞳は涙でいっぱいになった。

彼女を蝕《むしば》んでいるものに対して、私はどうすることもできない。あんなに深い悲しみに効く薬を私は知らない。

オナー・ホワイトに鉄剤を渡し、咳のために温かいウイスキーも与えた。

しかし、酒の匂いに顔を背け、ぜえぜえしながら彼女は言う。私は絶対禁酒協会会員《パイオニア》です。

そういえば、小さな聖心がコートについていた。ええ、でもこれは治療のためです。

彼女は頭《かぶり》を振り、十字を切る。

リン医師が指示を出す。では、ホワイト夫人にはキニンを出してあげて。それからホットレモネード。さあ、我らが初産婦さんの調子はどうかな？

メアリー・オーラヒリーを見ると、目をぎゅっと閉じたまま仰向けになっている。陣痛はまだ十五分間隔です、残念ながら。

羊膜《ようまく》が破れた感じはある？

私は首を横に振る。

彼女は口をすぼめ、手を洗いにシンクへ向かう。

ああ。ということは、ついに内診のリスクを負う時が来たんだ。

私は声をかける。オーラヒリー夫人、リン先生がどれくらい進んでいるか見てくださいますよ。

従順な人形のような十七歳の少女。でも、私が彼女を内診の体勢にさせ——横向きにして、お尻がベッドの端から突き出すように——ナイトドレスを引き上げると、彼女が大声を出した。落ちちゃう！

大丈夫ですよ。ブライディがしっかり支えてくれますから。

ブライディはベッドの反対側の端にちょこんと座り、彼女の手を取った。

では、準備をしていきますね……

外陰をライソル液で消毒し、石鹸で洗って、ワギナからシリンジを入れて膣洗浄し、リン医師の内診で、体外から体内に細菌が決して入ることのないように念入りに行った。

リン医師がささやく。力を抜いてね。すぐに済むから。

メアリー・オーラヒリーは抗議しなかったが、彼女の呼吸が速まったのが分かった。激しく咳き込む。

医師は一本の指に神経を集中させて子宮口の縁が見つかるか確かめようとしているのだ。見つからないことを願いながら。組織が伸びきって薄くなり、指で触っても分からないくらいにならないと、いきむことはできない。

リン医師が手袋をはめた片手を抜く。破水させますね。お産を速く進めるために。

彼女は私の方に顔を向け、言う。状況的にそれが良いと思う。

メアリー・オーラヒリーの状態は、今朝ここに来た時からあまり変わっていない。数か月前までだったら、彼女が必要なだけの時間をかけて良かったけれど、リン医師はこの少女の二重の苦しみを早く終わらせてあげようとしているんだ。グリッペと、急ごしらえの病室で何日間もお産に耐える苦しみを。

すぐに私は消毒された鉤針《かぎばり》がのったトレーを用意した。

それを見て彼女がわっと泣き出す。

ああ、先生はこれであなたを刺すわけではないのですよ。あなたの赤ちゃんが泳いでる水の入った袋に少し穴をあけるだけです。

羊膜嚢《のう》という言葉はおそらく聞いたことがないだろう。

タオルを二枚、お願いできますか、ブライディ？

それを畳んでメアリー・オーラヒリーの下に敷く。彼女はコンコンコンと不安げに咳をしている。

もう一度膣洗浄。忌々しい、滅灯め。小さな電池式の懐中電灯を取り出し、リン医師の手元を照らす。（もちろん、ドイツ製。四年ももったなんて奇跡。いつも肌身離さず大切にしてきた。）

医師は器用に左手で彼女を開き、右手指で針先をカバーしながら鉤針を入れていく。目線は遠くにあり、まるで夜の山道を進んでいるみたいだ。

羊水が流れ出る。透明だ。懐中電灯の眩しい光に照らされて。緑や黄色、茶色っぽい胎便の形跡がない。こういう色が混じると、赤ちゃんをすぐに取り出さなければならない。

素晴らしい、と医師が言う。

私はメアリー・オーラヒリーのナイトドレスを引き下げ、彼女を座らせた。

彼女は身震いし、もう冷えてしまったウイスキーをすする。もうこれで痛いのは終わりかな、看護婦さん？

彼女の無垢《むく》さに胸が痛む。陣痛が早く、もっと激しく来るようにした処置で、彼女の赤ちゃんを絞り出せるくらいの、より強力な陣痛を引き起こすのだと、私が伝えるべきなのだろうか？

その代わり、私はこう言った。そこに少し余裕ができたので、お産が速く進むかもしれませんね。

ブライディは濡れたタオルを片付け、私はベッドを整えた。

医師のところに行くと、手袋を外している最中だった。私は静かに言う。私が退勤すると助産資格を持つ者はいなくなります。残っているのは一般看護婦だけです。

リン医師は疲れた様子で頷く。じゃあ退勤する前にオーラヒリー夫人の確認に来るよ。それから——誰だったっけ、プレンダーガスト？——に真夜中過ぎたくらいに来てもらうように頼んでおこう。

彼女が去ると、オナー・ホワイトはまた痰を吐きだした。私はブライディにそのコップを渡し、中を捨ててフェノールですすぐよう指示する。

その瞬間、照明が戻り、ほっとした。

これで新しい患者のカルテがちゃんと読める。夫の氏名の欄に〈ホワイト〉とだけある。洗礼名すらない。夫の職業欄は空白だ。ということは、夫はいない。夫人という呼称は、ただ形式的なものだろう。戦前はかなり衝撃的なことだったけれど、戦争が始まってからはそんなに驚かなくなった。婚外出産が実際に増えているのだろうか。それとも母国へと帰還する男たちが少なすぎて目立たなくなった？　オナー・ホワイトは、熱心なカトリック教徒で禁酒協会にも入っているのに、婚外妊娠。しかもおそらく二回目。このちぐはぐさに興味が湧く。とにかく、未婚妊婦だからといってネチネチ言うことは、私はしない――古臭い堅物《かたぶつ》の中には言わずにはいられない人もいるみたいだけど。シスター・ルークとか。

カルテの端、転院依頼元の欄に、通りをいくつか越えたところにある施設の名前があった。母親と赤ちゃんのための大きなホームで、望まれない子どもを出産するために母親たちが向かう場所だ。向かう、というより送られるという言葉のほうが良いかもしれない。詳しいことは私もよく知らない。この手のことは、恥ずべきこととして覆い隠されてきた。女性がもし面倒なことになったら修道女の厄介になるというのはよく知られていて、こういう施設は国中に点在する。けれど、その中で何が行われているのか話す人は誰もいない。オナー・ホワイトの最初の子どもはどうなったんだろう？――生きられたのだろうか？

シンクで洗い物をしているブライディの耳元で話しかける。あなたは患者さんと話すのがすごく上手よね――

ごめんなさい、あたし、おしゃべりで。

違うのよ、みんなそれでリラックスできてると思うの。だけど、ホワイト夫人には……あまり事情を聞かないであげてくれる？

ブライディは眉をひそめる。

彼女は、ええっと、始業ベルの前に学校に行ってしまったの。

ブライディは何のことか分からないという表情をしている。

未婚ってこと。（ささやくように小さな声で言う私。）いわゆる母と子のためのホームから来たの。

ああ。

生まれた後はどうなるんだろう、と私。養子に出されるのよね、多分。

ブライディの表情が曇る。パイプに入れられるんだよ、きっと。

彼女をじっと見る。どういう意味なんだろう？

ジュリア看護婦、わたくしお手洗いに参ります。

差し込み便器を持ち、デリア・ギャレットへ持っていく。

それは必要ありません。ただわたくしに行かせて――

ダメです。数日間はベッドで安静にしておかなければいけません。

（本当は丸一週間休む必要があるけれど、そんなに長くこのベッドを使わせることができない。）

わたくしは歩くことができると言っているのです！

デリア・ギャレットのこの怒りっぽい感じが戻ってきて嬉しくなる。さあ、この差し込み便器を下に入れさせてください。それで準備完了です。

彼女はため息をつき、片尻を上げて冷たい鉄製の便器を入れさせてくれた。

脈をとる。熱がないのは肌の色から分かったけれど、かがんで鼻からすっと短く息を吸い込む。産褥熱があれば匂いを嗅ぐとすぐに分かるのが、私のちょっとした得意技。だけど、汗と血とウイスキーの匂いしかしなかった――でも用心するに越したことはない。

尿が出る音がやっと聞こえ、デリア・ギャレットが息をのむ。

二つ向こうのベッドで、新患者が激しく咳き込んでいる。肺が細かく引き裂かれているみたいな音。メアリー・オーラヒリーのベッドから回り込み、オナー・ホワイトの上半身を起こし、三角クッションにもたれかけさせる。

彼女の脈も呼吸もまだ速い。彼女は十字を切り、つぶやく。当然の報いさ。

インフルエンザが？　そんな風に考えないでください、と私はなだめるように言った。誰が病気になるか、そこに理由などないんですから。

オナー・ホワイトは首を振る。私のことだけじゃない。

安易に結論に飛びついた愚かな私。

私たちみんな。（深呼吸に雑音が混じる。）ざまあみろ。

私たちはみんな、罪人？　とでも言うのだろうか。狂信者かもしれない。

彼女が喘ぐ。戦争なんてするから。

ああ、彼女の言わんとしていることが分かった。人類はあまりにも多くを殺しすぎて、自然が逆襲しているのだと誰かが言っていた。

オナー・ホワイトは息を吸い込む。神よ、お助けください。

希望を求めるための祈りだったのに、彼女のかすれた声に聞こえたのは屈辱と孤独だけ。

デリア・ギャレットが強い口調で聞く。まさかわたくしを、一晩中ずっとこの上に座らせておくつもりじゃないでしょうね？

私は差し込み便器を彼女の下から取り出し、彼女をきれいにして、消毒済みのガーゼを手に取り、彼女の縫い傷をできるだけ優しく拭いた。

ブライディ、お手洗いで中を捨てて、洗ってきてもらえますか？　それから冷えたパッドをもう一枚、ギャレット夫人用に持ってきてください。

ごきげんよう、パワー看護婦。

振り返ると、マスク姿のシスター・ルークが私に話しかけている。いつにも増してパリッとしている。

いつの間にそんな時間？　時計に目をやると、九時ちょうどだ。どれくらい時間が流れているかをいちいち気にしていたら、それこそくたくたになってしまう。でも、まだ帰りたくない。

メアリー・オーラヒリーとオナー・ホワイトがかたまっている。この夜勤看護婦に会うのは二人とも初めてだ——彼女はまるで、動くエジプトのミイラ。

彼女は眼帯をきつく結びなおしながら、紐をパチンと鳴らした。今日はどのような一日でしたか？

この密度の濃い十四時間のことをどんなふうに説明すればいいのか、分からなかった。顔を思い浮かべる。痙攣をおこしたイタ・ヌーナン。手を尽くしてもダメだった。名前もないギャレット家の末娘は、生まれる前に死んでいた。何もしてあげられなかった。彼女の母親だけは、失血死してもおかしくなかったけど、助かった。運命はなんて気まぐれなんだろう。

声を落としてシスター・ルークに現状を報告する。ホワイト夫人の肺炎は要観察です、と私は言った。ギャレット夫人の傷も。出産に入っているのはオーラヒリー夫人だけです。進み具合が遅かったので、リン医師が破水させました。

シスター・ルークは前掛けをつけながら頷く。もたもたと長くかかっていますね、オーラヒリー夫人？

少女は何とか頷き、痰の絡んだ咳を一つ。

シスターがさも達観したように暗唱する。まあでも、身重の女は不幸である、と言いますしね。

苛立ちで背中がこわばる。年配の看護婦たちには男性と関係を持った全ての女が——たとえその男が自分の夫であろうと——罰せられるべきだと考える人がいる。この疲れ切って恐れおののいている少女を、彼女の手に委ねて大丈夫だろうか。

私は言う。オーラヒリー夫人が陣痛中にも少し眠れるように、クロラールを与えてください。必要であれば。

でも、この修道女にとっての必要ってなんだろう?

私は彼女に警告する。もし痛みが激しくなって、間隔も狭くなってきたら、女性発熱病棟に行って産科から助産婦を遣るように頼んでいただけますね?

シスター・ルークは頷く。

それから、医師がとても少ないので、リン医師がウイスキー、クロロフォルム、モルヒネの投与は全患者に対し与える許可をくださいました。

マスクの上の彼女の眉が、この規則違反にぴくりと上がる。

ブライディが冷えた苔パッドを持って走り込んできた。

スウィーニー、足を引っ張っていないでしょうね?

なんだか冷たい言い方だ。でもブライディはただ肩をすくめただけだった。

私は彼女の手からパッドを受け取り、言う。なくてはならない、活躍ぶりでした。

ブライディの口角があがる。

修道女は前掛けを取り出す。さきほど映画館に並ぶ列を通り過ぎたんですけれどもね! いい歳した男性も、女や子どもでさえも、みんな必死になってあの巨大なばい菌箱に入って行きましたよ。

まあ、貧しい人たちの少しの息抜きなんですから、と私はコートを着ながら言った。それくらい、いいじゃないですか？

シスター・ルークは清潔な防水の肘当てを、ぐいっと肘上まで押し上げた。死を招くだけですよ、あのようなものは。さあ早くお帰り、スウィーニー。

あまりの無礼さに啞然《あぜん》とする。

けれど、ブライディはコートをつかむと部屋を出て行ってしまった。

私は三人の患者たちに手短に挨拶をして、ケープとカバンを腕にかけた。

もう見つけられないかと思ったけれど、すぐ下にブライディがいた。ブライディ！

彼女に追いついて、きしむ階段を一緒に下りる。シスター・ルークに好きにさせちゃダメよ。

ブライディは微笑むだけだった。

映画を観《み》に行く人にまで文句を言ってたし、と私は付け加える。こんなに鬱々《うつうつ》とした状況なんだもの。安上がりな逃避くらい許してよってね？

映画一回観たことある。

そうなの？　どの映画？

なんていうのか知らない、と彼女が認める。こっそり抜け出して、やっと映画館の横のドアから忍び込めたと思ったら、もう半分終わっちゃってた。

抜け出すってどこから？　と頭の中で思う。どうして横のドアから忍び込む必要があるんだろう――チケットを買うお金も持っていないってこと？

ブライディは言う。だけど、ヒロインがすっごくきれいで、ほっそりしてた。小さな島に置き去りにされるんだけど、男の人が来て、それで、気づいたらもう、赤んぼがいるの！

少しはにかんで彼女が笑う。

それでね、次の船が来て、そこにはその人の奥さんが乗ってて……

それって何年か前のやつ？

タイトルを思い出した。「漂流する愛《ハーツ・アドリフト》」でしょ、と私。メアリー・ピックフォードとそれから……あと誰だっけ。

メアリー・ピックフォード？　ブライディが繰り返す。あの人、メアリーなんてふっつうの名前だと思わなかった。

彼女すごいよね？　普通って言葉が、一番似合わない人。

「漂流する愛」じっくり味わうようにブライディが言う。ああ、今分かった。漂流するって船が沈んじゃうからか。

「農園の寵児《ちょうじ》」も良かったよね？

映画はいっこしか観たことない。

憐れみの気持ちでいっぱいになり、足を止める。約二十二年間生きてきて、ただの一度だけ？

私は田舎から出てきてから何度も行っているし、ダブリンにティムが越してからは二人でもよく観に行った。ブライディの両親は彼女の夜間外出を許さないのか、それともそんな金銭的余裕がないってこと？　でも、彼女に直接尋ねて気まずい思いもさせたくないし。

階段を下りる。じゃあその一本が、素敵な映画で良かったね。

ブライディは、彼女らしい輝く笑顔で頷いた。

「漂流する愛」のあらすじが蘇《よみがえ》ってくる。最後はメアリー・ピックフォードが噴火口に身を投げて……

あたしも一緒に飛んじゃいたかった！

（ブライディの瞳は、海岸の小石のようにきらきらしている。）

私は言う。でも、赤ちゃんがどうなったのか思い出せないな。あの結婚した夫婦が連れて行くんだっけ？

違うよ、違う、飛ぶその腕に抱いてるの。

ブライディは真似してみせる。見えない赤ちゃんをしっかり守るように腕を曲げ、胸元で抱く。恍惚《こうこつ》とした彼女の顔。

患者たちのことを気にせずに話すことができて、すごく楽しかった。けれど、階段の一番下まで来ると、シフト交代でてんやわんやのスタッフたちが、私たちを押しのけて通り過ぎていく。

暗いけど、家まで歩いて帰るの大丈夫？

平気。看護婦さんってどこで寝るの？

あのね、大きな寮があって、ほとんどの人はそこで寝る。でも私は弟と暮らしているから。トラムに乗って、それから残りは自転車で帰る。ティムは二十六歳。

最後に彼の年齢を付け足す。小さな男の子みたいに聞こえたかなと思って。

ブライディが頷いた。

一九一四年に志願したの。彼女に打ち明けた自分に驚く。

そうなの？　どれくらい行ってたの？

最初は十九か月。その後、マケドニアから第二中尉になったって知らせが届いたの。休暇が出て、帰ってこられるって。だけど、彼は姿を見せなかった。三日間かかって、彼が塹壕熱で入院してるって分かった。回復したらすぐに、病欠が休暇として数えられるって言われて、戻ってくることなく次の任務に送られた。

ブライディがうめく。

もうね、と私は言う。笑うしかない。

(私が彼女に教えなかったのは、ティムがその十四か月後にエジプトから帰ってきたら、話さなくなっていたこと。)

じゃあ、おやすみなさい、ジュリア。

どうしてか、まだこの会話を終わらせたくない。家は遠いの?

ブライディが左の方を親指でさす。その通りをちょっと行ったとこ。

そして彼女は視線をふっと落とす。

修道院本部《マザー・ハウス》まで、と彼女は付け加えた。

ああ、シスター・ルークがなぜ、所有物を扱うかのような話し方をしたのか、今やっと分かった。

ブライディの粗末な服も、それに、自由にならない夜の外出やお金のことも……

気まずい空気。冗談を言おうとした。でも変よね、教会の主要施設をマザー・ハウスって呼ぶのに、肝心の母親は一人もいないんだから。

彼女がくすくすと笑った。

ということは、あなたは——見習い尼《あま》なの? 聖職志願者《ポスチュラント》って呼ぶべきなんだっけ?

暗い笑い声。尼さんになんて、百ポンドもらったってならない。

ああ、早とちりだったね。私、てっきり——

寄宿人なの。

彼女の声がとても小さくなる。

あの人たちがやってるホームから来たんだ、と彼女が付け加える。田舎のホームから。

やっと分かった。そして急に衝撃を受ける。ホームで育ったという人間が、本当のホームを持たないなんて、やるせない気持ちになる。

本当にごめんなさい、ブライディ。詮索する気はなかったの。

いいよ。

重苦しい沈黙。

彼女は言う。なんであたしがこんなにバカなのか、知っててもらったほうがいいし。

バカ？

ダブリンに送られたとき、あたし十九で、ね、だからまだ分からないこといっぱい。

ブライディ、あなたはバカなんかじゃない。その反対よ！

ああ、そんなのあたしが今もどんな間違いするか知らないからだよ、と苦々しげな彼女。小銭も苦手、看板読むのも苦手、トラムに乗るのも苦手だし、道に迷うし、帽子もなくすし――

あなたは異国の旅人なんだから、と私は言う。賢くて、それでいて勇気がある。

ブライディの顔が輝く。

パワー看護婦？

リン医師だ。地下から私たちに突進する勢いで上がってきた。迷惑なのは重々承知なんだけど、ヌーナン夫人のことでちょっと手伝ってもらえないかな？

私は目をしばたかせた。イタ・ヌーナンのために、今更何ができるっていうんだろう？

ピー・エム《postmortem》なんだけど。

死んだ後の解剖、と直接的に言わないための省略語だ。

ああ、もちろんです、先生。

本音を言えば、家に帰りたい。でも、どうして彼女にノーと言えるだろう？

ブライディの赤毛は、人ごみの中にもう消えていた。私たちの会話を終わらせたリン医師を少し恨んだ。

彼女のあとについて階段を下りた。

彼女が言う。今夜じゃなきゃダメなんだ。朝早く旦那さんが引き取りに来るようになってるから。残された家族は、稀な場合を除いては死体解剖についてほとんど説明を受けない。愛する人の体を切り刻むことが医学に利益をもたらすなど、多くの人にとっては、理解しがたいからだ。

その時、もしかすると自分がまずい状況にあるのではないかと思えてきた。私は尋ねる。ヌーナン夫人の死因に疑いを持たれているわけではないですよね？

全然、とリン医師が言う。これが流行りはじめてから、できるだけピー・エムは行うようにしていてね。インフルエンザの患者と、それから特に、それが妊婦の場合。

正真正銘の科学者になぜか今出会う私の悪運。今ごろベッドに入っててもおかしくないのに。でも、リン医師の熱心さに心が動かされた。しかも、この人は逮捕されるかもしれない闇の中にいるのに。もし、噂が本当であるならば。彼女自身の苦悩の海から浮かび上がり、公共の善のためにこんなに一生懸命になれるのはどうしてだろう？

遺体安置所には誰もいなかった。この白い寒々とした空間を訪れたことは以前もあるけれど、こんなに不気味なほどたくさんの棺桶で溢れているのは見たことがない。六つの背の高い棺桶が四方の壁に立てかけられ、まるで火をつけられるのを待つ暖炉の薪《たきぎ》のようだ。誰をどの棺に納めるか、係の人はどうやって区別したのだろう――棺桶の側面に鉛筆で名前を書いたのだろうか？

こんなにたくさん！

まだましな方だよ、とリン医師が小さな声で言う。墓地には何百もの棺が積み上げてある。埋葬の順番待ち。私に言わせれば、生存者にとっての危険に他ならない。ドイツ人は――あの極度に実用的な人種は――死体を火葬する。

そうなんですか？

信じられないよね。だけどファス・エス・アプ・ホステ・ドケリって言うでしょ。

ぽかんとした顔をしている私に、彼女が解説する。敵からさえも学ぶことはあるという意味だよ。このインフルエンザが、戦場の腐った肉の瘴気《しょうき》で引き起こされたって判明しても私は驚かないね……

リン医師のあとについて、解剖室に入った。解剖台が光り輝く聖餐《せいさん》台のようだ。白い陶器の台中央部に排水口と葉脈のような溝がある。彼女が道具の入った棚を引き出し、シーツを取り出している間に、私は私物を脇に置いた。

イタ・ヌーナン、青白く灰色の肌。まだ数時間しか経っていないのに。あの指。炸裂弾にTNT火薬を詰める作業で、不自然に明るい色に染められた指。ナイトドレスの下にある腹部のふくらみ。赤んぼがいるんだよ、私の耳にささやいた。誇りと、恐れ、戸惑いもあっただろうか？

もし順調にことが進んでいれば、イタ・ヌーナンは来年一月に積荷を下ろすはずだった。それから数週間後に教会に行き祝福を受け、聖水を振りかけてもらう。それがとてつもなく奇妙な伝統のように、突然思えてきた。出産という行為が、女性に取り除かれなければならない薄い痣でも残すというのだろうか。イタ・ヌーナンは死んだから、もう教会に行かなくてもいいのだろうか？　私は考える――神父の目による浄化だけで、彼女は救われる？

リン医師はゴムブロックを陶器の台に置く。これがあると腹部での作業がやりやすいんだよ。二人だけで大丈夫かな、それとも他にも誰か呼んできた方がいい？

向こう側のシーツの両角を彼女は握っている。

子どもみたいなことを言うようだけど、リン医師が誰かを探しに行く間、暗い遺体安置所で一人になると思うと耐えきれそうにない。だから私は言った。平気です。

自分に近い方のシーツの両角をつかみ、覚悟を決める。小柄な女性だと思っていたのに、実際の体つきはもっとがっしりとしている。背中がこわばる。緊張を解こうと背筋を少し伸ばす。イタ・ヌーナンを台にのせ、横向きにし、その反対側にも向け、茶色くなったシーツを取り除き、ゴムブロックを彼女の背骨に沿って固定した。

鼻からピンク色の液体。すぐに拭き取る。

リン医師はもう既に、車輪付きの手術用ランプを押してきていた。灯りをつけて遺体に向け、一番高い明るさに調節した。

ナイトドレスの紐をほどく。ドレスの裾を持ち上げ、その手をふと止める。イタ・ヌーナンを裸にして大気にさらすことに羞恥心が湧きあがる。

私は万年筆と紙を用意して、リン医師の向かい側に立った。

彼女が小声で言う。死斑、死の青。

イタ・ヌーナンの鉛色の腕を、リン医師が指で押す。押されたところは白くなる。十二時間経てば、と彼女が言った。こんなふうに押しても青色のままだよ。

死後硬直はまだのようですね、と私は指摘する。

それは、ここが寒いからだよ。

そうなのですか？

説明の順番が逆のように聞こえるかもしれないけど、腐敗における代謝の過程で死後硬直が起こる。一方で、低い温度は腐敗のスピードを遅らせ、死体が柔らかく保たれる。

紫色のボツボツがイタ・ヌーナンの肩に集まっている。腕、背中、臀部《でんぶ》、ふくらはぎの裏にも。私が蘇生を試みた肘の少し上にも痣が残っていた。（私たちはしばしば、ただその身体が息をし続けるようにと必死になるばかりに、その身体の尊厳を顧みないことがある。）

リン医師がふーっと息をついた。かなりひどいね。三十三歳で歯がほとんどないし、この腫れた脚の痛みにはいつも悩まされていたはずだよ。

悲惨な領域はイタ・ヌーナンのお腹。彼女の平らな草原は、山へと十二回も押し上げられた。ねえ、知ってた、リン医師が口を開く。アイルランドで分娩中に失われる命は、イングランドに比べて五割多い。

知りませんでした。

アイルランドでは一人の母親の出産回数が多すぎる。解剖用のナイフを取り出しながら、リン医師は続ける。あなたがたの教皇が子ども六人産んだくらいで勘弁してくれたらいいのにね。

その言葉に、思わず笑ってしまいそうになる。頭に浮かんだのはリン医師が――プロテスタントの社会主義者、サフラジェット、アイルランド共和主義同盟の燃ゆる松明《たいまつ》である彼女が、男らしく襟を立て、がり勉眼鏡を光らせ――ベネディクト教皇との面談を迫っているところ。

私の気を害さなかったか確認するように、彼女が少し視線を上げる。

準備ができました、先生。

頭部切開は今回無理だと思う。目立たないようにするのが難しいから。

少し気が楽になる。顔の皮膚を引き剝《は》がすのを手伝ったことがあるけど、できるなら見たことの記憶を全部消したいと願いたくなる類のものだった。

イタ・ヌーナンの髪の生え際に、リン医師が触れる。奇妙なこのインフルエンザ。渇き、落ち着きのなさ、不眠、注意力散漫、一種の高揚感――それから、何かの感覚が失われていく。一つだけの人もいるし、複数の感覚を失う人もいる……だけどやるせないね、顕微鏡では何も分からない。私から進んで発言する。私の場合は数週間、全ての色が、少し灰色がかって見えました。軽症だったんだね。記憶喪失、失語症、無気力感……震えが残ったり、像のように動けなくなったりする後遺症があった患者もいたよ。そして自殺。新聞に掲載される数より、実際はずっと多い。

意識がもうろうとする段階に多いのですか?

その時もだし、そのずっと後だって。先週、飛び降り自殺した患者がいなかった?

ああ。(なぜ私は疑うことを知らないのだろう。)開け放した窓から落ちたと聞きました。

イタ・ヌーナンの左肩にリン医師がメスを合わせる。ご遺族には分からないように、ここから胴体切開を始めます。神のご加護を。

しおれた胸の下、深く、きれいな弧状に皮膚が開いていくのを、私はじっと見つめる。一筋の血も流れない。

彼女がつぶやく。自分の患者の解剖は辛いね。

自分って、先生のこと、それとも私?

失礼でなければお聞きしたいことがあるのですが、先生、そんなに研究熱心なのでしたらもっと大きな病院で働かれないのですか?

彼女は薄い唇の端を皮肉っぽく少し上げる。誰も雇ってくれないよ。

胸骨からへそを通り恥骨まで一気に切開する。大文字Yができあがる。

数年前にそういう話もあったんだけどね、と彼女が続ける。だけどそこの男性医学者たちがペチコートを着た同僚と働くなんてのは御免だって言ってね。

私が口を挟むべきでないけど、でも……彼らの損失ですね！

リン医師は同意するように頷く。そして明快に付け加える。最終的に一番得したのは私。別の道に進むのを余儀なくされたことで、肉体につきまとう数々の苦しみを学ぶことができたから。

彼女は手を休めずに、話を続ける。それに今頃、どちらにしろ懲戒免職だっただろうし。私の信条が理由で。

顔が急激に熱くなる。裏の顔を覆うベールを、自ら脱ぐことなどしないと思っていたのに。彼女が話題にしたので、思い切って聞いてみた。ということは、本当なのですね、市役所の屋上に陣取った反乱軍の中に、先生がいらっしゃったという噂は？

リン医師が正す。アイルランド市民軍ね。緑の旗を打ち立てようとしたショーン・コノリーが撃たれたから、その代理で指揮官を務めたよ。

沈黙。

平坦な調子で、私は告げる。あの週、銃創の患者さんを看《み》ました。

そうだろうね、とリン医師。

女性と子どもがその中にいて、一般市民でした。担架で運ばれて来ましたが、失血死しました。止血する間もありませんでした。

リン医師の悲しそうな声。その女性のことは聞いたよ。かわいそうに。あの週、およそ五百人に一人が死に、数千人が負傷した。ほとんどが英国軍の大砲によるものだ。

怒りがこみ上げる。それは、ティムの軍隊だ。弟は従軍しました。王様のために、ですけど。

（気まずかったが付け加えた。どうしても、はっきりさせておきたかった。）

彼女が頷く。帝国主義と資本主義のために、多くのアイルランド人男性が自らを犠牲にしたね。だけど、ダブリンで銃をぶっぱなし始めたのは、あなたたちテロリストでしょう。しかも、非道にも世界大戦の真っただ中に！

両手が凍る。医師を罵《ののし》るなんて――なんてことしてしまったんだろう？　遺体安置所を出て行けとリン医師は命じるだろうか。

そうする代わりに、彼女はナイフを置き、穏やかに言った。五年前までは国家の問題を、私も君と全く同じように考えていたよ、パワー看護婦。

戸惑い。

最初は女性のためにと真剣に動き始めて、と医師は続ける。それから労働問題。労働者と母親と子どもたちをより優しく遇するためには、アイルランド自治への平和的転換しかないと望みをかけるようになった。だけど、途中で気づいてしまった。連邦政府の連中は四十年間ずっとホーム・ルールに対して口先だけ調子の良いことを言って、結局上手くはぐらかしているだけだったんだ。それで初めて、とても長い魂の探索の末に、君の言うように、いわゆるテロリストになったわけだよ。

私は何も言わなかった。

リン医師は大きな解剖ばさみを手に取ると、イタ・ヌーナンの両側を切開していく。そして胸骨と前面のあばら骨を一気に持ち上げる。つるし門が開けられた。

ぞっとした。私の胸郭のか弱さ。私たちはみな、なんて脆《もろ》い存在なのだろう。

政治の話はもうしたくなかった。だから尋ねた。先生がこのインフルエンザにかかられた時、何か変わった症状はありましたか？

目線を落としたまま彼女が言う。まだ、かかってない。

そんなバカな。肘まで病原菌にまみれているというのに。悲鳴のような私の声。マスクくらいされないのですか？

興味深いことに、マスクの有効性を示す証拠はほとんどないんだよ。手をよく洗って、ブランデーでうがいして、あとは神のご意思のまま。リトラクター、ください。

彼女に指示されたものを渡し、測定する。期待に応えたいと思う自分がいた。二人の信条の間に大きな隔たりがあっても。

リン医師は話し続ける。政府のことをいえば、奴らが低能な策ばかり講じてるうちにパンデミックは淡々と広がっていくよ。玉葱だの、ユーカリ油だのまったく馬鹿げてるよ！　まるでスチームローラーを止めるために、甲虫《こうちゅう》を一匹立ち向かわせるようなものじゃないか。いや違う、賢い古代ギリシャ人がかつて言ったように、われわれ人間は全て城壁のない都市の住人である。

私が話についていけていないことに気づいたのか、リン医師は解説する。死に関してはってこと。

ああ、そうですね。本当に。

イタ・ヌーナンの両肺を彼女が持ち上げる——黒い袋が二つ——そして私の持っていた皿にべちょりと落とす。ああ、これはひどい。検体採取をお願いします。うっ血であまりはっきりとは見えないと思うけど。

私は薄く削り取り、スライドにラベルを付ける。

ねえ、上の階に最新の高価な酸素マシーンがあるの知ってる？

首を横に振る。

リン医師が言う。今日の午後、男性患者二人に使ってみたけど、全然役に立たなかった。鼻からちょろちょろっと酸素を入れても、通り道が全部詰まってるからどこにも行けないわけ。

急にかしこまった調子で、リン医師が記録を命じる。〈インフルエンザによる胸膜《きょうまく》肥厚〉。〈肺胞、細気管支、気管支から化膿性物質〉。

全て書き留める。

攻撃されると、とまたドクターがぶつぶつ話し始める。両肺は満タンになる。自分の中にある海で溺死だ。去年、同胞にそうやって死んだ奴がいたよ。

インフルエンザで？

違う、そうじゃないよ。強制摂食させられたんだ、トム・アッシュがね。それが間違った方にいってね。

サフラジェットたちがハンガーストライキを敢行したって聞いてはいたけど、でも――シン・フェイン派の投獄者たちも参加していたのだろうか？　震える声で尋ねる、その男性は本当に……それで亡くなったんですか？

彼女が頷く。彼の脈を取りながら、私はそこにつっ立っていた。

その男性に深く同情した。そしてリン医師にも。だけど、それでも彼らの主義には賛同はできない。

彼女の黒髪の三つ編みの一房が、頭の後ろでほどけてきていた。道具を動かすたびに、上下する。どれくらいの期間、投獄されていたのだろう。一九一六年蜂起の後。そんな経験をしたのに、どうしてこんなに穏やかで、快活でいられるのだろう？

リン医師が言う。〈声帯にびらん有り〉、〈甲状腺通常サイズの三倍〉、〈心臓拡張〉。

妊娠している女性の心臓は通常でも大きくなるのではないのですか？

私にも見えるよう、彼女が心臓を持ち上げる。そうだけど、ヌーナン夫人の心臓は両側ともたるんでいるのが分かる？　妊娠中に大きくなるのは左側だけ——胎児に血液を送るためにね。胎児は全てのものをどん欲に要求する。母親の肺、血液循環、あらゆる機能容量が高められなければならない。まるで戦争準備をする工場のように。

私は尋ねる。だから妊婦たちの多くがインフルエンザの影響を強く受けているんですか——彼女たちの機能に通常よりも大きな負荷がかかっている状態だから？

彼女が頷く。目を見張るほど高い死亡率だよ。産後数週間経ってもね。免疫力が何らかの理由で落ちているということだろうね。

トロイの昔話を思い出す。ギリシャ兵が闇夜にまぎれて木馬の腹からどんどん出てきて、開門する。味方の裏切り。リン医師がさっき言ってた格言、城壁のない都市についての、なんだったっけ？

彼女は切開と採取。私はラベル付けと袋詰め。

彼女が不平を漏らす。世界中で懸命に病理解剖が行われているっていうのに、このインフルエンザについて今分かっていることは、二日で発症するっていうことだけ。

ワクチンはまだまだということですか？

彼女が首を横に振ると、ほどけそうな三つ編みが弾む。まだスライド上で細菌の分離に成功した人は誰もいない。もしかしたら、奴は小さすぎて私たちには見ることすら不可能で、もっと優れた顕微鏡の開発を待つしかないのかもしれないし、もしくはこの細菌は今までのものと全く違う形態なのかもしれないね。

当惑し、暗い気持ちになる。

謙虚な気持ちにさせてくれるよ、そうリン医師は悔しそうに続ける。医学の黄金時代にあって

——狂犬病、腸チフス、ジフテリアに対しては大きく進歩してきたのに——風邪だかインフルエンザごときに完敗だ。いや、君たちはまだ、踏ん張ってくれている。注意深い看護婦たち——優しく、いい、いい、愛のあるケア。今、命を救っているのは、ただそれだけだよ。

リン医師は腹腔《ふくくう》をのぞき込んだ。どす黒い液体で溢れている。〈肝臓肥大〉、〈消化管出血の徴候〉、〈腎臓に炎症と出血有り〉、〈腸に潰瘍《かいよう》有り〉。

彼女のメスをたどるように、私のメスを動かす。サンプル採取。

小さな声でリン医師が言った。いつだって、星を責めたらいいんだ。

先生、今何とおっしゃいました？

インフルエンザの意味だよ、と彼女が言う。インフルエンザ・デラ・スティレ——星々の影響《インフルエンス》。中世イタリアの人々は、病は天界が人間の運命を握っている証拠だと信じていた。私たち人間は、実際に星にくくりつけられているってね。

想像してみる。星々が私たちを逆さまの凧《たこ》のように飛ばそうとしているところ。それとも悪趣味な遊びで私たちを気まぐれに引っ張っているだけなのかもしれない。

リン医師はイタ・ヌーナンの小腸をはさみで切ると、ヘビ使いのようにそれを持ち上げる。死後解剖《オートプシー》はギリシャ語由来で、自分自身の目で見るっていう意味。君と私は運が良いね、パワー看護婦。

私は眉をひそめる。運が良い？　健康に生きているからですか？

ここにいられるからだよ。真っただ中に。格好の学びのチャンスだ。

リン医師はメスを置き、まるで指がしわくちゃに折りたたまれていたかのように、入念にぴんと伸ばす。そしてもう一度メスを取り、イタ・ヌーナンの子宮を注意深く切開する。人類の知識を増やすために、みんな少しずつその身を差し出す。ヌーナン夫人、あなたも。

子宮壁をあげ、羊膜を引き剝がし、もう一度ささやく。このかわいい最後のヌーナンも。

赤い部屋から胎児をすくい上げる彼女の両手。

胎児と呼ぶのはよそう――彼だ。男の子だと分かる。

リン医師は言う、インフルエンザによる影響は見られないね。測定をお願い。

皿の上に彼女が赤ちゃんを横たえ、彼の身体をまっすぐにする。彼の人生で初めて、そして、このただ一度だけ、起立しているように見える。

私は巻き尺を彼の頭のてっぺんで押さえ、足の親指まで伸ばす。そして言う。やっと聞き取れるくらいの小さな声で。約三十八センチです。

秤《はかり》に皿を置き、読み上げる。一三五〇グラム切れるくらいです。

ということは、二十八週目といったところかな、リン医師が安堵している。そして低体重。

私は理解する。帝王切開しなかったのは正しかったんだ。

小さな、見知らぬ顔。しばらくじっと見つめてしまい、私は急に嗚咽《おえつ》する。塩水で周りがよく見えない。

パワー看護婦、ジュリア。リン医師の声が優しい。

どうして私のファーストネームを知っているの？　涙にむせびながら不思議に思う。ごめんなさい、私――

大丈夫だから。

私はしゃくりあげる。彼はすごく美しいです。

ほんとうだね。

彼のために泣いた。それから遺体安置台に横たわる母親のために。そして彼の前に死んだ四人の兄姉たち、母を亡くした七人の遺された子どもたち、妻を失った父親のために、泣いた。彼は全員を育てていくのだろうか、それとも、祖父母やおばたち、もしくは他人のところへと遣られるのだろうか？　吹きすさぶ風の中、散り散りになってしまうのだろうか？　それとも、どこかのホームへ、少なくともそう呼ばれる場所へと、ブライディ・スウィーニーのように送られるのだろうか？

リン医師が臓器をもとの位置に戻し始めた。私は涙を拭う。

赤ちゃんを母親の体に戻す彼女の手の動きが、ゆっくりとなった。亜麻脱脂綿が入った箱を差し出す。三つかみほどを詰め物にして、胸郭を元通りにする。まるで夜を締め出そうと寝室のカーテンを閉めるように、皮膚の端を引いた。私が縫い針に糸を通すと、彼女は縫合を始めた。

それが終わるとリン医師はきびきびと私に礼を言い、夜の回診へと赴いた。

私は最後にもう一度、イタ・ヌーナンを清拭し、埋葬のための新しいナイトドレスを着せた。

病院の門を出て、冷たく暗い空気を思い切り吸い込む。どっと疲労を感じる。

コートのボタンを留めながら、トラム乗り場まで歩く。うっかり路面のくぼみに落っこちそうになった。六十センチほどの深さだ。もし今、足を骨折して一か月休めたら、ひそかに嬉しいと感じるだろうか。

いいえ、いいえ、みんなを手放して。私は自分に呼び掛ける。長いシフトが終わるといつもそうするように。アイリーン・ディヴァイン、イタ・ヌーナンと生まれることのなかった息子、そしてデリア・ギャレットの死産児。数珠を握りしめる謎めいたオナー・ホワイト、ずっと終わりが来ないんじゃないかと思うくらい長い時間、お産に閉じ込められているメアリー・オーラヒリー。みんな、一旦私から降りて。そうしないと私は眠ることも、食べることもできない。明日、また立ち上がることができなくなってしまう。

すぐ近くに佇む三つの街灯は燃え尽きていた。電極がきっとドイツ製で、取り換えられないんだ。荒廃に沈むダブリン。割れ目がぽっかり口を開けている。こうやって一つ、そしてまた一つと灯りが消えていくのだろうか？

尖塔《せんとう》に突き刺さる消え入りそうな三日月に、雲が重くのしかかる。赤い目をした新聞配達の少年が、道路にひっくり返した帽子を置いて投げ銭を待っている。反逆者たちの歌を高いソプラノで歌いながら。〝今宵我らは危険をものともせず……〟

リン医師と彼女の同志たちが市役所の屋根に上るところを想像する。彼女たちは危険をものともせず、それで一体、何になったの？　医師が銃を手に取るなんて理解できない。治す代わりに、体をバラバラにするなんて。

だけど、従軍医師だって同じことしてる。私ははっとする。戦争って本当にめちゃくちゃだ。

貨物トラムが通り過ぎる。積み荷はじゃがいもだ。次に通り過ぎたのはブタを運んでいた。闇夜に響く甲高い鳴き声。それから蒸気機関車がゴミの入った貨車を引いてくる。悪臭が消えるまで息を止める。

新聞配達の少年は、何度も同じサビのメロディを繰り返した。ときの声が、少年のあどけない声音《こわね》で無垢に聞こえる。もちろん、この少年は王様や自由なんてこれっぽっちも気にしていなくて、お客さんを喜ばせるためならどんな歌だって口ずさむのかもしれない。路上行商人の最低年齢は十一歳だったと思うけれど、彼は八歳くらいに見える。夜更けにこの子が帰るところは、どんな家だろう？　患者たちの予後観察に何度も行っているから、予想はつく。かつては大豪邸だった家のひびだらけの壁。一枚のベッドマットレスに家族五人、身を寄せ合って眠る。ぼろぼろになった石膏の蔦《つた》の下で、洗濯物からぽつんぽつんと落ちてくる水滴を浴びながら。ダブリンに住んでいた多くの人たちは、郊外に引っ越してしまった。残された者たちは、首都の腐った心臓に巣くう不法占拠者のようだ。

もしかしたら、この少年に帰る家などないのかもしれない。十月末であれば、たとえ寒い日でも外で一晩明かすこともできるのかもしれないけど、それがあと何日？ あと何年、続くの？ リン医師が語った底辺にいるアイルランド人に優しいアイルランド、という夢が頭をよぎる。

ブライディが育った孤児院についても考える。それから、望まれない赤ちゃんについて彼女が言ったことも。オナー・ホワイトの赤ちゃんのような。パイプに入れられるんだよ、と彼女は言っていた。ブライディ・スウィーニー、すごく見どころがある。あの好奇心と熱意。彼女が理解しているように見えるものは、どこで学んだというのだろう？ 自分のクシも持っていない。映画を観たのも忍び込んだ一度だけ。自動車に乗ったことはあるんだろうか、と私は思う。レコードを聴いたことは？

後ろにあった教会の鐘が「いにしえの聖徒の」のメロディを奏で、少年の歌声がかき消される。ステンドグラスがろうそくの灯りでゆらめいている。扉にはお知らせが貼られ、一番上には〈万聖《アル》節の季節《ハロタイド》〉。その下に、〈未曾有の危機に際し特別ミサを二度行います。毎晩六時と十時から神のご加護を共に乞いましょう〉。

記憶が呼び起こされる——明日は聖日だ。ということは、私も徹夜祭ミサに参加しなきゃいけない。でも、無理。くたくたで、死んじゃいそう。

ただの喩《たと》えだったのに、自分のその言葉にたじろぐ。体中の筋肉の痛みをひしひしと感じるのは、死の空白と対極にあるもの。痛む足、疼《うず》く背中、沁みる指先があって、それを感じられることに感謝しなきゃ。

人を乗せるためのトラムがようやく到着した。満員だったが、体を押し込んで乗車する。もっと窮屈になったと私たちを睨みつける人たち。病気を持っていた場合うつされないように、体をよじって少しでも間を取ろうとする人たちもいる。

最上階のバルコニーで、手すりにつかまって立つ。床には六十センチ間隔で小さな注意書きが貼られている。〈唾吐きは死の始まり〉。その一つはもう汚されている。あざ笑うかのように。ヤニで茶色になった唾で。

見知らぬ人たちが寄りかかってくる。ダブリンの線路を滑るトラムは、血管を流れる血液。そんな想像をしてみる。われわれ人間は全て城壁のない都市の住人である、そうだ、思い出した。アイルランドに引かれた線は、もう世界中に彫り込まれている。線路、道路、運河。人間の交通網は国と国をつなげ、そして世界を一つの巨大な苦しむ身体にしてしまったのだ。

薬局の窓からこぼれる灯りが下に現れ、手書きの謝罪文を浮かび上がらせる。〈フェノール品切れ中〉。いくつもの店や家が流れていく、その時、くりぬいたカブの中にゆらめく小さなろうそくの炎が目に入る。嬉しい。お祭り精神はまだ健在だ。ハロウィンには、まだティムと私が小さかった頃、バームブラックを食べた。しっとりした乾燥果物の入ったパン。暖炉でトーストして、干しブドウがぴかぴか光るくらいバターを塗る。私のに幸運の指輪が入っていればいいのにっていつも思ってたけど、入っていたことはない。お腹がぐーっと鳴る。お昼に一杯のシチューを食べてから、もうどれくらい経っただろう。

マザー・ハウスでブライディは、他の寄宿人たちと一緒にどんなものを食べるんだろうか。

トラムはガタガタと進む。混みあって迷路のような路地を通り過ぎる。あそこには、私の患者の多くが住んでいる――今にも崩れ落ちそうな階段、ボロボロの壁、荒れ果てた中庭、煙で煤けた赤いレンガ。扉の上の割れた明かり窓は、潰された目玉。壁に黒人男性がもたれかかって座っている。違う、白人だ。姿を変えた白人。赤から茶から青から黒。この憐れな男性は、悲惨な虹の端っこにぶらさがってる。もう誰かが救急車を呼びに、電話交換局に走っただろうか？　通りの名前を確認する間もなく、トラムは通過する。

私にできることはない。彼のことはもう考えないようにした。

目的地で降りると、貧しい人たちのための炊き出しの匂いが漂ってきた。コーンビーフ、とキャベツ？　あまりおいしくなさそう。だけど、ますます夕食が待ちきれない。

〝ジョン・ブラウンの赤ちゃんはオデキ尻〟、酔っ払いが歌ってる。

〝ジョン・ブラウンの赤ちゃんはオデキ尻、
ジョン・ブラウンの赤ちゃんはオデキ尻、
あまりの痛さに座れない〟

路地裏に自転車はちゃんとあった。スカートの裾をたくし上げ、準備する。裾止めの紐を安全のためにしっかり結ぶ。

明るい光に目がくらむ。高い声の呼びかけ。大丈夫ですか？

女性警護団員二人が、私の後ろの壁まで光で照らす。私を守るため。それはつまり、私が泥酔してるか、兵隊と良からぬことをしようとしているんじゃないかと疑われてるってこと。

私はかみつくように答える。全く問題ありません。

了解、よろしい。

自転車をこいで、大通りに出る。

前方にある工場のベルが鳴る。軍需工場婦が通りに溢れ出す。お互い、声をかけ合っている。彼女たちの指先は真っ黄色に染まっていて、街灯の灯りでもよく見える。イタ・ヌーナンのカナリア嬢たちかな？　ペダルをこぎ加速する私。一人が咳き込み、笑って、また咳をした。

通りの向こうにちぐはぐな衣裳を着て走り回る少年たちが見える。――明るい色のスカーフをでこにしばり、鼻周りにチェックのネクタイを巻いて、大人用の上着を前後ろ逆に着ている。一番小さい男の子は、紙でできた幽霊のお面をかぶっている。あの痩せっぽちの足に、せめて靴を履かせてあげて。こんな時間に家から家をまわることを許されているなんて。ドアを開ける家なんてあるはずないと思ってた。子どものころ、ティムと私が育った田舎で、大人たちが何かを振りかけてくれたけど、あれは何だったっけ。

背の高い少年が私に向かって大きな音を鳴らす。彼の軍隊ラッパはへこんでいて、溶接による傷があり、使い物にならないマウスピースの部分は金属板で覆われている。彼の父親は帰還兵なのかな？　戦死した可能性も、もちろんある。彼の代わりに軍隊ラッパが帰ってきた。それか、私が感傷的になってるだけで、友達との肝試しに勝って手に入れたってことも十分あり得る。

幼い少年たちが鍋蓋二枚をバンバン打ち合わせる。リンゴか木の実ちょうだい、おばちゃん！　小さな幽霊が大声を出す。ねえ、リンゴか木の実、くれよお？　パーティーすんだよお？　酔っ払ってるみたい。（かなりあり得る。インフルエンザ予防にお酒が効くと考える人がたくさんいるから。）財布から半ペニー硬貨を取り出し、渡す。お姉さん、じゃなくておばちゃんって呼ばれたけど。

お礼に、肩越しの幽霊投げキッスが飛んできた。

子どもの目には、私は明らかに三十路《みそじ》超えに見えるらしい。デリア・ギャレットに独身女《スピンスター》と呼ばれたのを思い出す。看護婦になるって呪文を掛けられるみたい。魔法の前はすごく若くて、魔法が解けたら普通に年取るよりずっと、老けてる。

明日の誕生日のこと、私気にしてる？　本当に考えなきゃいけないのは、このまま結婚しなかったら私は後悔するのかということ。でもそれって結局、手遅れになってからしか分からないことでしょう？　それだけじゃ、やる理由にはならない。それなりにうまくいきそうな可能性に出会うたびにまっさかさまに身を投げる女性もいるけど、私はそんなことしない。どちらにしろ、後悔からは逃れられない気がするから。

細長いテラスハウスに入るとひんやりとした匂いがした。数個のジャム瓶の中でろうそくが燃え尽きている。

弟がテーブルで、マグパイの滑らかな頭を指先で優しく掻いていた。

マグパイを数える昔からの言葉遊びを思い出す。一羽なら悲しみ、二羽なら喜び……

ただいま、ティム。

彼は頷く。

会話できることが当たり前だと思っていたことが不思議。二人の間にリボンがピンと張られている――それがある日、断たれた。

努めて明るく話し出す私。記念すべき日だったよ。シスター・フィニガンが上の階の産科に呼ばれたから、あなたのお姉様は晴れて病室シスター代理に昇格なされました。

ティムの眉が上下する。

弟がしゃべらない分を埋め合わせようと、自分がしゃべりすぎる嫌な癖がある。カバンを置き、コートとケープを脱ぐ。コツは質問をしないこと、それか、答えが予測できる質問をすること。鳥の調子はどう？

（彼が頭の中でこの鳥に名前をつけているかどうかは知らない。）

ティムはあまり目を合わせようとしないけれど、ぎこちない笑顔をつくった。

夏、彼は路地裏でこの巨大な生物を見つけた。足が使い物にならずに、動けずにいた。それで彼は錆びついたウサギ用の小屋を買ってきて、ドアを開けたまま、紐でつないだ鳥にあてがった。自由に出たり入ったりできるように。光沢のある緑の尾で周りの物を倒してしまう。しかもこのマグパイは、どこでも、お気に召すままに用を足したから、私は危険だと文句を言ったけれど、ティムはその度に聞こえないふりをした。

何か温かいものが欲しかったけれど、見るからにガスが来ていない。水はどんな感じ？　蛇口をひねる——ちょろちょろとしか出ない。くそったれ！

シフト外の時間に、罵れるのが気持ちいい。パワー看護婦の殻を脱いで、ジュリアに戻る瞬間。携帯用コンロ《プリムスストーブ》の上にまだ熱いお鍋が置いてある。灯油式の火を点《つ》けて、お湯を沸騰させお茶を淹れる準備をする。筆談のためにテーブルの上に置いてあるノートを脇に押しやる。私は使う頻度が多くて、しかもおしゃべり。ティムは滅多に使わないし、まばら。（彼の喉をひしゃげさせてしまった何かは、同じように彼の書く手も押さえつけて離さないみたい。）

沈黙の中に言葉を発する。すっごく忙しかったんだよ、今日。一人亡くなったの。痙攣で。

ティムは同情して首を振り、幸運の木《タッチ・ウッド》のお守りを引っ張った。鎖ひもで、彼の首にかかっている。私を守ってくれるように、お願いするようなしぐさ。

ティムが入隊した最初の週に、この悪趣味なお守りを半分冗談のつもりであげたのだけど――小さな鬼の子の形をしたお守り。ぶくっとしたオーク材の大きな頭と真鍮でできた痩せっぽちの小さな体。こういうお守りをファムズ・アップと呼ぶ兵士たちもいる。なぜなら二つの親指が永遠に上を指しているから。幸運を祈る親指。上下に動かせる腕の先端についている。ティムの鬼の子に残されているのは二つのぎろりとした目だけ。顔の残りはきっと、激しく動く親指にこすり消されてしまったんだろう。オナー・ホワイトの腕に二重に巻き付けられた数珠を思い出す。お守りの力が必要なのは、兵士だけじゃない。

私は付け加える。でもね、まだましな方だったと思う、ほんと。

ティムに今日手伝ってくれた奇妙な赤毛のことを話したかった。けれど、無教養でぼろ靴を履いて、孤児院育ちで、しかも修道院で養われている娘なんて――ブライディの存在はジョークの前振りにしか聞こえないかもしれない。彼女にふさわしい言葉が見つからない。

ティムが二つの皿にかぶせていた鍋蓋を外し、それぞれを二人の定位置においてくれた。この暗くて長い夜に、お姉ちゃんと一緒に冷えた夕食を食べるのを待っていてくれたんだ。あまり大げさにされるのが彼は嫌いだったので、わあ、ティム、また腕を上げたね。サヤインゲンまである！　とだけ言った。

また消えてしまいそうな笑顔。

戦争に行く前のティムは、私よりもずっと頭が切れて冗談好きだった。考えてみれば、ブライディみたいに――すごく溌溂《はつらつ》とした子だった。

今日は市民菜園に行く日だったよね。

（五百平方メートルだけだったけど、ティムにはすごく才能があるみたい。）

じゃがいもは金塊くらい手に入らない。今夜のは完璧なくぼみのある丸形。どんぐりくらいの大きさ。さっと茹《ゆ》でただけで、かじると皮がパリッとする。

疑念がわく。もうちょっと大きくなるまで土の中に入れとかないと、もったいなくない？

彼はおおげさに肩をすくめた。

玉葱もある。まあ、当たり前だけど。耳の中から取り出してるんじゃないかと思うくらい、たくさんある。（政府が誉めてくれるはず。）レタスは虫食いの穴があったけど、生きてるって味がした。

そうだった、セロリ！　神経治癒の薬とかいって、これ売り出されてんのよ。信じられる？

ティムも面白がってくれるかと思ったけど、無表情のままだ。粉々になった神経のイメージが奥深くの何かに触れてしまったのかもしれない。

軍病院では戦争神経症と呼ぶ。驚くほど多くの症状があり、戦場に行かない市民でさえ発症することがある。イングランドでは、空襲が原因で発症し我が子の首をはねた女性もいるという。

ティムにはクロラールが処方された。悪夢を見ないで済むよう、もしくは見たとしても目が覚めた時に、意識がぼうっとして夢の詳細を覚えていないようにするためだ。この薬のせいで、ティムの胃はいつもムカついていた。心を落ち着けるためのマッサージ、元気を出すための散歩、心を元に戻すための催眠術。それから、少しでも有益な人間になるための、ブラシ作り教室、大工教室、靴作り教室。

ティムは数か月で退院できた。他の患者に比べて状態が良いからだと言われた。発話できないことに関してできることは何もないと心理士が認め、病床が足りないのだと言った。処方箋に書かれていたのは、〈休息〉、〈栄養〉、そして〈気質に合った仕事〉。

鎮静剤を飲むのは時間をかけてやめさせた。最近ではあまり頻繁に怖がったり驚いたりはしなくなったけれど、人ごみはまだ無理だった。でも、よく食べられるようになった。特に私と一緒に食事する時は。静かに自分のペースで生活すること――庭仕事、買い物、料理、掃除、マグパイの世話――それが彼をそのうちに治してくれると信じるしかない。

今朝、何か手紙来てた？

彼は首を振り、両手で何か形を作ってみせた。

よく分からない。

廊下の方を彼は指さし、また首を振る。少しイラついているように。

気にしないで、ティム。

彼はぎぎっと椅子を後ろにやり、机の浅い引き出しの一つを引っ張る。いつもつかえて出てこないやつ。

本当に大丈夫だから。

ティムがノートを手に取り、言いたいことを私に伝えようとするのを見るのが辛すぎる。彼にとって、私は母親に一番近い存在。それなのに、何千マイルの隔たりが私たちにはあるような気にさせられる。

私が読めるようにティムが差し出したギザギザの文字。〈一時停止〉。

郵便が？　ああ、配達か、そっか。きっと分配する部署の人員が病欠で足りないんだろうね。私は悲しげに付け加える。病院はサービスを一、時、停、止ってわけにいかないものね。一日たりとも。決して閉じられてはならないのが、私たちの門。

ティムに郵便が来たかどうか聞いてはダメよ、と自分に言い聞かせなくなるまでどれくらいかかるだろうか？　郵便が来ないのが寂しいのは何週間目まで？　こうやって文明の歯車はギリギリと音を立てて止まっていくのかもしれない。歯が一つずつ、錆びついていく。

私は言う。仮装した子どもたちが近所を回ってるのに出くわしたよ。どう頭をひねっても思い出せないんだけど——ハロウィンで大人たちが、妖精たちからの魔除けとかで、私たちに振りかけてくれたのってなんだっけ？

ティムが調味料の入った小瓶を持ち上げる。

塩か！　そうだった。

彼から小瓶を受け取る、昔みたいにさ。手にちょっと振って塩を出し、少しもったいぶって、塩をつまみ、私のおでこに触れ、もう一回同じようにしてティムのおでこにも触れた。

触れると彼は体をこわばらせたけど、じっとしていた。

ティムがもうインフルエンザにかかっていて良かった——私より一週間早く。そして私と同じくらい軽度に。そうじゃなかったら、私は朝も夜も、彼の側についていただろう。もう何年も、弟を失うんじゃないかとすごく怖くて、そしてやっと彼が戻ってきた。完全に変わってしまったけれど。でも、残されたものすら奪われてしまうかもしれないなんて耐えられなかった。

ジャム瓶の中のろうそくは、溶けた自身の中で消えかけている。ティムは細心の注意を払って小さな煙草を巻いた。

一本もらっていい？

彼はその煙草をテーブル上で私の方に押し出すと、もう一本自分のを作り始めた。

ゆっくりと二人で一服する。前線から帰還兵が煙草の吸い殻と共に持ち帰った言い回しのことを考えた。一本のマッチから火を点ける三番目にはなるな。これって単純に常識的に考えて、つまり、炎が一秒以上光ってしまうと、敵の狙撃手から炎が見つかる可能性が大きくなるからよせっていう意味なのかな？　それとも友情の魔方陣を壊さないためのルール？　短命の炎に身をひそめあう親友の二人。

二階にあるティムの書き物机の上方に、写真が掛けられている。少し傾いている。彼と、彼の親友のリアム。お互いの首に腕を回している。笑顔の青年たちはその日初めて身を包んだ大隊正装軍服に誇らしげだ。肩章の星が一つだけ光る彼の軍服は、洋服ダンスにかかっている。引き出しの奥には人物証明書。印刷された規定の紙に、彼について手書きで記入されている。

〈上記氏名の元兵士は二年三百四十七日間の兵役に服し、その間の人格は良好〉。

彼は煙草の火をもみ消して、パントリへ消えた。

こん棒が壁に立てかけてある。太い握りに染み。ときどきティムは、パントリに侵入するネズミをそれで打ち付けた。戦争から帰ってから、ネズミたちへの同情はみじんも感じられなくなった。

彼がバームブラックを運んできた。濃い茶色でぴかぴかしている。

どこでこんなもの買ってきたの？

答えが分かっているのに尋ねる。怒っているふりをして。この通りをまっすぐ行ったところに昔からある、あのアップルパイが評判のお店でに決まってる。

じゃあ私がお母さんやりますね？

バームブラックのまだかすかにぬくもりの残った真ん中に、ナイフを入れる。分厚い一切れをティムの皿にのせ、それから自分の皿にもよそう。ドライフルーツは白いパンの上で小石のよう。焼きたてなので温めなおす必要もないし、バターもいらない。コインが入ってるはずよね。お金持ちになれるように。

ティムが大真面目に頷く。まるで私の賭けにのってるみたいに。

かぶりつく。中は白い小麦粉の生地。本物の小麦粉。サルタナブドウをふっくらさせる、淹れたての紅茶の香り。私は言う。ほんとに最高なんですけど。いくらだったんだろう。でも、ティムが週末までに予算を使い果たしたことはない。

彼の視線はキッチンの壁、もしくはその向こうに注がれている。見ずにはいられない何かがあるんだろうか？

硬い塊を嚙んだ。あっ！

ろう紙包みを開ける。（その一瞬、頭をよぎる。ろう紙に包んだデリア・ギャレットの死産児。）出てきたのは指輪だった。その金の塗装はもうはげてきている。

私は無感動な調子で喜んでみせる。一年以内に結婚だって！

ティムがゆっくり拍手する。

ティムのには何か入ってた？

彼は首を振り、咀嚼し続けた。まるで義務であるかのように。それが今の彼の食べ方。怖がっているように見える。まるで食べ物が口の中で灰に変わるとでもいうように。

指輪が出てきたら飛び上がって喜んでいただろう時期もあったし、あの頃は、それが予言すると言われたものも、きっと半分信じていた。

いいいいいいいい
ちゃんと味わわなきゃ、と自分に言い聞かせる。

もう一つの小さな包みを嚙み当てた時、もう少しで飲み込んでしまうところだった。また発見！

包み紙を開かなくても、形でそれが何なのか分かった。指ぬきだ。小指にはめて手を上にあげ、にかっと笑ってみせる。これってどういうこと、ティム？　私この一年で、花嫁にも紡ぎ女《スピンスター》にもなるらしいよ。バームブラックによると。何よ、でたらめばっかり。

本当に私たちは、星たちの戯れに過ぎないのかもしれない。見えない絹糸で、あっちにこっちに引っ張られている。

ろうそくが溺《おぼ》れている。ティムが人差し指と親指でにじって火を消す。息を吹きかけ、もう一度指でつまむ。念のために。

急な疲労感に襲われ、頭が揺れ出す。

おやすみ、ティム。

彼は残る一本のキャンドルに照らされたキッチンにとどまる。鳥をなでながら。最近、いつ彼が眠っているのか私は知らない。夜は私より遅く寝て、朝は私が起きる頃にはもう起きている。まだ悪夢にうなされるのだろうか？　全然眠っていなかったら、今ごろ倒れているはず。だから毎朝彼が起きているのは、多分うまくいっているしるしで、それだけで良しとするべきなのかもしれない。

暗がりを上へと進む。当てもないほどのひどい眠気。

取り憑《つ》かれたように私は考える。もし、今日ブライディ・スウィーニーが手伝いに遣られていなかったら、どうなっていただろう。まるで面会希望者のように、どこからともなくふらっと現れた。もしかしたら私は途中で、前掛けを外して投げ捨てて、自分の力ではもうどうにもならないと泣きわめいただろうか？　いや、そんなことよりもデリア・ギャレットを赤潮から救うことができただろうか？

盛り上がっていた細いじゅうたんに足を取られ転びそうになり、壁紙の継ぎ目で体勢を立て直す。

もう十分だよ、ジュリア。自分に話しかける。今はただ、休んで。

Ⅲ

青

〝眠りに落ち、なんと美しき夢の日々〟頭から離れない、古い歌の一節。〝眠りに落ち、なんと美しき夢の日々。でも目を開ければ――〟

〝でも目を開ければ――〟

ジリリリリリリリと鳴る目覚まし時計が眠りから私を引き剝がす。ベルを止め、自分を奮い立たせる。さあ、起きなさい。

足が全く言うことを聞かない。操り人形と人形使いをつなげていた紐が、ついに切られてしまったみたい、それか少なくとも、ひどくもつれてしまっている。

説得を試みる。ティムが二人で飲もうとお茶を用意してくれているんだから、と自分に言い聞かせる。

問責も試みる。メアリー・オーラヒリー、オナー・ホワイト、デリア・ギャレット――みんな、私がいなきゃ困る。シスター・フィニガンから叩き込まれたじゃないの。第一に患者、第二に病院、そして最後に自分。

またあの歌が戻ってくる。〝眠りに落ち、なんと美しき夢の日々。でも目を開ければ――〟

ブライディのことを考える。あの赤銅色に光るぼさぼさ頭の娘。また戻ってきてくれるのか、昨夜聞くのを忘れてしまった。初日で懲りて、もう一生病院になんて戻りたくないと思ったかもしれない。

あの歌が思考を妨げる。〝でも目を開ければ――〟

〝でも目を開ければ――〟

〝でも目が覚めて、待っているのは辛き日々〟そうだ、こんな歌詞だった。

暗闇の中で、ベッドから無理やり体を引っ張り出す。冷たい水を浸したスポンジで体を洗い、歯を磨いた。

ティムが飼っている脚の悪いマグパイが、キッチンテーブルの上でぴょんぴょん飛び跳ねている。ギギギギという鳴き声がまるで警官の歯車警報器《ラチェット》のようだ。目にすさまじい知性の光を宿している。二羽なら喜び、と頭に浮かぶ。この鳥は、私の静かな弟と一緒にいるけれど、それでも寂しいだろうか？

おはよう、ティム。

彼はトーストを二枚とも私にくれた。

ほっぺのそれ、何？

ティムは肩をすくめる。それがジャムか何かの汚れとでもいうように。

ちょっとここに来て、よく見えるように。

彼は両手を前に出し、私が近づけないようにする。

お姉ちゃんの仕事をさせてよ、と私は言った。

彼の頭をしっかり持ち、よく見える角度にする。小さな青痣が紫っぽくなっている。その上に光る傷。顔、どこかでぶつけた？

かすかに頷く。

それとも、この前通りであなたを襲ったチンピラに、またやられたの？

ティムは椅子に体を縮こめる。

今、ダブリンで傷痍《しょうい》軍人として存在することの不可思議さ。お年寄りに握手を求められ、国のために戦ってくれてありがとうと礼を言われたかと思えば、同じ日に未亡人に睨みつけられ、五体満足でへらへらしてんじゃないと怒鳴られることもある。薄汚いお前のような英国兵士《トミーズ》が外国から疫病を持ち帰ったのだと、見知らぬ通行人から罵られることもある。けれど、おそらく昨夜は緑色の服を着た反乱軍に憧れる若者が、弟を帝国の質入れと罵り、ゴミでも投げつけたのだろう。前にも同じことがあった。

ねえ、ティム。何があったか教えてよ、そうじゃないと勝手に想像しちゃうから。もし書いた方がいいならそれでもいいし。

彼の方にノートを押しやると、鉛筆がくるくると輪を描いた。

彼はそれを無視した。

母親になるってこんな感じなんだろうな。赤ちゃんがどうして悲しいのか、その謎解きにいつも格闘してる。でも子どもは日々、少しずつ何かを学んでいくわけで。その点私の弟は……

私は思い切って、自分の手を彼の手に重ねた。

彼は少しの間じっとしていてくれた。それからもう片方の手で、キッチンテーブルの引き出しを開け、二つの包みを取り出した。古いリボンで巻かれている。

私の誕生日だ。すっかり忘れてたよ、と私は言う。

ティムは私のこと、こんなに思ってくれてるんだ。涙がスカートに落ちる。

私の向こうにある鉛筆とノートに手を伸ばし、彼は書いた。〈まだみそじ！〉

私は大笑いし、涙を拭う。それで泣いてるんじゃないんだからね、ほんとに。

理由は説明せずに、私は一つ目の箱を開ける。ベルギーチョコレートのトリュフが四つ。

ティム！　戦争が始まってから、ずっと隠し持ってたの？

彼はにやりと笑う。

二つ目はまんまるで、それを包んでいるティッシュペーパーの下に大きなつやのあるオレンジが見えた。まさかスペイン産？

ティムは首を横に振る。

あてっこゲームだ。イタリア？

満足そうに頷く。

その果実に鼻を寄せ、柑橘《かんきつ》の香りを思い切り吸い込んだ。ここにたどり着くまでの無謀な旅路に思いを馳《は》せる。地中海を通り、ジブラルタル海峡、そして北大西洋。それとも、陸路でフランスから――そんなこと今でも可能なのだろうか？　この貴重な貨物を運ぶ途中で、どうか一人も死んでいませんように！

誕生日の昼食にしようとオレンジとチョコレートをカバンに入れている間に、ティムは市民菜園に行くための道具をまとめた。通りに出ると、暗い空に一筋のピンク色の雲。ティムの三回目の試みで、オートバイのエンジンがかかった。軍人の夫を亡くした未亡人が開いた遺品オークションで、弟のために買ったのだけれど、死人の持ち物に乗っていると知って気を悪くするといけないと思って、そのことは伝えていない。

彼がゆっくりと音を立てて走り去る姿に手を振ってから、コートとケープを取りに行く。留め金のホックをかける。自転車の横に立ち、スカートの裾を、紐で引き上げる。十一月初日の朝にしては、そんなに寒くない。

ブライディはきっと、自転車に乗ったことがないだろうな。彼女がホームで育ったと聞いてたくさんのことに合点がいった。白癬の跡、キッチンでの事故の火傷跡、それからあの異常なくらいの感謝の仕方。まかないにも、軟膏にも、それから温かいお湯にでさえあんなに喜んでいた。胎児がどんな風に母親のお腹に入っていて、どう動くのか知らなかったことも——孤児院で育って、それから大嫌いな修道女たちと暮らすしかなくなった。他にどこに行く当てもなく。

ペダルをもっと速くこぐ。施錠されている校門を通り過ぎた時、そこにある貼り紙に目がいった。〈保健省達しにより当面閉鎖〉。ヌーナン家の子どもたちのことが頭をよぎる。もしスラムに住む子どもたちが学校に行けていないのなら、そこで無料で配られる給食にもありつけていないということだ。

シューッ、ごぉーっと音を立てて爆弾工場の高い窓から煙がもくもくと出ている。燻蒸《くんじょう》消毒機が作業場を蒸気で噴射しているのだろう。もしかしたら硫黄臭い霧の中、一晩中稼働していたのかもしれない。建物の外で、工場婦たちが列を作り、足踏みをしながらおしゃべりをしている。夜明けの寒さに震えながら、変色した両手をポケットに入れ、一刻も早く建物へ入り、仕事にとりかかろうと落ち着かない様子だ。

頭の中でイタ・ヌーナンに話しかける。本当に、お疲れ様でした。

ペダルをもっとこぐ。三十歳。では、三十五歳になった私はどうしてるんだろう？　その頃にもし戦争が終わっていたら、その代わりに何が起こっているだろう？

今に意識を戻す——今朝はどんな仕事が待っているだろう？　デリア・ギャレットがシーツにく

るまって、泣いている。呼吸が苦しい夫のいないオナー・ホワイト。彼女の両肺に勝利あれ。メアリー・オーラヒリー。陣痛が終わり、無事に赤ちゃんを腕に抱くことができますように。

　裏通りで自転車に鍵をかける。

　戦没者慰霊碑の横を通った時、反乱軍の殴り書きが目に入る。〈我らの戦いに非ず〉と慰霊碑の土台下の敷石に書かれている。この落書きをしたのは、ティムを傷つけたチンピラなんじゃないだろうか。

　でも、世界中で今、戦争をしていない場所なんてあるの？　お互いにうつし合いっこしたんでしょう？　なすすべもなくこの病気が流行っていくのと同じように。距離を取るなんて無理。隠れることができる場所は、島一つ残されていない。貧困と同じように、おそらく、戦争なしに私たちは存在することができないのだろう。この世界は、骨男《ボーン・マン》の統治下で永遠に渦巻く騒音と恐怖。

　トラム乗り場に溢れる待ち人たちに加わる。咳をしても息がかからないけれど、トラムが到着した時にドアにすぐ駆け寄れるくらいの距離で人々は、待っている。酔っ払いが歌う。驚くほど朗らかに。眉をひそめる人々に目もくれず。

〝兵隊なんかなりたかねえよ
戦争なんか行きたかねえ
ずっと家にいて
その辺のらくらして
稼ぎもこれっぽちでいい、あの――〟

絶対、ろくな言葉は続かないとみな、身構える。

〝……婦人タイピストくらいでさあ〟と彼は震える歌声で続ける。

トラムが到着し、なんとか体をねじ込んで乗車することができた。

下階にとどまり、救急車を三台と霊柩車を五台数えた。教会の鐘は途切れることなく、鳴り続けている。数センチ先に広げられた新聞。魚雷攻撃を受けた貨物船の見出しに目を背けたくなる。〈生存者捜索続く〉。その下の〈停戦協定の見込み〉という言葉に気を取られる。もう二度目だ。新聞が終戦と報じたのは。真実だという確固たる証拠を見るまでは、何が書かれていても本気にしないんだ。

病院の前で降りると朝日が差していた。門をくぐる前に少し呼吸を整える。街灯に釘打たれた新しい貼り紙。いつもより長い。

大衆への警告
カフェ、劇場、映画館、
酒場などの
公共の場に行ってはならない。
不要不急の面会は避けること。
握手、談笑、至近距離の会話の禁止。
キスするならば
ハンカチ越しに。
靴の中に硫黄を入れること。

怪しいと思ったら外に出るな。

いざ病院へ。硫黄なしの靴でくぐる門は、今日もこう謳《うた》う。〈Vita gloriosa vita〉。産科／発熱病室に直行したかったけれど、もっと何か食べておくべきだろう。たとえ昨日の半分くらいの忙しさだとしても。

地下に降りて、列に並ぶ。最近のソーセージに詰められているものが何なのか、不安がぬぐえなかったので、お粥を選んだ。

ドイツ皇帝が降伏の算段をしているという噂話に耳を傾けた。ただちに講和条約。インフルエンザの場合、条約を結んだりできるわけないし。病院にいる私たちは、消耗戦の真っただ中。全ての肉体における、全ての肉体のための戦い。

研修医が入院受付に来た男のことを話していた。その男はグリッペにかかったと確信を持っていて、喉が絞まる感覚を訴えた。けれど、彼は健康そのもので――恐怖心によるものだったのだ。聞いていた人たちは、疲れた様子でどんよりと笑った。

でも、パニックって他の病状と同じくらい、切実なものでしょう？　弟の喉をせき止めている見えない力のことを考える。

列の先へと少しずつ進み、新しい標識を通り過ぎた。目障りな大文字でこう書かれている。〈失敗は死を意味する〉。

隅で立ったまま粥を食べたけれど、碗の半分も残してしまった。

病室に急ぎ入った時、リンゴ頭は見当たらなかった。ブライディ・スウィーニーは来ていない。疲れ知らずのピカピカの白に身を包み、シスター・ルークが私の方にやってくる。大きな船のよう。おはようございます。

ブライディのことを、この人に聞きたくない。まるで彼女がブライディの番人だと言っているみたいで。

昨晩、階段で映画スターについてしゃべって時間を無駄にしてしまったけれど、あの時、ブライディは今日戻ってくるとか来ないとか言ってなかったよね？　彼女が手伝ってくれるのを期待しすぎていたばかりに早合点してしまった。また今日も彼女に手伝ってもらえると根拠もなく思い込んでいた自分に、唖然とする。彼女こそ、貼り紙に書いてあった不要不急の人。

右の方で、デリア・ギャレットは眠っているようだった。

メアリー・オーラヒリーは真ん中のベッドで、まるでカタツムリのように膨らみを抱え、まるまっている。リン医師が袋に穴を開けて破水させたから、出産が長引くのは良くない。感染症のリスクは時間が経つにつれて高まる。私は静かに尋ねる。何か進展はありましたか？

シスター・ルークは苦い表情だ。八分間隔で陣痛がきています。かなり強くなってきてはいますが、医師たちはあまりの遅さに頭を悩ませています。

メアリー・オーラヒリーだって、そうだろう。彼女の目はきつく閉じられ、髪は汗で濡れ、乱れている。咳でさえ弱々しく聞こえる。

もしかしたらブライディは今朝、この病院にはいるけれど、別の病室なのかもしれないと思い当たる。執務室は人手が一番必要なところに、ボランティアを割り当てる。当然だ。

オナー・ホワイトは血の気のない手に数珠を握りしめ、口をパクパクさせて祈りを唱えている。

あの娘の信心はわざとらしいったらありませんよ、とシスターが私の耳にささやく。

苛立つ私。声を落として、私は答える。シスターはお祈りを推奨されていると思っていました。

そうですよ、もし、それが真心のこもったものであるなら。けれど、一年間必死で祈ったくらいじゃ、あの御仁《ごじん》の罪を帳消しにはできませんよ。

私は振り返ってまじまじとシスターを見つめる。ホワイト夫人のことですか？　私はささやく。どうしてそんなことおっしゃるのですか？

シスター・ルークはガーゼマスク越しに鼻を人差し指でトン、トンと指した。私たちの修道院には、あそこにある母子のためのホームで奉仕する修道女もいます。だから彼女たちに、そこの夫人について根掘り葉掘りきいてみたんです。あそこに入るのは二度目で、しかも出所してから半年経たずだったのですよ。前回も、今回と全く同じ状態だったというじゃないですか。

私は歯を食いしばる。一つの疑問が湧き上がる。最初の出産の後、一年間もその施設にいたのですか？

まあそれが彼女たちの任期ですからね、もし赤ん坊が生きれば。

どういう意味なのか分からない。

シスター・ルークが事情を明かす。それくらいの期間、家事とか他の母親たちの赤ん坊たちの面倒を見るとか、やってもらわないと割に合わないでしょう。出産の費用が払えないのですから。

どういうことか整理してみる。つまり、妊娠という罪を犯したオナー・ホワイトは、罰として自分の赤ちゃんのみならず、他の母親の赤ちゃんの世話を命じられる慈善施設に下宿しなければならない。その上、一年間閉じ込められるための費用を修道女たちに返すために、もう一年間の奉仕を課されるということ。なんてバカバカしい、堂々巡りの理論なんだろう。

私は尋ねる。母親は……一年間過ごした後で、赤ちゃんを引き取ることはできるのでしょうか？

シスター・ルークは片目を見開く。引き取ってどうしようって言うんです？　お嬢さんたちは一刻も早く、恥と面倒なものとおさらばしたいと思っているように見えますけどね。

私の質問が世間知らずすぎたかもしれない。未婚の母を待つのは辛い人生だ。ホームを出た後に、未亡人だと偽って生きていく人もいるかもしれない。

シスター・ルークは少し軌道修正する。初犯の娘で、改心し子どもを真に慈《いつく》しみ、更に結婚している姉妹か母親が養子として引き取るというのであれば、家族の住む家に連れて帰ることができる場合も、ときどきはありますけれどもね。でも常習犯でしょう？ （目を細めてオナー・ホワイトを睨む。）今回は、二年間は奉仕してもらいますよ。その後ずっと、出て行けない人たちもいるんです、救いようのない人たちはね——そうするしか過ちを防ぐ方法がないのですから。

返す言葉も見つからない。

ドアから赤い巻き毛が入って来て、私は安心感でくらくらした。おはよう、ブライディ！

彼女はくるりと私に顔を向け、にかーっと笑ってみせる。

ファーストネームで呼ぶべきじゃなかった。シスター・ルークの前ではダメだ。ブライディは私のことを何とも呼ばなかった、そう気づく——ただ頭をひょいと下げただけ。

私は尋ねる。朝ごはんはもう食べましたか？

ありがたそうに彼女は頷く。豚の血入りソーセージとウィンナーをお腹いっぱい。

シスターが言う。スウィーニー、この床に消毒液を撒《ま》いて、ホウキの先を布で巻いたので拭き上げなさい。

日中のシフトは私の担当なのに、どうしてこの人が指示を出しているのだろう？ シスター・ルークが一刻も早く退室するのを、私はイライラしながら待った。

彼女は前掛けを外し、外套《がいとう》を羽織る。そういえば、ミサには出られましたか、パワー看護婦？

一瞬混乱する。今日は日曜日じゃないけど。ああ、万霊節ですね、はい。（嘘をお許しください、神様。でも、彼女のお説教なんて耐えられそうにありません。）

万聖節、でしょう。

シスター・ルークの声色に、私の間違いを正す喜びがこもる。

十一月一日は、と彼女は部屋全体に向かって話し始めた。天国における教会の勝利をお祝いする日です。この地上では憐れな罪人たちを見守る役目ですからね。それで明日が諸死者の記念日です。教会の告解者を讃える日で——煉獄《れんごく》の信者たちの魂を祝福するのです。

この人は、礼拝行事の細かい解説を私が欲していると思ったのだろうか？　ブライディはもう床の掃除を始めている。私もコートを脱ぎ、カバンを置いて、手を洗うことにした。

オナー・ホワイトが痰の絡んだ咳をする。

シスター・ルークは言う。ホワイト夫人に温湿布を試してみるのも良いかもしれません。

この夜勤担当シスターから指示される覚えはない、と頭の中で自分に言い聞かせる。お言葉ですが、シスター、私の経験上、温湿布は肺の改善にはあまり役立ちません。

見えている片方の眉——眼帯に隠れていないほうの——がウィンプルの中に消える。もっと長い私の経験上、正しく行われれば、温湿布の効果は絶大ですよ。

ブライディの肩甲骨の動きから、私たちの単語一つ一つに注意を払っているのが分かる。

シスター・ルークの経験もその前に受けた訓練も、ほとんどが前世紀のものだと言ってやりたかった。その代わり、私は穏やかに続ける。それでも、本当に人手不足ですから、自己判断で善処したいと思っております。

ふん、と小さな音。

彼女に声をかける。よくお休みになりますように。

彼女は外套のボタンを留める。まるで休むなど弱い者のすることだ、と言わんばかりだ。

スウィーニー、と彼女が言う。足を引っ張らないように。

シスター・ルークが出ていくと、ブライディはモップの柄《え》にもたれかかり、思いきり鼻で笑った。老いぼれガラスを追いはらったね。ガツンと言ってやった。

けれど、あの修道女とブライディの間に諍《いさか》いを起こしても、彼女にとって良いことはないだろう。同じ屋根の下に暮らしているのだから。それに、地位の違う者同士の意見の相違で、患者を不安な気持ちにさせてはいけない。だからブライディに向かって首を横に振り、それからこう言った。戻ってきてくれて嬉しいです。

ブライディがにかっと笑う。なんで、戻ってこないの？

私は言う。無表情を装って。うーん、そうね、きつい仕事だし、臭いし、おっかないでしょ？マザー・ハウスでの仕事の方が、あたしたちにはずっときついよ。それに加えて、お祈りまでしなきゃいけない。

い、い、い、あたしたちって、あなたと、それから修道女たちのことですか？

ブライディが間違いを正す。あたしたちっていうのは、下宿人のこと。二十人くらい。とにかく、もちろん戻ってくるよ。いつもと違うことするのは休むのと同じくらい、いいんだよ。ここではいつも何かあるもん――新しいことが目白押し！

彼女の元気さは、場を明るくする。昨日、割れた体温計で彼女が怪我したことを思い出した。指は治りましたか？

その指をあげ、彼女は答える。もうすっかり。あの魔法の鉛筆のおかげ。

魔法じゃなくて、科学です。

デリア・ギャレットがぼんやりとした目をして、ベッドで上半身を起こそうとしている。彼女の縫い傷を確認したが、状態はとても良い。

彼女はだらりとしていて、そっけない。

おっぱいが痛くないですか?

涙が溢れる。

胸当てを巻くと少し楽になりますよ、ギャレット夫人。

どうしてか、胸をぺしゃんこにしてしまうと、母乳の不必要な分泌が止まる。清潔な包帯を一巻き、手に取る。彼女のナイトドレスの中を手探りで、四回、胸の周りに包帯を巻いた。きつかったり、息がしづらかったりしたら教えてくださいね。

デリア・ギャレットは心ここにあらずという感じで、ただ頷く。温かいウイスキーをくださる?

いいでしょう。

多分、インフルエンザのためには必要ない。だけど、もし私が彼女の立場だったら、この数日間を眠ってやり過ごしたいと思うだろう。

オナー・ホワイトは上半身を起こし、肺炎患者に良いといわれる体勢で座っていたけれど、呼吸音が大きく、蒼白だった顔色が少し緑っぽい。シスター・ルークが鉄剤を与え忘れていないか、カルテを確認する。きちんと与えたようだ。そしてその横に〈腹痛〉と記入がある。鉄剤を服用した場合、珍しくない。脈、呼吸、体温——どれも悪化していないが、改善も見られない。

私が勧めても、オナー・ホワイトはやはり頑《かたく》なにアルコールを拒否したので、解熱のために少量のアスピリンと、咳止めにスプーン一杯のトコンを与えた。ナイトドレスの首元をゆるめ、樟脳油《しょうのうゆ》を胸に塗る。

救いようのない人たち、その言葉が彼女の胸の代わりに、私の胸に突き刺さる。オナー・ホワイトはこんなに苦しんでいるのに、この後また二年間も奉仕を求められるなんて。本人の意志に反して、修道女が彼女を閉じ込めるなんて、違法なんじゃないだろうか？

私は自分をたしなめる——もしかしたら、オナー・ホワイトは自分の意志で母子のためのホームに残りたいのかもしれないし、他に行く当てがないのかもしれない。この口数の少ない女性について、私が確信を持って言えることなどあるだろうか。どんな経験をしてここにいて、そして何を望んでいるかなんて？

メアリー・オーラヒリーが真ん中のベッドで体の向きを変えたので、彼女の方を向き、書き留めていた時間を確認する。陣痛七分間隔。

彼女の表情から陣痛が引いたのを確認し、尋ねる。調子はどうですか、オーラヒリー夫人？　昨夜、少しはうつらうつらできましたか？

できたと思います、多分。

お手洗いは大丈夫ですか？

シスター・ルークが連れていってくれました。まだ長くかかりますか？

彼女の声はか細く、必死さが滲み、やっと聞き取れるくらいの大きさだ。

そうじゃないように願います、としか私には言えなかった。

（破水した後で、感染症のリスクが急激に高くなるのは何時間後からだっけ？　二十四時間？　もし医師が来なかったら、呼びに行ってもらおう。）

温かいウイスキーを用意しましょう。ギャレット夫人にも。それから、ホットレモネードをホワイト夫人に。

私が動こうとした時には既に、ブライディがアルコールランプで飲み物を作り始めていた。コップを運んできて、それぞれの患者の手に、握らせる。

彼女のか細い指の、腫れている関節。霜焼けの具合はどうだろう。軟膏を塗るのを忘れないようにね、ブライディ、手洗いの後は必ずよ。

いいの？

好きなだけどうぞ。

彼女は瓶を取り出し、赤くなった指にべっとりと塗り込み、そして顔にまでつけ出した。これ、大好き！

可笑《おか》しなことを言う娘。ユーカリの匂い？　毎朝乗るトラムに充満していますよ。この香りが木から発せられるって知ってましたか？

彼女はバカにしたように笑う。そんな匂いの木、見たことないよ。

とても背が高くて、表皮がところどころ剝けている木。オーストラリアのブルー・マウンテンズに生育している。暖かい日にはね、聞いた話だけど、匂いのする霧を出すそうです。青色の霧——それが山の名前の由来。

彼女はつぶやく。うそみたい！

オナー・ホワイトは頭を後ろにもたせかけたまま、目を閉じている。また祈っているのだろうか？　それとも詰まった肺が苦しい？

メアリー・オーラヒリーがかすかにうめく。

私は尋ねる。どこに痛みを一番感じますか？

彼女の小さな両手が背中をつかみ、それから、お尻、お腹――全身が痛むようだ。

痛みは強くなっていますか？

彼女は頷く。両唇を嚙んでいる。

もういきみたい衝動は感じているだろうか、でも直接それを聞いてしまうと、彼女に先入観を持たせてしまうかもしれない。彼女はおどおどとしていて、相手が欲しがっている答えを察して発言してしまうタイプだ。

ちょっと立ってみましょうか。痛みを少し和らげることができるか、やってみましょう。

メアリー・オーラヒリーを、壁際に背もたれを置いた椅子に座らせ、両膝小僧の少し下を関節に向かって強く押す。

ああ！

少しは楽？

た……多分。

ブライディに指示する。ここにしゃがんで、彼女の膝の同じところに両手を置いて、押さえ続けてあげてください。もし、疲れてきたら床に座って、背中をもたせかけて押したらいいから。

疲れないよ、とブライディが頼もしく言う。

オナー・ホワイトは数珠にささやきかけ、まるで溺れている女性が救命具にしがみ付くように、ビーズの一つ一つを強くつまんでいる。

口をついて出る。あのですね、今日は私の誕生日なんです。

ブライディが返す。わぁ、おめでとう！

あらら、そいつぁ。

男の声。振り返ると、ドアからグロインが顔だけ出している。

彼は言う。何回目の誕生日か聞いたら、規則違反でお咎めくらいますかね？

私は微笑みもせず、尋ねる。何かご用でしょうか、グロイン？

雑役夫は金属のベビーベッドをキーキーいわせて押しながら入室する。シスター・ルークにこいつをオーラヒリー夫人に持っていくよう、言われたんですよ。

デリア・ギャレットが苦痛の声を漏らし、背中を向ける。

昨日、彼女の赤ちゃんのために用意されたのと同じベビーベッドだろうか？　見なくて済むようにしてあげられないことが心苦しい。

てことは、パワー看護婦は、俺の質問には答えてくれないのかなあ？　グロインがにたにたしている。まあ、それが答えってことか。二十五くらいまでのお嬢さんたちは、喜んでお歳を教えてくださいますから。

私は言う。三十です。それを誰が知っていようと、どうでもいいことです。

おー、もう立派な大人の女性だ！

グロインはドア枠に肘を置き、もたれかかりくつろぎ始める。じゃあ次の議員を選んだりできちゃうわけですよね。女の世帯主、それか、と彼は侮辱するように続ける。五ポンド以上の価値がある敷地の借家人であれば、できるんですもんね？

ティムが従軍してから、世帯主の名前は私になっている。でも、家庭のことを、この男と話し合う気は毛頭ない。

ブライディは尋ねる。女の人が投票するのが嫌なの、グロインさんは？

プフーッと忌々しげに、彼は息を吐きだす。

私は口を出さずにはいられなかった。私たちはまだ、あなたを満足させる働きをしていないとおっしゃるのですか？

雑役夫は顔をしかめる。いやだって、あんたたち、奉仕できんでしょう？

私は面食らった。戦争ですか？　多くの女たちは奉仕しています。看護婦や運転手として——

雑役夫は手を大きく振って打ち消す。血税を払わんでしょう、違いますか？　俺たちとは違うんすよ。連合王国のことに口出したいってんなら、王様のために命差しだす覚悟がなきゃあね？

頭に血が上る。ここを見渡してみなさい、グロインさん。この場所こそ、全ての国の最初の息吹が聞かれる場所です。女性たちは、その始まりからずっと長きにわたり、血税を払い続けてきたのです。

彼はにやにやしながら部屋を出て行った。

ブライディは片方の口元だけに笑みを浮かべ、私を見ている。

メアリー・オーラヒリーが小さなうめき声をあげる。

ブライディが自ら進んで、彼女の向こうずねを押して痛みを和らげようとしている。

陣痛の波が終わって、私は言う。五分間隔です。

メアリー・オーラヒリーが消え入りそうな声で尋ねる。それって、いいことですか？

とてもいいことですよ。

彼女の肩の向こうに、恨みのこもった、酔った目で彼女を見つめるデリア・ギャレットが見えた。

あのベビーベッド。メアリー・オーラヒリーのベッドの足側に置くのは、彼女を急《せ》かしているようで気が引ける。だけど、シンク側だと移動の邪魔になる。でも、もしかしたら励ましになるかもしれない。この痛みの先に待っているものを思い出させるのはいいことかもしれない。そう考えて、

ですよ。真ん中のベッドの足側まで押していった。メアリー・オーラヒリーの足元。準備を進めているだけ

彼女は目を閉じ、うめき声をあげて頭をぐったりと後ろにやった。

備品棚に行き、分娩で必要となりそうな道具を並べる。ブライディは既に手袋と、袋に入れた道具を煮沸していた。なんでも率先してやってくれて、教えることなんて何もないですね。

彼女はそれを聞いて嬉しそうだ。

私は尋ねる。あなたの誕生日はいつ？

ないよ。

その答えを押しやるように手を振る。誰にでも誕生日はあるでしょ、ブライディ。

じゃあ、秘密かな。

少しむっとして、私は言う。教えたくないなんて言うんじゃ――

ブライディは声を落とす。誰にも教えてもらってないの。

ちょうどその時、オナー・ホワイトがひどく咳き込み始めたので、痰用コップを確認する。肺の一部を吐き出してないよね。樟脳油を胸にもう一度塗る。

メアリー・オーラヒリーが少しの間、横になっていいか尋ねたので、彼女の左側を下にしてベッドに寝てもらった。

ブライディとまた話すことができた時、私たちはシンクにいた。私はささやく。家族のこと、何も知らないの？

覚えてるわけないよ。

まだ生きてるの？

彼女はおどけるように肩をすくめる。ホームに預けられた時は生きてたみたい。預けられたのか、取られたのか知らないけど。でも育てられなかったって、修道女が言ってた。

その時、何歳だったの？

知らない。そっから四歳になるまで、あたしは乳母《うば》っ子だったの。

私の顔を見て、その言葉の意味を私が知らないとブライディは悟ったようだ。

彼女が説明する。外に出されたってこと。引き取ってくれる乳母のところに、分かる？　手足ちゃんとついたまま四歳になれたんだから、多分その人、それなりにやってくれたんだよ。

彼女の穏やかな話し方が、彼女の身の上を一層思わせ、なんだか気持ち悪くなった——頭に浮かんだのは、幼い頃のおどおどしたブライディ。

彼女は続ける。ブライディって呼んでくれたの、その人だったのかな。聖ブリギットからとったとか？　他の名前で呼ばれたこともあるけど、どんな意味か教えてもらったことない。聖人の名前じゃないってことだけ教えてくれたけど。

この暗い物語を必死でたどろうとする。教えてくれないのは、修道女たち？

それから、先生も、ホームの世話係たちも一緒。職業学校って呼ばれてたけど、全然学校なんかじゃない。ブライディは忌々しげだ。修道女二人が管理者だったのに、毎晩修道院に帰っちゃって、ただの職員が後を任されてた。

そもそも私は、彼女の誕生日が知りたくて質問したんだった。それなのに、誰もあなたが何日に生まれたか教えてくれなかったの？

何年なのかさえ、分かんない。

喉が締め付けられ、唾も飲み込めない。私は迷いながら言う。もし良かったら、一緒の誕生日にしよう。今日が、あなたの誕生日ってことにしたらいいよ――本当にそうかもしれないし。

ブライディはにかっと笑ってみせる。いいね。そうしちゃおう。

黙々と、カウンターでしばらく作業を続ける。

すると彼女がふいに口を開いた。ジュリアは、父ちゃんが育ててくれてラッキーだったね。母ちゃんが死んだあと。

ちょっとびっくりして、尋ねる。育てないことなんて、どうしてあるの？

だってさ、知り合いの三姉妹の話だけど――その子たちはホームに遣られたんだよ。娘三人と、男やもめの父ちゃんが一緒に住むのはダメだって、教区の神父が言ったんだ。ふさわしくないって言って、子どもたちは年頃だからって、と彼女は皮肉っぽく付け加える。

理解できない。ちょっと待って、その子たちは、幼すぎて彼には育てるのが無理だったっていう話？

違うよ、上二人は十三歳と十四歳で、下の子は十一歳。

理解した瞬間、顔が赤くなった。神父がそんなこと言うなんて――お堅く気取ったふりして、すごくいやらしい考え方してる……その子たち、家にいられたほうが良かったたって、ブライディは思うの？

彼女は素早く、迷いなく頷く。何が起こったとしても。

それって、父親が娘たちにいたずらをしたとしてもって、そういう意味？　ブライディ！

何があっても、一緒にいられるんだから、少なくとも。ホームではしゃべっちゃダメなんだよ。

また、頭が混乱する。それは沈黙の誓いか何か？　私は思わず尋ねる。三人姉妹がしゃべっちゃダメなの？

ブライディは説明する。お互いに、口を利いちゃダメなの。もう姉妹でいちゃいけないって、そう言われてた。

あまりにも無作為な残忍さに衝撃を受ける。

彼女は話題を変える。弟さんとジュリアは……

私は四歳だったんだけど、その時父さんが牧場で私たちを育てることに異議を唱えた人がいたのかは知らない、と私は言った。私が七歳、ティムが三歳の時、父さんが再婚して、その女性にはもう手が離れた子どもがいたんだけどね。それでも、ティムにとっては私が小さな母ちゃんだったの。

ふいに思いつく。

だけど今、私たちは靴を換えっこしたみたい。殿方みたいに私が外に出て働き、ティムは家で夕食の準備をしてるなんて！

ブライディは声をあげて笑う。えらいね。

今朝見た貼り紙を思い出す。握手、談笑、至近距離の会話の禁止。私は言う。もう本当に、弟には感謝してる。

二人ともえらいって意味で言ったの。だってさ、お互いがいて、ちゃんと支え合ってる。

デリア・ギャレットが強い口調で言う。そこの仲良し二人組、あまりお忙しくないようでしたら、温かいウイスキーをもう一杯作ってくださる？

もちろんですよ、ギャレット夫人。

メアリー・オーラヒリーが静かに泣いているのに、気づいた。痛みで泣いているのだろうか、それとも待ちくたびれて？

冷たい布を手に取り、彼女の顔を拭く。もう一度椅子に座って、腰を押してみましょうか？

その時、リン医師がさっと入ってきた。昨日と同じ襟、ネクタイ、そしてスカート。彼女が挨拶する。さて、新しい戦いの日だ、神の祝福を。

三人の患者のカルテを急ぎ集め、メアリー・オーラヒリーのものを一番上にする。

デリア・ギャレットが、私が発言する前に割って入る。彼女の声はまるで雷のようだ。わたくしは、家に帰りたいのです。

医師は言う。それは当然そうでしょう。お気持ちは分かります。でも変えられない事実はこうです。出産後の一週間は、出産前の一週間よりも健康へのリスクが高い。

（私の母親がティムを初めて抱いた時のことを思い出した。この病院で幸せそうに赤ちゃんを抱き、二日目に悪寒を感じて、六日目に死んでいった多くの母親たちのことも。）

デリア・ギャレットが手の平の手首に近い部分で、腫れたまぶたを押さえる。愛しいあの子はもう、いないのに。

リン医師は頷く。あなたの娘さんは、神様の腕の中にいます。そして私たちは今、旦那さんと二人の娘さんたちが、あなたまで失わずに済むように最善を尽くさなければなりません。

デリア・ギャレットはすすり泣き、おとなしく縮こまった。

次に、医師はオナー・ホワイトの胸の音を聞き、ヘロインシロップを与えるよう指示を出す。

中毒物質もやめて。息も絶え絶えにオナー・ホワイトが訴える。

ホワイト夫人、お気持ちは分かります。でも、これは医学的に必要なんです。肺炎の症状が悪い場合、咳が落ち着くように使用します。

やめて。

私は小声で言う。ホワイト夫人はパイオニアなんです。

リン医師は答える。私のおじもだよ。だけど、処方されたら、それは受け入れる。

オナー・ホワイトは息苦しそうに言う。絶対に嫌。

大きなため息。ではアスピリンをもう一度、用意しておいて、パワー看護婦。十五粒を超えないように。それからホットレモネードも。それくらいかな。

そしてついに、彼女は手をきれいに洗い、手袋をはめて真ん中のベッドへメアリー・オーラヒリーの診察に向かった。私は彼女の体勢を整える。ベッドの端からお尻が突き出すように、横向きに寝てもらう。

やっと、ここまで来たか！

リン医師は手袋を外した。

メアリー・オーラヒリーを仰向けに寝かせる。彼女は膨らんだお腹のでっぱりを見つめている。

医師が私に指示する。もういきんでいいから、彼女にクロロフォルムをあげて。ここまで来れば、それでお産が遅くなる心配はないから。

メアリー・オーラヒリーは目を閉じ低いうなり声をあげ、体をこわばらせる。また陣痛だ。

去り際に、リン医師が言う。でも、もうかなりのところまで来たら、一旦やめてあげてくれる？

私は頷く。この薬は胎児に影響を与え、呼吸を弱めてしまう恐れがあるからだ。

クロロフォルムを棚から取り出し、吸入器の小さなパッドの上にスプーン一杯分たらして、メアリー・オーラヒリーに手渡す。必要だと感じたら、吸ってください。

彼女は吸入器から勢いよく吸い込んだ。

私は彼女に伝える。やっと、開ききりましたよ。

そうなんですか？

左側を下にするのが一番良い体勢です、さあ、ベッドの頭の方に足を向けましょう。ここにたくさん枕があるので、それを蹴ってくださいね。

私はシーツなどの寝具類を外し、邪魔にならないようにする。

メアリー・オーラヒリーはもたつきながら、ベッドマットレスの上で向きを変えた。

この長いタオルを頭の近くに結んでおきますから、引っ張ってくださいね、と私は教える。次の陣痛まで待って、いきんでみますよ。

長い間、自分じゃない女性の痛みに寄り添ってきたせいか、痛みが来るのが嗅覚で分かるような気がする。私は言う。さあ、胸の方を見てください。息を止めて、全ての力を込めてタオルを引っ張ります。教会の鐘を鳴らすようなイメージで。さあ今です、いきんで！

彼女はその通りにした。か弱い少女。歯をかみしめ、思い切り引く。初めてにしては、上出来だ。

陣痛が過ぎてから、私は声をかける。良いスタートでしたよ。一分間、休んで。

彼女がいきなり泣きわめく。オーラヒリーさんは、なんでこんなに家に帰らないんだって怒ってるよ、きっと。

ベッドの向こうにいるブライディと私の目が合い、私の口の奥に笑いが湧き上がる。

旦那さんのことは今考えないで。赤ちゃんが出てきたくないのに、外に出すことなんてできないでしょう？

そうだけど、でも……

タオルをつかむ彼女の両手を、ブライディは優しく包む。

私は言う。そのことは考えないようにして。今日、あなたがするべきことはただ一つ、それに集中しましょう。

メアリー・オーラヒリーの額に大粒の汗が滲み、彼女はシーツの上に突っ伏した。私なんかに、できっこないよ。

絶対、あなたなら大丈夫。ほら、来ますよ、いきんで！

しかし、彼女は陣痛の手綱を手放してしまった。波が彼女の頭を打ち付ける。身もだえし、すすり泣き、咳き込む。だって分かんない、ねえ、分かんないんだよ、私、こんなに頭悪いんだもん。

ブライディを横目で見る。そんなことありませんよ、オーラヒリー夫人。自然に身を任せて、あとはそれに従うだけです。

（自然の決めた運命に、とは言わなかった。クルミの殻のように女性の体が真っ二つになったのを見たこともある。）

私がここで支えます。どこにも行きません、と私は約束した。

メアリー・オーラヒリーが息も絶え絶えに呼ぶ。ブライディは？

ブライディが返す。あたしも、ここにいるよ。

必要かもしれないと、クロロフォルム吸入器を手渡す。

ああ、ああ――

次の陣痛が来た。

もう一回！

彼女は息を止め、顔色が紫色に変わる。かみしめた歯の間からうなり声が漏れる。

彼女の耳元で優しくささやきかける。力を使わなくていいように、陣痛が引いている間は、なるべく全身の力を抜くようにして。

でも、そんな時間は数分間も続かない。

ブライディと私はメアリー・オーラヒリーが咳き込み、息を切らしている間、彼女の膝の関節を曲げたり、伸ばしたりした。彼女の骨盤を傾斜させたり、臀部をマッサージしたりしたけれど、彼女の痛みが和らいでいるようには見えない。

彼女が息をのむ。あの吸い込むのは？

クロロフォルムをもう数滴たらし、彼女に吸入器を渡す。脈、体温、呼吸を確認する。

陣痛の波は幾度となく押し寄せ、その度に強くなっている。私が知っている技は全て試した。かみしめる顎をマッサージし、右ふくらはぎが攣《つ》れば、ブライディにもんでもらった。

こんな風にして、四十分間が経過した。壁時計で確認する。

ブライディが耳元でささやく。何回いきめばいいの？

私は答える。回数は決まっていないの。

メアリー・オーラヒリーのか細い声。なんか吐きそう。

ブライディがたらいを取りに走る。

次の十五分間、私はじわじわと不安に包まれる。胎児が出てくる気配がない。メアリー・オーラヒリーの疲れ切った顔を見れば、この長いお産に体力を搾り取られているのが分かる——しかもインフルエンザとも戦っているんだ。

ブライディを呼び寄せる。リン先生を捜してきてくれる？　オーラヒリー夫人が一時間ずっといきんでるって伝えたらいいから。いや、でも、ちょっと待って——

普通、初産の場合いきみだしてから二時間くらいはかかる。じゃあ私が不安に感じているものは、一体なんだろう？　子宮無力症かもしれない——彼女が疲れすぎていて陣痛が弱くなり、産道の胎児を押し出すだけの力がないのだろうか？　それとも途中で何かがそれを塞いでいる？　危険と書かれた紙テープが頭の中にひかれる。腫れ、裂け、大量出血、感染。

ブライディの耳元で付け加える。先生に閉塞性分娩かもしれないとパワーが心配していると伝えてくれる？　覚えられる？

彼女が繰り返す。閉塞性。

そして走り去った。

青い恐怖に包まれる私。患者さんに気づかれないようにしなくては。とは言っても、私に注意を向けられるほどの余裕のある人は、この病室にはいないように思える。オナー・ホワイトは目を固く閉じて祈っているし、デリア・ギャレットは酔ってぼーっとしてる。胸当てが巻かれたぺたんこの胸は、まるで男性のそれのようだ。

メアリー・オーラヒリーの背中に、片膝をつけて彼女を抱え、枕を蹴る彼女をしっかり受け止める。

ブライディが戻ってくると、そのすぐ後ろを二人の男たちがついてきた。海軍の上着を着て、卵のような形の背の高いヘルメットをかぶっている。星の印が一つ、ついている。

私は彼らをまじまじと見て、立ち上がり、シーツを広げメアリー・オーラヒリーにかぶせた。今、ここに踏み入るなんてなんのつもりですか？　出て行ってください！　女性病室ですよ。

ダブリン都市警察は少し後退し、ドアロのところで止まる。背の低い方の警官が言う。我らは捜査を――

背の高い方が割り込む。女医に用がある。リンという名だ。捜査令状はここにある。（胸ポケットを軽く叩く。）戦争犯罪人だ。

最初の男が不安げに尋ねる。ここは、産科病室で？

主な病室は上階だと教えようかと思ったが、もし彼らがこの規模の病院の産科病室がここだけで、患者が三人しかいないことに少しの疑問も持たないほど愚かなのであれば、それをわざわざ正す必要があるだろうか？　私は片手を勢いよく差し出し、空っぽのベビーベッドを指す。どう思われますか？

背の高い方は眉をひそめ、顎紐をなおす。それではどこにこのリン夫人はいるのだ？

どうして私がそれを存じていると？

本当のことを言えば、今、あの医師を失うわけにはいかない。絶対、今はダメ。この建物に産科医が他に一人もいないんだから。もし彼らが彼女を逮捕してしまったら——投獄かイングランドにまた送るのか知らないけど——メアリー・オーラヒリーはどうなってしまうの？　私の患者が無事でいることが第一優先。政治は二の次でいい。

私は食い下がる。これは何の令状ですか？

警官は一枚の紙を取り出す。国土防衛法規則十四（b）、と彼は少し噛みながら読み進める。この者には公共の治安に対し有害になる行動を起こす、起こした、もしくはこれから起こすであろうという疑いがある。

つまり、それは一体どういうことなんですか？

ブライディが発言しようと息を吸い込む。

私はさっと彼女を見る。

彼女が言う。さっきあたし、上にいたけど、リン先生いなかったよ。

最初の警官はがっくりと肩を落とす。よろしい、ではもし彼女に会ったら、出頭する義務があると伝えなさい——ダブリン城に出頭せよと、一刻も早く。

私は答える。もちろんです、巡査。

ベッドマットレスの端で、頭がぐるんと向きを変えた。メアリー・オーラヒリーはこの場面を恐れに満ちた瞳で観察していたのだ。しかし、陣痛がまた襲ってきて、彼女はタオルを引っ張り、長いうなり声をあげる。

警官たちは足早に立ち去った。

今回は、彼女の右足を持ち上げ、いきむ際に私の腰を思い切り蹴れるようにした。何の進展も見られない。

一瞬手が空いたのを見計らって、シンクに行き、ブライディにささやいて尋ねる。さっきのは、とっさの嘘？　リン先生を見つけられなかったって。

ブライディはいたずらっ子のような口をする。うそってわけじゃないよ。リン先生、手術中だったから、伝言してもらった。

メアリー・オーラヒリーが再び叫び声をあげる。

急いで戻り、彼女のお腹を触診して耳のらっぱで胎児心音を確認する。トットットットットという軽やかで速い音が聞こえる。いきみ始めて——銀時計に目をやる——もう一時間十五分以上たってるのに、触った感じだと、頭が二センチも下りてきていない。一体、何が邪魔しているんだろう？

ブライディが水色の瞳を、絶対の信頼にキラキラ輝かせて私を見つめている。まるで私が何でも知っているかのように。私の幸運の手があれば、全部うまくいくとでもいうように。

膀胱だ。メアリー・オーラヒリーは私がシフトに入ってから、一度もトイレに行ってない。

ブライディ、差し込み便器を今すぐ、お願い。

私はメアリー・オーラヒリーになんとか片尻をあげさせ、その便器を彼女の下に滑りこませた。おしっこしないと、そこに赤ちゃんが通るだけの十分な空間がないんです、オーラヒリー夫人。一滴でいいから、出してみてください。

彼女は泣きだし、そして咳をする。何も出すもの、入ってない。

尿道を胎児の頭が塞いでしまっているのかもしれない。そのせいで、液体が流れないのかも。

私は伝える。私が出してみますね。

（すごく簡単に聞こえるけど、実際は難しい処置。でも医師がいないなら、私がやるしかない。）

メアリー・オーラヒリーを左を下にしてもう一度寝かせる。シンクに走り、両手をきれいに洗い、無菌のカテーテルを取り出し、フェノール液も手に取った。

メアリー・オーラヒリーは顎を胸の上にのせ、歯を剝きだしにしている。いっぱいの力でいきんでいる。目玉が飛び出しそうだ。

陣痛が終わると、私は彼女に呼び掛ける。すごく頑張っていますよ。

私が冷たい消毒液を彼女の陰部にかけると、彼女は息をのんだ。

ブライディの方を向き、声は出さず口の動きで伝える。押さえておいて。

ブライディはメアリー・オーラヒリーの両足首をしっかりと握る。

オーラヒリー夫人、じっとしていてくださいね、少しの間だけ……

カテーテルは前にも挿入したことがあるけど、あまり何度もやったことはない。出産で痛めつけられている女性に対しては初めてだ。

ちょっとチクッとするけど、と私は声をかける。ほんの少しの間だから。

彼女は顔をしかめる。穴をどうにか見つけ、油の塗られた先端を入れた。一センチとちょっと。

彼女は甲高い叫び声をあげる。

けれど、小さな頭蓋骨に押されているせいで、その形に沿って全部ひしゃげていたらどうしよう――もし膀胱に穴をあけてしまったら？　目を閉じる。息を大きく吸い込む。カテーテルをこの中にもうちょっと――

薄めのお茶のような色の尿が勢いよく流れ出し、私の前掛けを濡らす。私側のカテーテルの先端を、空の差し込み便器に入れる。

ブライディが叫ぶ。やった！

メアリー・オーラヒリーは兵士のように放尿している。馬のように、山の湧き水のように。流れが途切れてきたので管を抜き、ブライディが便器をシンクへ運んでくれた。

メアリー・オーラヒリーの黒い髪の毛を、目にかからないように指でどかし、私の不安が伝わらないように、確信を装って伝える。これで少しは進むはずです。

彼女は弱々しく頷いた。

時間が過ぎても、まったく進展しない。何をしても、動きがない。

浣腸することも考えたが、でも彼女はほとんど何も口にしていないので、おそらく腸は空だろうと思いなおしてやめた。三分間隔で陣痛は続いている。時計仕掛けの拷問。メアリー・オーラヒリーは一生懸命頑張っているのに、彼女のぴんと張ったふくらみの中のものは、下りてくる気配すらない。骨盤上口に頭がひっかかっている可能性は？　何の変化も見られない。ただ、この若い妊婦の力がどんどん失われ、顔色がどんどん悪くなっていくだけだ。

濁った頭の中を整理するために、閉塞性分娩について習ったことを順を追って思い出してみる。考えられる原因は通路、通行人、強さ――メアリー・オーラヒリーの骨盤が小さすぎるか、異形なのか。それとも胎児の頭が大きすぎるか、位置が悪いのか。もしくは、胎児を押し出すだけの力が母親に残っていないのか。

鉗子分娩にだけはなりませんように。命は救うけど、母親や赤ちゃんの姿が変えられてしまったのを見たことがある……

メアリー・オーラヒリーの額に手を当てる――熱はない。でも彼女の脈は百を超え、弱々しかった。

狼狽《ろうばい》する。インフルエンザとお産の負担で、彼女はショックを起こしているんだ。

静脈内生理食塩水投与。

彼女の側にいてください、とブライディに指示する。

頭上の棚の消毒済みのトレーから、長い針と、チューブ、そしてゴム球のシリンジを取り出す。ボウルの一リットルの印のところまで熱いお湯を注ぎ、塩を計量して中に入れ、冷たい水を足して血液と同じくらいの温度まで下げた。

メアリー・オーラヒリーの右上腕部に腸線を結び、青空のような色の血管が浮き上がるまできつく縛っても、彼女はほとんど気づいていないようだった。陣痛がくると従順に、長いタオルを引っ張り、靴下を履いたままの足をベッド枠に向けて突っ張った。(枕は床に落ちてしまっている。私の手が届かないところに。)

温かい塩水を注射し、できるだけ早く彼女に流し込んだ。

彼女の手首を持って、十五秒間数え、その数に四を掛ける。脈拍数は九十近くまで下がった。良かった。でも、脈の強さは戻ってきてる?

何をしているんですか、パワー看護婦?

マカウリフェ医師が立っている。正装の黒いスーツ姿で。

最悪だ。リン医師じゃなきゃいけないのに。彼女の分娩病室での経験が今、必要なのに。もう逮捕されてしまったのだろうか——あの制服の男たちにばったり会ったなんてことないよね？

私は言う。オーラヒリー夫人にショック症状が有りましたので、塩水注射を行いました。

彼女の腕からカニューレを引き抜き、そこに新しい包帯を当てた。ここを押さえていてもらえますか、ブライディ？

どうして彼女は反対向きなんですか？　とマカウリフェは知りたがった。

いきむ際にベッド枠を蹴ると、力が入るんです。

既に彼は、シンクで手に石鹼をつけて洗っている。消毒された手袋を彼に渡す。

彼は右手をメアリー・オーラヒリーの中に入れ、次の陣痛が来たと同時に、左手で子宮の上を思い切り押した。

彼女が長いうめき声をあげる。

私は唇をかむ。赤ちゃんを母親から押し出せるわけがないじゃない。あんなこと本気でやってたら、赤ちゃんも母親も傷つけてしまうかもしれない。乱暴に扱われて子宮が裏返しになってしまったり、穴が開いたりした例を私は知ってる。でも、そう発言すれば不服従とされてしまうだろう。

一時間四十五分、ずっと分娩を試みていると言いましたね？　だとしたら、頭はもっと下にあるべきでしょう。

だから、医師を呼んだんです、と喉まで出かかった。

うむ、マカウリフェが言う。これは明らかに不均衡によるものでしょう。

この診断が下されるのを、私はいつも恐れている——細い母親と頭の大きな胎児の間に起こる不釣り合い。

彼は続ける。頭部前後径は十から十二センチ、そして骨盤出口はおよそ十センチ以下でしょうね。でも、ちゃんとスカッチュ式骨盤計で測ってみないと正確な値は出ませんね。そのためには、全身麻酔をかける必要があります。

この少女はもう今にも気絶しそうだっていうのに、彼女を眠らせて道具をカチャカチャいわせ、公式に当てはめて問題の正確数値を出すって言うの？

マカウリフェは続ける。でも、まあ全体的に見て、これは外科的介入が必要な段階に来ていますね。

私はただじっと見つめる。何なの、今ここで、この仮の発熱病室で、ベッドの間に数センチの余裕もないここでやるって言うの？

彼は小さな声で言う。帝王切開の死亡率はとても高いですから、恥骨結合切開術をやってみたいと思います。いや、それよりも、恥骨切開術の方がいいでしょう。

胸が沈む。骨盤を広げようとするこういった手術は、アイルランドの病院ではよく行われる。なぜなら、子宮を傷つけないため、その後の妊娠に影響を及ぼさないから。恥骨切開術の方が帝王切開に比べて、一つだけ利点がある。おそらく、メアリー・オーラヒリーが死なずに済む。たとえ、局所麻酔のみを使用し、簡易ベッドの上で行われ、図表とにらめっこしただけで分かった気になっている一般外科医による執刀だったとしても。でも、彼女はこれから二週間半、ずっと両足を縛られた状態でベッドに寝ておかなければならないし、それでも後遺症が残る恐れがある。足を引きずったり、尿漏れがあったり、生涯にわたって痛みが消えなかった例も耳にする。

どうにかして、異議を唱える方法を必死で考える。

メアリー・オーラヒリーはいきみ、うなり声をあげる。でも、静かにしようと努めている、まるで自分に注意を引かないようにするかのように。

マカウリフェは彼女の視界に入るよう前かがみになり、言う。麻痺させてから、分娩させますよ、ラヒリー夫人。簡単な小さな手術で、この赤ちゃんも産めますし、そのあとにできる弟さんや妹さんたちも問題なく産むことできるでしょう。

彼女は目をぱちくりさせて彼を見る。怖がっている目。

この男はこれから彼女の恥骨をノコギリで二つに割るのだと、伝えなくていいわけ？

私は、伝えなきゃいけないんじゃないの？

私は懇願する。マカウリフェ先生――

伝言です、パワー看護婦。

振り返ると、先ほどの准看護婦がドアロで息を切らしている。なんですか？

リン先生が、ヴォルカースは試したかって。

ヴォル、カース？　その音節の組み合わせは、私には何の意味も表さない。でも、それがドイツ語の音なのだと気づいた瞬間、視界が開けた。

マカウリフェに尋ねる。焦りで舌がちゃんと回らない。ヴァルカー式の体位を試してみてはどうでしょうか、先生――あれだったら恥骨が少し開いて頭が下りてくるのではないですか？

彼は口を突き出す。苛立っている。そうかもしれないが、もうここまできて――

准看護婦が口を挟む。そういえば、先生、男性発熱病棟に至急来てほしいそうです。

今しかない。へりくだった声で乞う。先生がそちらに行かれてる間、ヴァルカー式を少しやってみるのはどうでしょう。手術のためにも、きっと役に立つと思いますよ？

メアリー・オーラヒリーの視線が、私たちの間を行ったり来たりしている。若い外科医はため息をつく。まあ、手回しクランク付きのノコギリをどうせ用意しなければならないのでね。でも、準備だけはしておいてくださいよ？

彼が視界から消えた瞬間、恥骨切開術の準備のために、彼女の毛を剃るのも、彼女を洗うことも、消毒することもせず、『ジェレット式助産術』を本棚から引っ張り出した。ページをめくるけれど、手が震えてヴァルカー式体位の説明が載っているページを見つけられない。索引のWの欄で探せばいいんだ。

〈実践されることの少ない仰臥位《ぎょうがい》〉……骨盤を一センチほど開かせることができる可能性がある、と書いてある。〈陣痛二回から四回の間にとどめること〉。〈もしくは、十五分間以内〉。とても痛いからだろうか？　ジェレット医師は理由までは書いていない。

この体位の手順に、手術用の台、もしくは頭側か足側のどちらかを起こすことができる病院ベッドが必要、と書いてあるけれど、ここにあるのは、安価な、低いベッドだけだ。

でも、足側にはベッド枠がないから、彼女の足をだらりと下ろすことはできる。あとはベッドを高くしさえすればいいんだ。

オーラヒリー夫人、ちょっと立ち上がってください。

彼女は抵抗し、脱力し、私の腕の中で大声をあげて泣いた。

私は落ち着いた声でブライディに呼び掛ける。その下の棚を開けて、クッションを取ってもらえますか――

どれを？

（もうそこで待機していた彼女。）

全部です。このベッドマットレスの下にできるだけ突っ込んで、うんと高くしてください。

ブライディには私が何をしようとしているのか、見当もつかないはずだ。でも、彼女は何も聞かず、ただマットレスを持ち上げ、その下のベッドフレームに、三角クッションを重ねて入れていく。まるでパズルのように。

次の陣痛がメアリー・オーラヒリーを襲う。彼女が泣き、身をかがめ、力なくぐったりとするまで私は彼女を腕に抱えていた。もう一度脈を測って、ショックを起こしていないかどうか確認しなきゃいけないのは分かってる。でも、自由になる手がない。

ブライディに言う。それでいいです。

というよりも、これくらいにしかならない。だってもう、クッションはこれで全部だ。

彼女はマットレスから手を放す。ベッドの上でマットレスが斜めに盛り上がり、まるで地震でもあったかのようだ。シーツはずり落ちていたが、ブライディがしっかり引き上げた。

メアリー・オーラヒリーが小柄で良かった。背の高い女性だったら、この規格外な方法では無理だっただろう。私は言う。それでは、彼女のお尻がベッドの端に来るようにして、端から足をぶらりとさせる感じでのせてみましょうか。

ブライディは一瞬目を白黒させたが、メアリー・オーラヒリーを動かすのに手を貸してくれた。

自分のお尻が頭より高い位置にきて、自然と彼女の背中が弧を描き、彼女にはどうすることもできない。まるで大きなふくらみの下に針を刺され、固定された昆虫のようだ。メアリー・オーラヒリーは泣き叫ぶ。やだ！

信じて、と私は言う。自分の両足の重さで、そこが開いて赤ちゃんが下がってくるから、あとは出してあげるだけですよ。

（なんだか彼女が人質を取ってるみたいな言い方だけど、彼女自身も囚《とら》われの身でしょう？）

ああ、ああ、痛いのがまた来――

廊下中に響き渡るような叫び声。彼女は泣きわめき、息を継ぐことすらできない。真っ二つに折れちゃう！

私は拷問する者。車輪の上でこの娘を痛めつけている。陣痛二回から四回の間にとどめること。それって、二回試したらあきらめろってこと？　三回目？　それとも四回目？　そしてマカウリフェがノコギリを手に、得意げに食肉処理を始めるのを見てろっていうの？

大丈夫ですよ、オーラヒリー夫人。

だけど、安心できる要素はこの娘にはない。息もつけない。カヌーで急流を下っている。彼女の運命と彼女の間に立ちはだかるものは、何もない。狭い病室の空気は静けさでチクチクしそうだった。

滑らないようにしっかり支えていてくださいね、ブライディ。

メアリー・オーラヒリーのぶらんとした両足の間にしゃがみこむ。彼女の陰部にある赤紫の花をじっと見つめる。残ってる力の全部でいきんで、オーラヒリー夫人。さあ、今です！

うなり声をあげて力を込めると、黒い丸いものがほんの少しだけ姿を見せた。

私は伝える。頭が見えましたよ！　もう一回頑張りましょう。三回目が勝負です。

彼女は崩れ落ち、息を吸うのと同時に言葉まで吸い込んでしまいそうだ。無理だよ。

無理じゃないです。すごく頑張っていますよ。

その時、突拍子もないことを思いついて、立ち上がった。赤ちゃんの頭はここ。ほら、触ってみて――

真っ赤な顔のメアリー・オーラヒリーは身もだえし、はあはあ息をする。

右手をつかみ、その時を待つ。

彼女の痛みは彼女の周りをうろうろして、後ずさりし、その時を窺《うかが》い、さあ、来た。

いきんで！

そしてその瞬間、私は彼女の手を引っ張り、ふくらみの横側から股の間に待機させた。衛生的ではないけど、でも、彼女にはこれが必要だ。黒い円が見えた瞬間、彼女の指をそこに押し付ける。

メアリー・オーラヒリーの顔が驚きで固まる。

しばしの恍惚。私は身を起こす。シリングくらいの頭はまだ見えている。

彼女は息をのむ。髪の毛、触った。

私は伝える。あなたと同じ、真っ黒の髪の毛よ。

赤ちゃんの発露《クラウニング》だ。もうメアリー・オーラヒリーをヴァルカー式体位から解放していい。私は彼女の右足をあげ、足の裏を私のお腹にあてた。

ブライディ、クッションを外してください。

彼女が全て引っ張り出す。

マットレスはメアリー・オーラヒリーの重みとともに、元の状態に戻る。クッションの一つを彼女の頭の後ろに置き、少しだけ上体を起こした姿勢にする。

これ全部もう棚に――

そのままでいい、ブライディ！　こっちに来てもう片方の足を持ってて。

彼女はベッドを回り込み、メアリー・オーラヒリーの左足を持ち上げる。

左側の壁にもたれかかって、背中を丸めているオナー・ホワイトの虚《うつ》ろな目。

さあもう一回、オーラヒリー夫人。

彼女は息を止め、両足で思いっきり蹴った。あまりの力に私は思わず後ろによろける。

先の尖った頭、血でベタベタとして、横を向いている。部屋の反対側を見るように。

ブライディが叫ぶ。なんじゃこりゃ！

半分中で、半分外。何度見ても奇妙な瞬間。二つの世界の境目だ。体の色はいいみたいだけど、他のことは何も分からない。もう頭が出ましたよ。もうすぐですよ、オーラヒリー夫人。

話しかけながら、へその緒を探す。細菌が入らないように指を使わずに、小さな顔を母親の背骨の方に傾け……ああ、あった、へその緒、首の周りに巻きついている。この体位だと、へその緒のせいで赤ちゃんの体が出てこられなかったり、へその緒が圧迫されて赤ちゃんに血が回らなくなったりする可能性がある。どちらにしろ、もつれを取らないといけない。少なくとも、巻いているのは一回だけだ。十分な長さまでへその緒を引っ張り、頭をくぐらせた。

性急な外科医だったら頭をつかんで、残りは自分の力で引っ張り出すだろう。でも、私はもっと別なやり方を学んだ。観察して、待つ。

次の陣痛で、私は声をかける。さあ、もうちょっと！　赤ちゃん、出ておいで！

メアリー・オーラヒリーは紫色だ。

なんて特別な瞬間。何度立ちあったって、見飽きることがない。尖った頭が泳者のように滑り下り、私の両手に飛び込んでくる。生きてる。

ブライディは、まるで手品でも見ているような顔をして笑った。

赤ちゃんの口と鼻を拭くと、赤ちゃんは小さな声ですでに泣き、息をするたびに濡れた肉体に生気が宿っていく。女の子。彼女の両足は痩せ細っていて、陰部は黒く腫れている。

頑張りましたね、オーラヒリー夫人。元気な女の子ですよ。

メアリー・オーラヒリーは咳とも、笑いともつかないような音を出した。不可能に思えた仕事が終わったことが、まだ信じられないのかもしれない。それとも、女の子、という言葉が彼女自身ではなくて彼女の小さな娘に使われたことが信じられないのだろうか。彼女は十七歳だけど、女の子と呼ばれることはもう二度とないだろう。

青く太い管の脈が止まるのを待つ間、赤ちゃんの身体検査をする——全部の手の指、足の指がある。そして、舌小帯短縮も大泉門《だいせんもん》のへこみも、鎖肛《さこう》も先天性股関節脱臼もない。（ほとんどの胎児が完璧な姿で生まれてくる。貧困の烙印《らくいん》を押された母親からの子でも。まるで、赤ちゃんが望むなら、どれだけでも搾り取れるように自然が差し向けたように。それによって、どんな代償を母親が払うことになっても。）恥骨に邪魔されて何時間も出てこられなかったのに、窒息の症状も全くない。母体がインフルエンザを患っている影響も、受けていないようだ。

最後の血液を送り切って、へその緒はもう動かない。小さな女の子を、彼女の母親の柔らかくなったお腹の上にうつ伏せにさせ、私の両手を自由にする。メアリー・オーラヒリーの指がおそるおそる、そのべっとりとした肌に触れる。

結紮糸をへその緒の二か所で結び、はさみで切った。清潔な布で赤ちゃんを包み、ブライディに抱いてもらう。

赤毛の顔が赤らみ、喜びが溢れだす。ああ、もうほんとに、特別だね、ジュリア。

メアリー・オーラヒリーが乞う。私にも見せて？

ブライディは赤ちゃんを低めに抱き、彼女がよく見えるようにした。

母親が尋ねる前に、私が説明する。少し頭が尖っているのは、長い旅をしてきたから。でも、数日すると丸くなりますよ。

メアリー・オーラヒリーは嬉しそうに頷く。彼女の左目の一部が充血している。いきんでいて、血管が切れたんだ。今、気づいた。

左側のベッドからオナー・ホワイトが、ガラガラ声で話しかける。大変な思いをさせられるほど、その子が愛《いと》おしい。

私は彼女を見つめる。

そう昔から言います、と彼女が言う。

彼女のふるさとでは、そういう言い方をするのかもしれないけれど、私は聞いたことがない。大変な思い、という言葉を、いくつかの視点から考えてみる。オナー・ホワイトの最初の赤ちゃんは彼女にどんな大変な思いをさせたのか、そしてこれから、彼女はどれだけ大変な思いをしなければならないのか。

メアリー・オーラヒリーは、赤ちゃんの先が鈍く尖った円錐形の頭をなでている。繊細に丸まった耳たぶ。こんなちっちゃい！

できたてほやほや、ですからね、と私は言う。

秤はないけれど、赤ちゃんの大きさも問題なさそうだ。

五分後、メアリー・オーラヒリーの中から自然に胎盤が滑り出た。欠けたところも、異常もないように見える。出血もほとんど、なし。そして初産でこれだけの苦しみを味わったのに、裂傷もほぼなかった。小さな傷を消毒したが、おそらく何も処置しなくても自然治癒するだろう。彼女の脈数も八十までちゃんと下がっていた。

ベビーベッドに赤ちゃんを入れ、ブライディに冷やした苔パッドを取りに行かせる。ああ、それからマカウリフェ先生に、オーラヒリー夫人は自力で産みましたって、伝えてね。満足げな私の声。

ファウラー体位に彼女を座らせ、体液がきちんと流れ出るようにして腹巻をし、授乳用の胸当ても巻いた。彼女の大きな茶色の乳首の上に、ガーゼが垂れ下がり、めくれるようになっている。新しく出してきたナイトドレスに着替えさせ、ショールを肩の周りに巻く。

オナー・ホワイトは激しく咳き込んでいる。薄い金属板を金槌《かなづち》で叩くような音。トコンを与え、ホットレモネードも用意した。

ギャレット夫人？　何か必要なものはありますか？

しかし、彼女は顔を壁にむけたままだ。生きている赤ちゃん、それが彼女に必要なもの。

オーラヒリー家の赤ちゃんのところへ行って、彼女の顔を拭き、無菌の布で口の中もきれいにした。硝酸銀の目薬を、両目に二滴ずつさす。熱、鼻水、うっ血、倦怠などもなさそうだ。彼女は母親から、インフルエンザをもらうことなく滑り出てきたらしい。ブライディの手を借りて、シンクで赤ちゃんの最初の沐浴《もくよく》をした——皮膚を覆うチーズのようなものを、オリーブオイルと小さなタオルで拭い、柔らかいスポンジで彼女に石鹼の泡をつけ、ぬるま湯ですすいでから、柔らかいタオルでとん、とん、と軽く叩くようにして乾かした。

ブライディは固く結ばれたへその緒の切断部を指さす。これ、結んでるやつ、取らなくていいの？

それはいいの。数日経てば、乾いて自然に落ちるから。

その部分に粉をはたき、包帯を巻いてから、細めの包帯を赤ちゃんのお尻からあばら骨まで巻いていく。オムツをピンでとめ、大きさを調節できる肌着、ペチコート、それから厚手のワンピースに、手編みの靴下。

母親のところにもう一度行く。さあ、オーラヒリー夫人、ゆっくり休んでください。その若い母親はベッドの上で、目線を少しでも上げようと試みている。もう一度、赤ちゃんを見てもいい？

私は彼女のすぐ近くまで赤ちゃんを抱いていき、細部までじっくり見られるようにした。

メアリー・オーラヒリーは手を伸ばして、私の手から赤ちゃんを取り上げる。

常時であれば、新生児を病気の母親からすぐに隔離し、保育室へ連れて行っていただろうけれど、おそらくあの部屋も人手が足りていないし、それに、哺乳瓶で育った赤ちゃんよりも、母乳で育つ赤ちゃんの方が、発育がいい。全てを考慮して、母親と同じ部屋にいるのが最善だろう。たとえ、ぎゅうぎゅう詰めの発熱病室だとしても。まあいいでしょう、と私は言った。でも、咳やくしゃみを彼女に向かってしないように気を付けてくださいね。

絶対しないって、約束します。

赤ちゃんをしっかり抱けていると確認できるまで、私はそこでじっと待った。彼女は本能的に、自分が何をしているのか分かっているようだった。

私は尋ねる。旦那様もさぞ喜ばれるでしょうね？

一筋の涙がキラキラと光り、頬を伝い顎にぶらさがっている。彼女の旦那のことなんて、持ち出さなきゃ良かった。彼は男の子を望んでいた、それで泣いているのだろうか？

赤ちゃんが小さな不平の声をあげる。

すぐにおっぱい、あげてみますか？

メアリー・オーラヒリーは紐を引き、ほどき始める。

彼女のナイトドレスを下げるのを手伝う。片方の巨大な乳首を覆っていたガーゼの蓋をあげる。

赤ちゃんの上唇を、乳首でちょんちょんってしてみて。

彼女は恥ずかしそうにしている。ほんとに？

デリア・ギャレットが言う。そうすると、赤ちゃんが口を開けてくれます。

彼女は肩ひじをついて、判読できない表情でメアリー・オーラヒリーのことを見ている。

こんなふうに？メアリー・オーラヒリーは私の後方にいる、彼女の隣人に話しかける。

デリア・ギャレットは頷く。口を開けたらその時を見計らって、力いっぱい押しつけるのです。

その瞬間が訪れ、メアリー・オーラヒリーは小さな顔を彼女の胸につけた。私は水を掬《すく》うように少し丸めた手の平で、赤ちゃんの頭をより強く押さえる。そうです、しっかりくわえられていますよ。

若い母親は息をのむ。

デリア・ギャレットが尋ねる。痛いのですか？　そういうこともあります、最初の数週間は痛むものです。

違うの、なんだか……

メアリー・オーラヒリーは言葉を見つけられない。

私自身、赤ちゃんに乳首をくわえられたことがない。あの歯茎に挟まれたら、どんな風に感じるか想像することしかできない。疲れているけれど切迫した動き、暗い土の中を進んでいく、ミミズのような感じ？

彼女が尋ねる。赤ちゃん、息できなくならない？

デリア・ギャレットが言う。ありえません。

メアリー・オーラヒリーと赤ちゃんを見つめるブライディは、柔らかな、でも同時に居心地が悪そうな表情を浮かべている。

ブライディは、実の母親に授乳してもらったんだろうか。彼女を育てることができないと、そう言われた母親。ブライディは、今までに誰かが授乳しているのを見たことがあっただろうか？　捨てられた子どもたちが集められた奇妙で小さな社会で生きてきて。

全てが、美しく静寂に包まれていた。おっぱいの上で、赤ちゃんはすぐに眠り始めた——そんなに吸えるものは出ていないはず。最初の数日は普通そう——でも、メアリー・オーラヒリーは赤ちゃんの邪魔をしないようにしている。シーツさえ、換えさせてくれない。新生児を母親に抱かせておく時間が長いほど、母親のインフルエンザに感染する確率も高くなる。でも同時に、授乳ほど赤ちゃんの睡眠と成長に良いものはない。ショールを彼女に巻きつけ、彼女も赤ちゃんも冷えないようにした。

ブライディが出て行った。一方の手に、消毒されるべきものが集められたトレーを抱え、もう一方で、汚れた布類の入った洗濯用シュート用のバケツを持って。

みんなのために私はお茶を淹れる。デリア・ギャレットはビスケットを三つ欲しがった。生きようとする意志の表れと、私は受け取った。

ブライディは帰ってくると、お茶をすすり、ため息をついた。おいしいなぁ。

私も自分のお茶に口をつけ、木くずと灰の味を楽しもうと試みた。そんなにおいしいもんじゃないよ、ブライディ。戦争の前だったら、こんなの、みんな吐き出してたと思う。

そうかな、でも、ジュリアがあたしたちのために淹れてくれたんだから、と彼女は指摘する。しかも砂糖三つも入れたもん。

マザー・ハウスではスプーン何杯分まで許されているんだろう——一人につき一杯？

ついでに、ビスケットも。

あなた見てると、元気が湧いてくる、と私はブライディに言った。お医者さんが処方しなきゃいけないのは、あなたかもね。もう一枚、ビスケットを食べてもいいよ――もう半分死んじゃうくらい疲れたでしょ。

彼女は笑顔だ。一パーセントも死んでないんだってば、でしょ？

私は言いなおす。私たちはみんな、百パーセント生きているのよね。

お茶を飲み干す私の頭で、インド諸国の埃が舞う。

目の端で、メアリー・オーラヒリーがうとうとしているのが見えた。彼女のもとへ行って、赤ちゃんを肘のくぼみから助け出す。そして、ベビーベッドに寝かせた。

ブライディがつぶやく。なんか、あの話みたいだね。

どのお話？

帰ってくる母ちゃんの話。

どこから帰ってくるの？

知らないの、ジュリア。向こう側からだよ。

分かった。死んでるのね、その話の母親は？

ブライディが頷く。赤んぼがずっと泣いてるから、母ちゃんが苦労して戻ってきておっぱいあげるんだよ。

怪談はいくつか知っているけど、これは知らない。オーラヒリー家の赤ちゃんを見つめる。その幽霊は、赤ちゃんとどれくらい一緒にいられたのだろう？ そんなに長い時間は許されなかったはず。きっと一晩だけだ。夜明けが来たらお別れ。

まだ新生児の記録を済ませていないことに気が付いた。空白の出生証明書が机の中にあったので、記入し始める。〈オーラヒリー〉とファミリーネーム欄に記入し、誕生時刻を書いた。

ブライディ、私が医師を探してこれにサインしてもらう間、砦を守れる？

ドアロで答えを待つ。

何も分かってないいって、分かってる、とブライディは宣誓した。

私は思わず微笑む。そうね、と私は同意する。でも昨日の朝よりも、分かることが少し増えたね。

シスター・フィニガンに大目玉をくらう、そう思いながら私は階段に向かう。あまりに多くの規則を破ったり、目立たない程度曲げたり、決まりの文言そのものじゃなくてその精神を解釈したりすることに、慣れてきた。当面の間だけ、そうよ、しばらくの間だけ。貼り紙にも書いてあるじゃない。けれど、しばらく先の未来すら、思い描くのが難しくなってきた。このパンデミックが収束したとして、前のような普通の生活にどうやって戻れるというのだろう？　そして、私はただの看護婦に戻り、またシスター・フィニガンのもとで働くようになったら、ほっとするだろうか？　慣れ親しんだ規則に守られてぬくぬくと過ごす、それとも、永遠に不満足のまま？

会話の断片が煙のように私を取り巻く。

六日目から十一日目の間だよ。

（黒いスーツの医師が、全く同じ格好の医師にそう話している。）

ああ、そうなの？

このインフルエンザで、いってしまうのは大体、その時期だね。

いってしまう、って患者さんが亡くなることを話しているんだ。グロインと彼の彩り豊かな死の遠回し表現が頭をよぎる。

この出生証明書にサインするのは、医師であれば誰でも良かったのだけど、リン医師のことを尋ね続け、ついに准看護婦から病院の最上階に行くように教えてもらった。廊下の一番奥の部屋。ドアの向こうから音楽がかすかに漏れていたけれど、私がドアをノックした時にはもう、余韻だけだった。

小さくてぼろぼろの小部屋。リン医師は仕事机として使っていたテーブルから顔をあげる。パワー看護婦。

警察のことは気が引けて聞けなかったので、思い切って、違う質問をしてみた。あの、お邪魔でしたでしょうか……先生の歌声が聞こえたような？

微妙な笑顔。蓄音機だよ。書類仕事の最中は、ワーグナーでもちょっと聞いて士気を高めないとね。

蓄音機などどこにもない。

彼女は指をさした。彼女の後ろの椅子の上。ホーンなしのモデルでね、というより、ホーンは中に隠れてる。この仕切り戸の後ろ。見た目は絶対こっちがいいよね。

昨日の朝、リン医師が引きずっていた木の箱の正体はこれだったんだ。あの、メアリー・オーラヒリーがヴァルカー式体位で、外科的介入なしに無事出産できたことをご報告に参りました。

でかした！

リン医師は出生証明書を受け取ろうと手を差し出す。私は手渡し、彼女がサインする。降りていって縫合した方がいいかな？　胎児の検査もしたほうがいい？

いいえ、大丈夫です。二人とも状態は良好です。

書類を私に返し、言う。執務室に旦那に電話して知らせるよう頼んでおくよ。他は大丈夫？

私はそわそわしながら、そこにとどまる。あの……ヴァルカー式をもっと早く試みるべきだったでしょうか？　そうしたら、彼女のお産があんなに長引かず、ショックを起こすこともありませんでしたよね？

リン医師は肩をすくめる。そうとも言えないよね、もし、彼女の準備ができてなかったら同じことだし。とにかく、思い悩んだり後悔したりして、時間を無駄にするのはやめよう。特に、パンデミックの最中はさ。

私は目をしばたき、頷いた。

彼女の襟元に茶色の汚れがあった。そこに付いてるって、気づいているのだろうか。蓄音機の置かれた椅子の背に、豪華な毛皮のコートがだらりと掛けられている。机の後ろの床には、病院の毛布と枕がある。この慈善家医師はどこかの浮浪者のように、ここに寝泊まりしているのだろうか？

リン医師は、私の目線の先にあるものに気づく。彼女はおどけた声で言う。こんな状況じゃ家にも帰れないからね。

インフルエンザ、という意味ですか？

それと、警察とね。

ということは、彼女を追って警官が病院に押し入ってきたことも聞いているはずだ。私が彼らを撒いたことは知っているだろうか？　気まずくて私からは言い出せない。

リン医師が言う。外に出ようと思ったら、最近はタクシーばかりで、もう三輪自転車には乗れないんだよ。

三輪自転車に乗るリン医師。想像すると笑える。

将校の未亡人に見えるように、伯爵と結婚した同胞にあのコートを借りてね、彼女は嘲るようなしぐさで毛皮を指す。左足が不自由な演技もしているんだ。

大きな笑い声が私の口から飛んでいく。ドタバタ喜劇映画のワンシーンみたいな話だ。

ひとしきり笑った後、私は切り出す。聞いてもよろしいですか……その、本当なんですか？　先生の足じゃなくて。

何の話？

リン医師は私にはっきり言わせたいのだろうか――彼女の追われている理由のことを尋ねているのだと。

彼女は首を振り、言う。今回は違うよ。この前の春、シン・フェイン派がやっていたのは、アイルランドにまで徴兵制を拡《ひろ》げるってことに対する抗議だったんだ。このドイツの陰謀とかいうのは、警察が私たちを捕まえるための口実。これのお陰で、ほとんどの同胞たちは何の法的根拠もなく、英国の牢屋に閉じ込められてるよ。

そんなこと、本当にあり得るだろうか。武器密輸が全部でっちあげだなんて。でも、リン医師は一九一六年の蜂起に加わったことは否定していないわけだし、だからもし彼女が今回は無実だと言うなら、それは多分本当なのだと思う。

今度は別のことが気になりだした。もし、身を隠しているこの瞬間も、インフルエンザ診療所などで個別にやってくる患者を人知れず診察できるのなら、どうして彼女はこんなに大きな病院の人手不足を補おうと赴いたのだろう。この規模の病院には、いろんな人がいるし、グロインのように、手錠をはめられた彼女が引きずられていくのを大喜びで見送るスタッフがたくさんいるというのに？　ただ、今は……グロインでさえも有能な医師の必要性を否定できないだろう。

私は出し抜けに言う。今日の午後、ごまかしておきました。先生を捜しに警官が来たんです、それで。

　そうなの？　どうもありがとう。

　差し出された彼女の手に、私は驚く。握手する。力強く、温かい。

　私の声が甲高くなる。明日にでも戻ってくるかもしれません。ここはもう、安全じゃありません。

　ああ、君は優しいんだね。でも、もう安全な場所なんてどこにもないよ。だけどさ、その日の苦労は、その日だけで十分である、とかなんとか。

　もう病室に戻らなければいけないけれど、私はとどまった。テーブルの上に銀枠の写真があり、リン医師は笑顔の女性と腕を組んでいる。私は尋ねる。この方は先生の妹さんですか？

　口の片端だけあげて彼女は微笑む。違うよ。私の家族は、私が気が狂ってることにしたらしくてね、ロンドンに送られたあの日から。それ以来、クリスマスでさえ、実家に帰らせてもらえないんだよ。

　それはお気の毒に。

　その写真の女《ひと》は、フレンチ＝マレン女史。一緒に住んでる大切な友達——この物置に寝泊まりしなくていい時の話だけど。ベルギー難民援助活動で出会ったんだけど、私の診療所の資金を出してくれてる。

　リン医師のやることは全て、型破りだ。図らずも自分が詮索していることに気づき、お礼を言ってドアの方へ退散しようとした。

　オーラヒリー夫人の赤ん坊は、もう授乳した？

　はい、きちんと吸えています。

　優秀だね。上から直で栄養がもらえる。スラムで暮らす女性たちにそんなに蓄えがあるとは思えないけれど、とリン医師はため息をつきながら付け加える。母親の骨の髄までしゃぶりつくすのが赤ん坊だ。そうしたって、最初の一年の生存率は戦場の男たちよりも低い。

それを聞いて私は震えあがった。そうなんですか？

彼女は重々しく続ける。ダブリンの乳児死亡率は十五パーセントだよ――ヨーロッパで最も湿気が多く、人口が密集している住環境のせいだ。あの政府どもの偽善ときたら。袋の中でネズミのように生きるしかない人たちに、衛生が大事なんてよく言えたもんだよ。毎年、毎年、新生児たちは壊滅寸前の大隊に送り込まれ、赤痢、気管支炎、梅毒、結核への防御もなしに突っ込んでいく……私生児にいたっては、それより数倍死亡率が高い。

オナー・ホワイトの赤ちゃんたちが頭に浮かぶ。あの子たちと、メアリー・オーラヒリーの赤ちゃんは生理的にはあまり変わらない。婚外出産の子どもたちには、その子たちが生き延びられるように身を挺《てい》して守ろうとしてくれる人の数が、極端に少ないんだ。

リン医師が怒りを込めてまくし立てる。ああ、それはもともと体が弱いからだよ、とかふんぞり返った上流階級の連中はうんざりしたように言うけどさ、じゃあ、スラムで育つその体の弱い子どもたちに、ミルクと新鮮な空気を与える実験でもしたらどうだってんだ！

なんだか私がやり込められているような気持ちになったが、彼女の真剣さに心を揺さぶられた。

彼女は首をかしげている。まるで私を品定めしているみたいに。私たちの宣言文に、私が特に大事にしている文言があるんだ。国民の全ての子どもたちを平等に大切にするっていうところ。

私は身をこわばらせる。二年前に彼らが想像上の共和国樹立を発表した時に、街中に貼り付けられた宣言を持ち出すなんて。当時、ポスターの一枚にさっと目を通した（下の部分が破られていた）のを覚えている。傾いた街灯に貼られていた。私は不愛想に返す。だからって、暴力の上に国家を打ち立てるんですか？

ねえ、ジュリア・パワー、そうじゃない国家があるなら、教えてくれる？

リン医師は両手の平を上に向ける。それにさ、と彼女が続ける。私、そんなに暴力的な女に見える？

涙が込み上げる。私は言う。医師が銃を手に取るなんて、いい、いい、私には理解できません。およそ五百人が死んだんです。

気を害した様子もなく、ただ彼女は私を見つめる。そうは言うけどね――みんな結局死ぬんだよ。銃弾に倒れなくても。貧しさに殺される。この神に見捨てられた国で行われてきた悪政に次ぐ悪政、これはある意味、大量殺戮だ。ただ突っ立って傍観していたら、全ての人の手が汚れてしまう。

頭がぐるぐるする。私は口ごもる。政治の話をしている時間はありません。

ああ、でもね、全てのことは政治的なんだよ、そうじゃないかな？

私は唾を飲み込む。病室に戻らなくては。

リン医師は頷く。だけど、ねえ、君の弟さん、兵役に就いているって言ってたね――もう戻ってこられたの？

不意を突かれた。はい、ティムは私と暮らしていますけど。でも、彼は……もう昔の彼じゃないんです。

リン医師はじっと待っている。

唖者《あしゃ》なんです、本当は言いたくないんですが。今のところは。時間が経てば、元通りになるだろうって心理士はおっしゃっていました。

（嘘じゃない。ただ、誇張しているだけ。）

リン医師の唇がゆがむ。

私は責めるような口調になる。何ですか？　先生は治らないとおっしゃるんですか？

君の弟さんに会ったことはないよ。だけど、彼が地獄を経験して、そして帰ってきたなら、変わってしまって当然じゃないかな？

彼女の言葉は穏やかだったけれど、その重みは私をぺしゃんこにした。彼のことを一番分かっているはずの私が、リン医師の言葉にある真実を否定できない。直視すべきなんだ——昔のティムは、多分、もう戻ってこない。

私は振り返り、部屋を出ようとした。

彼女は蓄音機のクランクハンドルを回す。

その曲に分かりやすい旋律はない。一人の女性が歌い出す。とても物悲しそうに。弦楽器が音を重ねる。そして彼女の声が火を噴く。ゆっくりと打ちあがる花火。

私は尋ねなかったけれど、リン医師が口を開く。「リーベストッド」っていう曲だよ。つまり、「愛の死」。

死を愛するということですか？

彼女は首を横に振る。愛と死が同時に歌われている。彼女は愛する人の死体に向かって、歌っているんだ。

こんな音楽、今まで聞いたことがない。どんどん、どんどん迫ってくる。そして声の調子が落ち着き、徐々に小さくなった。その後もしばらく楽器は奏で続け、静かになった。

階段を下りる時、膝ががくがく震えた。お粥を半分食べてから、かなり時間が経ったのだろう。病室に戻るのがあと数分遅くなっても、たいして変わらない。そう思い、地下の食堂まで急ぎ、トレー一杯に食料をのせると、産科／発熱病室へ戻った。

私が部屋に入ると、ブライディが大声を出す。うわあ、すごい！

まるで私がご馳走《ちそう》を用意したみたいに。

私がいない間、変わったことはなかった？

彼女が答える。大丈夫だよ。

でかした、と私は声をかける。ちょうどリン医師が私に言ってくれたみたいに。

デリア・ギャレットはパンとハムを手にしたが、その他の患者たちはあまり食欲がないようだった。ブライディはスープの皿を取り、私はベーコンとキャベツを何とか流し込んだ。

ブライディ、そのパンは食べないほうがいいよ、カビてるところがあるもの。

あたしのお腹は鉄みたいに強いんだから、と言いながら、ブライディはそれを口に運ぶ。

申し訳ありません。

そう言ったのは、オナー・ホワイトだ。よそよそしい声を発した後、激しく咳き込む。

私は口を拭いながら、立ち上がる。どうされたのですか、ホワイト夫人？

粗相《そそう》をしてしまったかも。

心配いりませんよ。司教様にだってあることですから。さあ、ブライディ、シーツを換えましょう。

でも、オナー・ホワイトの下にあったシーツの丸い染みには、尿特有のきつい匂いがしない。うっすらと、少し乳臭い感じ。

カルテを見て、予定日が十一月末であることをもう一度確認する。くそったれ。また早産だ。頭の中にあったのは、恥ずべき、そして子どもじみた考え。たったの五分間もゆっくり座らせてもらえないの？

破水したのだと思います、ホワイト夫人。

彼女は目をぎゅっと閉じ、数珠のビーズを引っ張った。

またですか！　デリア・ギャレットは横向きに寝転がり、枕で頭を覆う。

この悲しみに暮れる母親をどこか他の部屋で休ませてあげたい。この部屋以外ならどこでもいいから。

オナー・ホワイトに伝える。予定日よりも、数週間早いですが、心配しないでくださいね。

彼女のお腹に触れる。胎児のお尻は上向きだ。ここまでは順調。でも、硬い背骨に沿った丸みの代わりに、私の指はぽっかりとした空洞に沈み、そして頭に触れる。胎児の顔は上向き。妊娠後期によくあるけれど、この注意を要する体位がオナー・ホワイトの破水を早まらせた原因かもしれない。いきむ時間が来る前に、体位が変わって顔が下向きになるといいのだけれど。そうでなければ、長く酷い苦痛を伴う後方後頭位分娩になり、裂傷がひどくなったり、もしかしたら（最悪の場合には）鉗子《かんし》分娩になったりする可能性もある……

耳のらっぱを出して、かすかだけど生き生きとした心拍が聞こえる位置を探して動かすと、右脇腹の下の方で音がした。

私は伝える。破水して、順調にお産が進んでいます。ちょっと私は手を洗ってきます。それからベッドシーツを換える前に状態を確認しましょうね。

差し込み便器をオナー・ホワイトの下に置き、腸と膀胱を空にしてもらう。そして、濡れたシーツの上にもう一度横になってもらう。何も言わずに、彼女は股を開いた。

へその緒が出てきていないか確認するために内診する。ときどき、へその緒が先に出てきて、それを頭蓋骨が圧迫する形になることがあるからだ。でも驚くべきことに、子宮口は全開だった。手袋越しの二本の指で触れても子宮口がかすかにしか分からないくらい、もう伸びきっている。こんな段階まで、一度も確認しなかったなんて。

陣痛があったんですか、ホワイト夫人？

彼女は頷き、咳をする。

どこ、背中ですか？

また頷く。

どのくらい？

もう、しばらく。

ちゃんと言わなきゃダメじゃないですか。

彼女の顔は石のようだ。

何はともあれ！　順調に進んでいますよ。

い、い、い、い、い、い、い、い。

もうすぐいきんでいいですよ、と本来なら言うはずのところだ。もし、彼女の胎児が母親の背骨の方を向いていたなら。

普通、この状況では医師が母親にモルヒネを投与して眠らせ、その間に陣痛によって胎児の向きが変わることを祈って待つ。でも、オナー・ホワイトはモルヒネを一切受け付けないし、どちらにしろ、もう時間が残されていない。

逆子《さかご》（頭とお尻の向きが逆）の場合、お腹を押して、小さな乗客をひっくり返そうと試みたかもしれないけど、この胎児位置では、重力を利用するしかない。オナー・ホワイトを一旦立たせ、椅子に座らせる。前にかがんでください、ホワイト夫人。両手を両膝の上においいて。

ブライディの手を借りて、彼女を清潔なナイトドレスに着替えさせ、シーツを剝いで新しいのと取り換える。二人で息を合わせる。

目の端に見えたのは、息を止め、顔を真っ赤にしているオナー・ホワイト。

まだいきんではいけません！

彼女は咳き込みながら、息を吐きだす。

私は彼女に伝える。あなたの赤ちゃんの入っている角度で、頭があたっているんです。そのせいで、準備ができたという感覚になってしまう。

彼女はうめき声をあげる。

ブライディが濡れたシーツを洗濯に持っていくようにまるめている。

それをシュートに入れたら、リン医師を捜して、ホワイト夫人が後方後頭位のままで、もうすぐ子宮口が開き切るって伝えてもらえますか？

ブライディが静かに復唱して、暗記しようとしている。

ただ後方って言えばいいから。

彼女は頷き、走り去った。

私はオナー・ホワイトの次の陣痛を待ち構えていたので、次の波が来た時、彼女の顔がこわばるのが分かった。あまりにもひどい咳をしたので、痰用のコップを渡すと、黒い物体をそれに吐き出した。

メアリー・オーラヒリーが口を開く。瞳が心配そうに揺れる。余計なお世話かもしれないけど、ホワイト夫人、クロロフォルムを吸うと楽になります。

答えはない。

吸入器を使うと、少し咳も落ち着くから試してみませんか？　そしたらいきむための力も温存できます。

彼女は激しく首を横に振った。

この人が心配になってきた、真剣に。オナー・ホワイトはただ自分に厳しい人なんだと思っていたけど、もしかしたら精神的な重い償いとして、この出産に挑んでいるのではないだろうか。修道女たちが彼女の二度目の過ち、二度目の罪と呼ぶものに対する償い。ときどき、病院外訪問で、家でお産する女性のもとに赴くことがある。何の助けもなくお産に挑んでいる場合、進み方があまり良くなくて、私が到着した後でも改善しないことがある。孤立していること自体が、女性たちの気力を奪ってしまうようだ。未婚の人ばかりじゃない。ある五十歳の主婦は、彼女の年齢でそんな状態になってしまったことが恥ずかしいと思いつめ、誰にも、彼女の夫にすら教えていなかった――病院に運ばれてきた時には、小さな足が彼女から突き出している状態で、シスター・フィニガンと私は必死に長い夜を戦い、二人とも助けた。

さあ、ホワイト夫人、と私は言った。立ち上がってベッドに体重をかけて、腰を揺らしてみてくれますか？

彼女は困惑している。

やりましょう。赤ちゃんの向きを変えるためです。

彼女は指示に従って、壁を向き、前に後ろに、ゆっくりと場にそぐわないダンスを踊った。

メアリー・オーラヒリーの赤ちゃんがベビーベッドで、ヤギのような泣き声をあげる。

私は彼女を抱き上げ、メアリー・オーラヒリーにオムツの換え方を教える。

緑のべとべと！

最初に出てくるのは、こうなんですよ、と私は教える。

気持ち悪い、と彼女は愛情たっぷりに言う。

旦那さんとはもう赤ちゃんを何て呼ぶか、話し合った?

多分、ユニスかな。私のおばさんの名前。

すてきね、と私は嘘をついた。

その後、またユニスに授乳する。

ブライディは静かに病室に入り、オナー・ホワイトの背中をさすっている。彼女は何も言わなかったが、払いのけもしなかった。ブライディが報告する。ホワイト夫人の足、ぶるぶる震えてる。

オナー・ホワイトが忌々しげに聞く。横になっていきんでもいいですか?

まだダメです、残念ながら。

(ふくらみを触っても、胎児の位置が変わっている感じはしない。)

私は伝える。お医者様がもうすぐ来てくださいますから。

(お願い、神様、分娩までにリン医師をここに来させて。もし頭蓋骨がつかえて、全部腫れ上がり、母親と赤ちゃんのために何もできなかったらどうしよう。この二人が分かち合う二人きりの地獄から救うことができなかったら?)

デリア・ギャレットは雑誌で目を覆っている。

ホワイト夫人、ベッドの上に四つん這いになってください。

犬みたいに? とメアリー・オーラヒリーが尋ねる。彼女の隣人の代わりに、彼女が若干怒っているような口調だ。

けれど、オナー・ホワイトはベッドマットレスによじのぼる。ブライディのか細い腕にしがみつきながら。荒ぶる何かに我を失ったように、彼女は前へ後ろへと体を揺らす。ああ、ああ、もう無理——

もう一度確かめさせてください。そこから動かないで。

私は手をきれいに洗い、手袋をして消毒液をつける。彼女の中を確かめると、もう子宮口が指で触れても見つけられない。

お願いだから！

胎児がまだ上向きだとしても、これだけのいきみたい衝動を感じている彼女にダメだと言うことはできない。頭が先に出てきて顎がちゃんと引かれた状態なら、今産むことだって可能なはずだ、そうだよね？

よし、では左側を下にして横になって、いきんでみましょうか。

（最後の最後に奇跡が起こることを祈っていた。不思議な自然の力が働いて——胎児がその瞬間、やっと、急に、華々しく、コルク抜きみたいにくるくる回って、そして光の差す方へ。）

オナー・ホワイトはどしんとベッドに倒れる。壁に頭を打ち付けるようにして。年老いた殉教者。

私はささやく。あなたは善良な女性です。

体温は上がっていない。脈は少し速く、弱々しい。胎児の心音を聞いて、状態を確かめようとしたその時、次の陣痛が来て彼女がうめき声をあげた。

顎を引いて、と私は声をかける。息を止めて、そして思い切りいきんでください。

彼女の全身の筋肉が硬くなり、その力が彼女の体を突き抜けるのが見えた。

ホワイト夫人、声を出してもいいですからね。

彼女の目線は、私でなく、そのずっと先にある。

頭側のベッド枠にタオルを結び付け、引っ張れるようにする。向きが逆のため、彼女の足元には、踏ん張るためのものが何もなかったけれど、今更、彼女を動かすわけにもいかない。この役立たずの備品室め！

きいっという音。二人目の赤ちゃん用に、ベビーベッドを押してブライディが入ってくる。彼女が言う。必要になるかなと思って。

オナー・ホワイトはかみしめた歯の隙間から息も絶え絶えに唱える。神よ我と共にあれ、神よ我を助けたまえ、神よ我を救いたまえ。

彼女のお尻の周りに、血だまりができている。古い茶色の血液が、出産中に出てくるのは珍しいことではないけれど、この血は、鮮やかな赤だ。

彼女は私の視線を追って、その赤を目にした。ぜえぜえと彼女が尋ねる。私、死ぬの？

私は言う。出産って、いろいろ出てくるものなんです。

リン医師が飛び込んできた時、オナー・ホワイトの出血はかなりひどくなっていた。

私は素早く報告する。

三十六週目、と彼女は言った。正産期のたったの一週間前だから、両肺は十分に発達しているはずだよ、少なくとも。それに、スター・ゲイザーのほとんどが、自力で出てくる。

スター・ゲイザー？

そう尋ねたのは、ブライディだ。

振り向いて説明する。上向きで生まれてくる子のことよ。空を見上げてね。

リン医師が続ける。だけど、母親の脈の弱さがすごく気になるね、それと出血。おそらく胎盤剝《はく》離《り》が起こっている。

オナー・ホワイトは無言で内診に耐えている。

シンクで、もう一度熱心に手を洗ってから、リン医師はホワイト夫人に告げた。よく頑張りました。だけど、赤ちゃんをすぐに取り出さなければいけません。鉗子を、お願いします。

胃が締め付けられる。私は尋ねる。フランス式ですか、イギリス式ですか？

フランス式をお願いします。

長いやつだ。これを選ぶということは、悪い知らせ。頭がまだ、あまり下りてきていないということ。

ブライディは知りたくてうずうずしているようだったが、説明している暇はない。

長いアンダーソン鉗子を取り出す。ハンドルの握りと、指を入れる輪っか、それから、フェノール液にメス、結紮糸、はさみ、布、針、そして糸も。シリンジに塩酸コカインを入れる。

これまでに鉗子分娩でズタボロにされる女性たちを見てきた。胎児の頭は穴が開いたり、潰されたりして、ときには生涯、痙攣に苦しむこともある。今、それを考えないで。

リン医師がオナー・ホワイトに仰向けで寝るように指示する。

彼女は叫ぶ。待って！

そしてタオルを思い切り握りしめ、力を込める。こめかみに青筋が立つ。

医師が尋ねる。準備はいいですか？

オナー・ホワイトが頷く。彼女は、あばら骨が折れてしまいそうな咳をする。

局所麻酔にされますか、先生？　クロロフォルムは受け入れてくれないと思いますので。

リン医師は塩酸コカインの入ったシリンジを受け取り、オナー・ホワイトの柔らかい部分に注入していく。私は彼女の両足を押さえる。

その部分が麻痺するのを待って、リン医師は切開する。手際よく、次の陣痛が来る前に鉗子の平らな先端を胎児の頭に沿って挿し入れる。そしてもう一本。

オナー・ホワイトが叫び声をあげる。

血がどんどん流れ出る。このおぞましい混沌の中で、リン医師は自分が何をしているのか、見えているのだろうか。鉗子は諸刃《もろは》の剣だ――もし素早く赤ちゃんを取り上げることができなければ、出血を悪化させてしまうだけ。

速く、速く。

リン医師は持ち手をカチャカチャといわせ、中ほどで固定した。

オナー・ホワイトは稲妻に撃たれたような痛みに、身もだえ、咳き込む。

彼女を支えて上体を少し起こさせ、息がつけるようにして、彼女の口元のよだれを拭う。

リン医師が独り言《ご》ちる。ゆっくり、慎重に。

恐ろしいトングを両手に握り、彼女は続けた。私はオナー・ホワイトの背中にぴったりとくっつき、できる限り動かないように支える。シーツの赤がどんどん広がっていく。

聖なるイエス様、とオナー・ホワイトが言う。荒く息をしながら。

リン医師は体を起こし、私に向かって必死な目で首を横に振る。ああ、まだ全然届きそうにないんだ。

彼女は、重ねてひとまとめにした鉗子を取り出し、トレーに置く。エルゴトキシンを使って陣痛を強めるべき？　だけど効き目のほどは予測が難しいし……

リン医師がうろたえるところを初めて見た。いたたまれなくなり、目をそらし、オナー・ホワイトの脈を測ることに集中する。十五秒間に二十六回。ということは、心拍数は百四。一番気がかりなのは、その速さではなく、その弱さだ。指の下で奏でられる微弱な音楽。

身をかがめて、彼女が何をささやいているのかを聞いた。死の陰の谷を行くときもわたしは災いを恐れない。あなたがわたしと共にいてくださる。

彼女の灰色の頬に、私の手の甲で触れると、汗でべっとりとしていた。吐き気がしますか、ホワイト夫人？

彼女が頷いたように見えたが、はっきりとしない。血圧が下がっています、先生。

（いつ意識を失ってもおかしくない状態。）

リン医師が一点を見つめ、一瞬、途方に暮れているように見えた。そうなると、と彼女が言った。塩水注入だけではどうにもなりそうにないね。ホワイト夫人には輸血が必要だけど、この病院に保管している血は極度に不足している。供血者、この病院をうろついてないかな？

闊歩する供血者、ってなんだか滑稽な表現だ。心の霧が晴れる。私たち看護婦はみな、登録しています。私の血を使ってください。

いや、でも——

先生の目の前にいます。適合するか確認する必要もありません。私、O型です。

万能供血者。リン医師の顔が明るくなる。

背の高い棚から、消毒済みの道具一式を取り出す。

後ろで、オナー・ホワイトが鋭く咳をし、痛みによって嵐の真ん中へと引き戻されていく。

リン医師が彼女に指示する。できる限り、いきんでみて。

オナー・ホワイトは押し出そうとうなり声をあげる。ベッドは血の海だ。

私は左手を十回くらいぐるぐる回して、準備を整える。

神秘的な儀式を目撃しているような顔で、ブライディは成り行きを見守っている。残りの患者たちを見渡す。メアリー・オーラヒリーは、この喧騒に起こされずになんとか眠っている。一方で、デリア・ギャレットが尋ねた。一体なんだっていう――

輸血するだけですよ、と私は平然を装って伝える。まるで日課の一つでもあるかのように。オナー・ホワイトのベッドの横に椅子を置く余裕はなかったので、ベッドの端に軽く腰掛け、震える右手で袖口のボタンを外した。怖くはなかった。ただ、必要とされるものを、与えることができる可能性に胸が高鳴っていた。

リン医師が大きな声で告げる。ホワイト夫人、今からパワー看護婦の血を半リットルほどもらって、あなたに輸血しますよ。

応答がない。私たちの手の届かないところへ、既に滑り落ちてしまったのだろうか？

脈をもう一度確認する。百十五まで上がっています、先生。

（彼女の心臓が速く打つのは、死んでもおかしくないほどの出血を補塡しようとしているからだ。）

ブライディ、とリン医師が呼ぶ。パワー看護婦に水をコップ一杯、持ってきてあげて。

私はどなりそうになる。時間を無駄にしないで。だけど、今は私も患者なので、口をつぐむ。

新鮮な血液と、より力強い血流のためにリン医師は動脈が必要なはず。そうすればこの沈みかけている患者に、より早く血液を送ることができるから。そう思い、私は親指側の手首を差し出し、深部の橈骨《とうこつ》動脈をどうにかうまく見つけてくれることを願った。

リン医師はそれを断った。ダメ、ダメ、この細い動脈は信じられないくらい痛いんだから。しかも漏出や、塞栓症になるリスクもある。

それでも構いません――

君の健康を損なえば、もっと大きなものを失うことになりかねない。それに、私が読んだ論文に、ピンチの時は血管から血管へ、重力を利用するべきだと書かれていたんだよ。

いいいピンチの時は。それが今の私たちの状況？　そしてリン医師は実際に、この血管から血管へという方法を、これまでに行ったことがあるのだろうか？

彼女は温かい手で、私の肘のくぼみに触れた。一番良さそうな血管を見つけると、何度かトントンと軽く叩いた。

私は目をそらし、ブライディが持ってきてくれた水を飲み干す。おかしな話だけど、自分の肌に何かを突き刺されるとうろたえてしまう。

リン医師は二回目で、針を無事に入れることができた。外科医にしてはよくやった方だ。どす黒い血液が管を満たし、こぼれないように、彼女が栓をした。そしてそれを、私の腕に包帯で巻き付ける。

オナー・ホワイトの頭ががくんと後ろに倒れる。まぶたが閉じている。手遅れ？　次の陣痛が彼女を襲う。恐ろしい光景だ――ぐったりとした彼女の体を、見えない魔物が血塗られた棺の上で揺さぶっている。

早くして！　と私は急かす。

リン医師は落ち着いた様子で、管をもう一つの金属のシリンジに取りつける。オナー・ホワイトの腕を縛り、血管を目立たせようとするが、糸みたいなままで、浮き上がってこない。

私は右手で、彼女の反対側の手首を取る――百二十まで上がっている。しかもとても弱い。死にそうなオナー・ホワイトの血管を、リン医師はまだ探せずにいる。

温めては？　怒っているような口調になってしまった。ブライディ、きれいな布をお鍋の熱いお湯につけてくれる？

リン医師がつぶやく。こいつめ、あとちょっとなのに。

しかし、彼女がどんなに探して突っついても、オナー・ホワイトの血管は医師の指先に触れさせようとしない。

ブライディが熱い布を持ってきたので、私は自らそれを手に取った。動きづらかったけれど。二、三回、パタパタと振り、蒸気を飛ばす。オナー・ホワイトを火傷させないためだ。それから畳んで、彼女の腕の内側にあてる。

これ、お願いできますか？　リン医師がシリンジの持ち手を差し出しながら、私に頼む。

一刻も無駄にできない状況だったけれど、彼女が培った知識や経験も、看護婦のそれには敵わないと、彼女がとっさに判断したことに敬意が湧いた。

シリンジを受け取り、オナー・ホワイトの腕から布を引き剝がす。あった。紅潮した肌に、青い細い筋――渓谷の細流。指先でリズムを刻む。生きて、生きて、ホワイト夫人。疲れ果てた血管がほんの少し浮き上がり、針をそこに滑りこませた。

素早くリン医師が後を引き受け、ぐったりした患者に管を包帯で巻き付けて、抜け落ちないようにした。

立って、と彼女が私に指示する。

ベッドからさっと、私は立ち上がった。

栓を抜いた途端、私の血液が管に流れ込む。リン医師は私の左手を取り、それを彼女の肩にのせて、上にあげられている状態を保った。肘が固定される。彼女が針の上から私の皮膚をすごい力で押さえつけ、私は悲鳴をあげそうになった。腕をぎゅーっと握りしめる彼女。私の命を、搾り取っている。

廊下でバタバタと騒がしい音がして、私はびくっとする。警察が戻ってきたんだろうか、リン医師を捜しに？

彼女には何も聞こえなかったのか、それとも鉄の神経の持ち主なのかのどちらかだ。反乱軍の指揮官だった人。彼女をかすめる雹《ひょう》のような銃弾。

リン医師が指示する。あのね、どれくらいの血を取っているか、よく分からないから、ふらふらしてきたらすぐに教えて。

ベッドの端を、もう一方の手でぎゅっと握る私。凝固しませんように。詰まった管を換える時間なんてないし、私の血を別の容器に移して、クエン酸ナトリウムを足して液状に保つ余裕もない。落ちていけ、落ちていけ、赤い滝。この女性に流れていけ。赤ちゃんを手術することなく出させて。この母親と子どもは精一杯歩き続けているのだから、死の陰の谷を。

オナー・ホワイトの青白い顔に、ほんの少し赤みがさしているような？

その瞬間、彼女が目をぱちくりさせて私を見上げた。

もう大丈夫ですよ、と彼女に声をかける。

（まだ分からない。嘘という服を着た願望。）

私は付け加える。すぐに力が湧いてきますから。

彼女はかすれた叫び声をあげた。

オーラヒリーの赤ちゃんはびくっとし、みゃあみゃあと泣き始める。

オナー・ホワイトは上半身を起こそうとする。

リン医師が命令する。動かないで。

オナー・ホワイトはのたうち回り始めた。

私は右手で自分の左腕の針が抜けないように押さえ、左手で彼女の左手を押さえつけて、管を引き抜けないようにする。ホワイト夫人！

痙攣を起こしているのだろうか、かわいそうなイタ・ヌーナンのように？

違う、そうじゃない。顔が真っ赤だ、身震いしながら、まるで爆発するのを抑えようとするかのように、両方の脇腹をぎゅっと抱きしめ、それから彼女の顔、首を掻きむしり、ぜえぜえ息をつき、何かを言おうとした。薄いボツボツが肌に浮き上がる。

リン医師が怒りに声を震わせる。輸血反応だ。

私はぞっとする。これまで聞いたことがあるだけで、実際に見たことはなかった。

オナー・ホワイトは音を立てて激しく呼吸し、掻きむしり、その部分が鉛色のみみずばれになる。

リン医師は栓をすると、オナー・ホワイトの包帯を引き剝がす。

ブライディも、彼女を押さえておこうと四苦八苦している。何が起こってるの？

ホワイト夫人の血液中の何かが、私の血を嫌っているんです、と私は認める。万能供血者のはずなのに。

リン医師が言う。いつだって例外はある。知り得なかったことだよ。

彼女がオナー・ホワイトの腕に刺さっている針から管を外すと、私の血が床に飛び散った。もう不要。有毒物質。

自分の腕から針と管を抜き取り、刺し口からの出血が止まるように押さえつける。

猛烈な痒みを前に、私たちはどうしてあげることもできない――オナー・ホワイトの体が、一生懸命、私の体から来た見知らぬ血と戦おうとしている。結核患者のように喘いでいる彼女。彼女に落ち着き、そして息をしっかり吸うように、私は精一杯呼び掛ける。

リン医師がシンクで手を洗っている。

どうしてこんな時に、また手を洗う必要なんてあるわけ？

そしてはっとする。もうこうなっては、母親が失血死する前に、赤ちゃんを引っ張り出すしか望みがないんだ。

私は声を張る。消毒済みの鉗子はその――

ここだね、分かった。

ブライディと私がホワイト夫人をがっしりつかんで押さえ、リン医師が鉗子の一本目を彼女の中に入れる。

オナー・ホワイトの叫び声が響き渡る。

そしてもう一本。

リン医師が言う。よし。宙を見つめ、しっかり鉗子を握り、指あての輪に通した人差し指をぎゅっと丸める。

私はオナー・ホワイトに声をかける。今度は、思い切りいきんで。

もう頭を持ち上げる力すら、彼女には残されていないように見える。限界を超えるよう命じるなんて、私は一体何様なんだ？

子宮底を押してもらえますか？　とリン医師が指示する。

オナー・ホワイトのお腹のふくらみに、私は手をのせ、陣痛が来たと同時に、強く押した。

あああああああああっ！

ゆっくり、ゆっくり……ほら、顔が出てくるよ。

落ち着いた様子で、リン医師は鉗子に挟まれたその頭をゆっくりと引き出した。

真新しい瞳が赤の洗礼を受けて、瞬きしている。天を見上げて。星を見つめる者《スター・ゲイザー》。

胎児が母親の血で窒息しないだろうか？　私は慌てふためいてきれいな布を探すと、胎児の鼻と口を拭った。

リン医師が言う。まだ待って、もう一回来るよ。

オナー・ホワイトの後ろに回り、彼女の上体を起こさせ、呼吸が少しでも楽になるようにする。

彼女に約束する。もうすぐ終わりますよ。

（結果がどうなるにしろ、と内心では思いながら。）

少しもぞもぞと体を動かし、彼女が目を見開く。そして何かが破けるような音をたてて、咳き込んだ。次の陣痛で、うしろに思い切り反り返ったので、ベッド枠に私の脇腹が食い込む。

赤ちゃんが丸ごと、彼女からずるずると滑り出てきた。

でかした！

リン医師が言う。おめでとうございます、ホワイト夫人。男の子ですよ。

毛布を差し出して、彼を受け取る。

何の働きかけをせずとも、その子は泣きだした。

最初は、リン医師の鉗子で彼の口の中が切れたのかと思った。けれど、唇に折れ線のようなものがある——生まれついての口唇裂だ。

でも、出産予定日までまだ数週間あったのに、体の大きさに問題はないし、血色も良い。

リン医師は出血を止めることに集中している。オナー・ホワイトのぺたんこになったお腹を、上から押し、子宮が胎盤を絞り出すように念じている。

へその緒の脈動がゆっくりとなってきた。もうこの胎児は、もらえるものは全てもらい尽くしたのだ。ブライディに道具がのったトレーを持ってくるように頼んだ。つるつる滑る青い紐の二か所を縛り、はさみで切断した。

パワー看護婦、塩水を半リットル、温めてもらえますか？

タオルで赤ちゃんを包み、ベビーベッドに入れて、ブライディに目を離さないように頼む。もし息ができないようだったり、顔色が変わったりしたらすぐに教えてください。

お湯に塩を入れて混ぜたものを、ボトルに注いで持っていった。リン医師はオナー・ホワイトの腕の内側に、新しい管を既に付けていた。ボトルを逆さまにしてスタンドに取り付け、塩水が彼女に流れるようにする。

もう赤みは大分ひいて、ボツボツを掻きむしることもしなくなっていたけれど、ぼろきれのように弱々しかった。私の不運な血液のせいで、他に悪くなったところはないだろうか？

かいかいかい、神の母聖マリア、私たち罪びとのために、と彼女はささやいている。今も、死を迎える時も、おい、い、いかいかいかいかい、い、祈りください。アーメン。

胎盤も出てきてるよ、優秀だね。

肉の塊が滑り出し、そのあとに巨大な血の塊が続く。

リン医師はその内臓を持ち上げ、欠けたところがないか調べ、そこにあった空っぽのたらいの中に置いた。

オナー・ホワイトの脈を確認する。まだ速すぎるし、弱すぎる。あまりにも軽やかなダンス。

縫合の用意を、お願いできる？

私は震える両手を入念に洗い、針に糸を通す。

リン医師は、切開した会陰の小さな傷を安定した手つきで縫う。

ブライディが言う。ジュリア、腕が！

左腕の内側から赤い血が滴っている。針を刺したところからだ。こんなの大したことありません。

それでも、ブライディは包帯を取りに行く。

本当に大丈夫だから、ブライディ。必要ないよ。

じっとして、あたしが――

彼女は包帯を不器用に巻く。だぶだぶだ。

次の十五分間、私たちが見守る中、オナー・ホワイトの出血は徐々に止まった。ああ、ゆっくりと、じわじわとした痛みを伴って、解放されていく。少しずつ、彼女の脈は安定し、百に届かなくなり、呼吸数も下がる。彼女は頷くことができるようになり、話すこともできるようになった。塩水が効いたのか、天からの憐れみなのか、ただの偶然なのか分からない。

ブライディの助けを借りて、彼女の赤ちゃんを沐浴させる。どうしても視線がいってしまうのが、この子の小さな割れ目――片方だけで、割れた方も鼻孔までは到達していない。古代ローマ人は、口唇裂の赤ちゃんを恐れ、溺れ死なせたという。この子はとても元気そうで、インフルエンザの症状もなく、私の血が害を及ぼしたということもなさそうだ。ということは、彼の血液型は母親のとは違うのかもしれない。十五分前までは一つの体だった二人が、今はもう永遠に分かたれたと思うと、なんだか不思議な感じがする。

ブライディが私にささやきかける。あの子、ちゃんと終わる前に出てきたの？

彼の口のこと？

ちゃんとできあがる前に、先生が出しちゃったんじゃない？

リン医師が振り向いて答える。違うよ、こういう子もいるんだよ、ブライディ。家族の誰かがそうだと、可能性が高くなる。

(貧乏な人たちは特に、という点はオナー・ホワイトの前じゃ言えないけれど。母親に何かが欠乏していたと、子どもの顔が吹聴して回るかのようだ。)

オナー・ホワイトが重々しく声をあげる。なにか問題が？

健康な男の子ですよ、と私が答える。唇が少し割れているだけです。

くるまれたサナギを彼女に差し出す。

彼女の充血した目は焦点が合わず、三角の唇を見るまで少しかかった。震える手で、十字を切った。

抱っこできるように、体を起こしてみますか？

けれど彼女の顔は、机の天板のようにパタンと閉じている。

リン医師が指摘する。仰向けに寝て、血流を良くしなきゃ。

そうでした、すみません。(心得ておくべきだった。)

母親の胸の上に、赤ちゃんを寝かせようかと考えたが、この小さな体の重みでさえも、彼女の消えてしまいそうな呼吸には良くないかもしれない。だから、彼女のすぐ側で彼を抱きかかえた。彼女自身があやしているように見えるくらいの距離で。柔らかな産毛に覆われた頭が、彼女の頭と並ぶ。彼女が咳をしたら、すぐに離そうと思っていた。

彼女はキスしようともしなかった。ただ涙が瞳の端から流れ、二人の間に落ちていった。

バロナ・ヴァラ、とリン医師がつぶやく。

ゲール語は少し知っていたが、そのフレーズは初めてだ。それは何という意味ですか、先生？

彼女は説明する。野ウサギの割れ目って意味。一か月したら、連れておいで、治せるから。良かれと思って言ったのだろうけれど、彼女はカルテからオナー・ホワイトの状況を読み取ることができなかったんだ。この母親も子どもも、修道女たちの保護下に置かれることになる。それともそれを知った上で、他の新しい母親たちと同じように声をかけるのが礼儀だと思ったのだろうか？

オナー・ホワイトに授乳するつもりがあるか聞きそびれたけれど、どちらにしろ、あの割れた唇じゃ吸い付くことができない。スプーンでミルクをあげることになりますよね、先生？

彼女はその質問を吟味している。どうかな、口蓋は幸い、割れてないから。それは良かったよね……大きめのニップルに十字の切り込みを入れたのを使えば、哺乳瓶でもいけるかもしれないね。ただ、その時は必ずその子をまっすぐにして、少しずつミルクを与えるように。産科にミルクを手配するように言っておくから。

ありがとうございます。

言語障害と膠耳《にかわみみ》も、口唇裂と同時に起こる症状だ、と私は思い出す。でも、多くの人が彼をじろじろ見たり、目をそらしたり、睨みつけたりすることに比べたら何でもない。まるで、欠陥商品だとでもいうように。この人類の端くれが、もう一週間もしたら母親と一緒にホームに遣られることを考える。何の傷もない子どもたちが、彼よりも先に里親たちに選ばれていくのだろう。シリングのために、子どもの世話を引き受ける赤の他人によって育てられるのだろうか、ブライディのように？　その乳母は、彼に手術が受けさせられることを知っている、いや、知っていても受けさせようと思ってくれるだろうか？　それともこのまま大きくなって、いじめられたりするのだろうか？

ブライディが大きな声で言い放つ。この子、パワー看護婦と同じ誕生日！　ってことは、あたしとも同じだ！（彼女はきらきらした目で私の目を見つめる。）十一月の初めの日、最高の日だね。

オナー・ホワイトがつぶやく、とても小さな声で。万聖節。

彼女の信心深い胸は打ち震えているのだろうか。自分の息子が、天国での教会の勝利を祝う日に生まれたことに。

リン医師はすっくと立ち上がる。さて、何も問題ないみたいだね。おやすみ、諸君。

ドアロでリン医師が振り向く。ああ、聞くのを忘れてた――気分はどう、パワー看護婦？

大丈夫です。コップ一杯分くらいでしたから。

それでも、かなり顔が疲れてるよ。今夜は泊まりなさい。そしたら通勤の手間が省ける。

いえ、でも――

君なら知っていると思うけど、細菌学者たちによると疲労は、感染への抵抗力を下げるんだよ？

私は微笑む。仕方ない。分かりました、先生。

家に電話はないけれど、ティムは心配しないはず。時々、病院に残らなきゃいけない夜もあると、彼は知っているから。

オナー・ホワイトのまぶたが今にも閉じそうだ。

彼女が眠りに落ちる前に、体をきれいにし、そして二か所に帯を巻いた。お腹の周りと、胸の周りに。授乳することがないから――でも、今回はデリア・ギャレットの時ほど強く巻かないでおく。呼吸に負担をかけないようにするためだ。

優しく話しかける。どなたか、この嬉しい知らせを伝えたい人はいますか？

親、姉、友達だっていい。誰かの名前を、一つでいいから教えてくれることを願った。

オナー・ホワイトは首を振る。彼女のまつげが落ち、眠りに沈んでいく。

いきなりめまいがし、私はデスクの横に座り込む。まるで有刺鉄線にひっかけたかのように、腕が痛み、痣が大きくなっている。

輸血が彼女の役に立ったら良かったのに。役に立たなくても、せめて害にならなければ良かったのに。まず、何よりも害を与えてはならない《プリマム・ノン・ノキャーリー》。でも現実には、私の血液が毒になり彼女を殺しかけた。

ブライディがお茶の入ったコップを差し出す。ジュリアが二人を助けたね。

ありがとう、ブライディ。

私は一気に飲み干す。甘い、少なくとも。だけどね、二人を救ったのはリン先生。鉗子を使って。そんなことない。あたし、ここで見てたもん。先生とジュリアで助けた。

彼女を抱きしめたかった。

私たち三人でね。そう、みんなでホワイト一家を守れた。そうは言ったものの、なぜか心がざわざわした。

私は言う、この前――違う、昨日だ、と私は言い直す（ブライディに会ったの、昨日だったたっけ？）――赤ちゃんがパイプに入れられるって言ったでしょ。あれ、どういう意味？

ブライディは肩をすくめる。母子のためのホーム、マグダレン洗濯所、孤児院、と彼女は小さな声で名前をあげる。職業学校、更生施設、刑務所……全部、同じパイプでつながってるでしょ？

洪水した地下水道に溢れる無数のネズミ。胃が気持ち悪くなる。

あたしはパイプから来たの、そうなんだよ、ジュリア、と彼女は優しい声で続ける。そして、きっと一生パイプから出られない。

マスクをつけて外套を着たシスター・ルークがドアロに立ち、お茶を飲む私たちをじっと見ている。

私は驚いて立ち上がり、かすれた声で挨拶する。こんばんは、シスター。

そうして、また一日のシフトが終わった。

今日起こった二つの出産の報告をする。メアリー・オーラヒリーとオナー・ホワイトの。ホワイトの赤ちゃんへのミルクの与え方を彼女に教える。まっすぐの体勢で、少しずつ確認しながらあげないと、窒息してしまいます。

ブライディはどこに消えたのだろう？　何も言わずに飛び出してしまうなんて、彼女らしくない。

そう思って考え直す――まだ二日しか、あの娘のこと知らないんだから。

赤ちゃんの文字のような唇の割れ目に、シスター・ルークは指先で触れ、ため息をついた。あまりよく育ちそうにないですね、それはそうです、と彼女がつぶやく。エグザビア神父にすぐに洗礼していただきましょう。

彼女の後ろ向きな態度が大嫌いだ。シスターは、新生児ケアの訓練を受けられていませんでしたよね？

彼女の唇がこわばる。基本的なことはわきまえています。

最近では、哺乳瓶でも元気に育つ赤ちゃんがたくさんいますよ。きっと、ホワイト夫人の赤ちゃんも大丈夫です。

彼女は言い直す。ああ、形が悪いから、窒息するなんて思っていませんよ。

それから噂話をするように、声を落としてひそひそと続ける。けれど、こういう不運な子どもたちの世話をしたシスターたちから聞いた話だと、こういう子は生まれついて弱いところが、他にもたくさんあるそうなんですよ。

こういう子というのは、口唇裂の子のことじゃないんだ、と私は気づく。私生子のことだ。長くは生きない場合が多いんです、かわいそうにね。望まれていないことを、まるで知っているように……

それは間違いだと、彼女にきっぱり言ってやりたかった。だけど、リン医師も婚外子たちの死亡率について、同じようなことを言っていなかった？

私は踵《きびす》を返し、コートを取って告げる。今夜は看護婦寮に泊まります、シスター。

（輸血のために気分が悪くなるといけないから泊まっていくようにと医師の忠告を受けたことは、あえて言わなかった。彼女に根性なしだと思われたくなかったから。）

ホワイト夫人について何か心配なことがあれば、すぐに上の産科から助産婦を呼んでください、そう私は言って、更に付け加える。それから、オーラヒリー夫人の赤ちゃんのお世話で、助けが必要な場合も。

シスター・ルークは表情を変えずに頷く。

この人のもとに、みんなを置いていくのがすごく嫌だ。

おやすみなさい、ホワイト夫人、オーラヒリー夫人、ギャレット夫人。

ホワイト夫人の赤ちゃんをもう一度見たくて、一瞬立ち止まる。唇に、丸みを帯びたサヤエンドウ形の切り込み。そして私は、病室を後にした。

Ⅳ
黒

病室を出るとすぐに、ブライディの明るい髪が目に入った。待っていてくれたのだろうか？ 畳まれた薄手のコートを片腕に抱え、最新の貼り紙を熱心に見ている。

政府は状況を掌握し
大流行は収束へ向かっています。
実際は恐れるに足りぬものです。
ただし、無謀にも休息を取らず
打ち勝てるとは思わないでください。
もし辛く感じたら、報告して
二週間ほど横になりましょう。
いい、いい、いい、いい、
きちんと床についていても、
彼らは死んでいたでしょうか？

ジュリア、と彼女は振り向きもせずに言う。これってほんと？

私は強い口調で、聞き返す。どの部分――死んだ人に責任転嫁しているところ？　一番ふざけていると思う部分は、二週間寝てろっていう一文。そんなことできるほど余裕があったり、召使を侍《はべ》らせたりしている人がどこにいると言うのだろう？

彼女は首を振る。収まりつつあるっていうとこ。

プロパガンダよ、ブライディ。政府は嘘をつく。

彼女は驚いているようには見えない。そういう歌があったよね。

どの歌？

ブライディは顎を上げ、一節歌う。張り裂けんばかりの声で。足早に通ろうとする人たちが、半ばぶつかり合いながら通り過ぎていく廊下にいるというのに。〝だからこそ、乾杯しようじゃないか、友よ〟と彼女は歌う。

〝この世界は嘘ばかり
それなら、死んだ奴らと
次に死ぬ奴らに乾杯〟

数人が振り返る。

私はくすくすと笑う。なんだか、晴れ晴れとする歌ね。

まあ、メロディはね。

ブライディは、歌が上手だね。

彼女は頬一杯に空気をため、ぷーっと嘲るように吐き出す。

私、お世辞言わないよ。それより、なんでさっき、シスター・ルークが来た途端に、逃げ出したの？

ブライディはドアの方を振り返る。あの老いぼれガラス、マザー・ハウスに早く帰れとかすぐ言い出すでしょ。聞きたくないもん。だらだらしませんとか、ぐずぐずしてはなりませんとか。

彼女のシスターの真似に思わず笑ってしまう。じゃあ、これからどこに行くの？

ジュリアが帰らないなら、あたしも帰らない。様子を見てって、先生も言ってたでしょ。

でも私、ティーカップ半分くらいの血しかあげてないし。

それでもだよ。

私は未練たっぷりに階段を見下ろす。トラム乗り場まで歩きながら、今日一日で逆立った神経を落ち着かせる時間を待ちわびていたのに。疲れているとは思うんだけど、と私は言う。でもまだ眠れる感じはしないな。

ブライディが言う。あたしも。

多分、上階の寮になら泊まれると思う。もし、そうしたいなら。

彼女は後について歩きながら、尋ねる。あたし、ただの手伝いだけど、入れてくれるかなあ？

こんな時だから、あれこれ言う人はいないと思うよ。

三階、産科を通り過ぎる。出産中の母親のうめき声と、他の女性の新生児が頼りなげに泣いているのが聞こえる。

四階に差し掛かった時、ブライディが白状する。ほんとは、ちょっとだけ疲れてるの、あたし。

私は笑う。息切れしながら。

でも、まだ眠くない。

五階に到着したけれど、寮へのドアには貼り紙が画鋲《がびょう》でとめてある。〈男性発熱（満室）〉。ドアの向こうからざわざわ、人の話す声が聞こえる。

あらら、と私は言う。これじゃどうしようもないね。

ブライディの声色に残念さが滲む。寮ってこれだけ？

家に帰るしかなさそうだね。

自分の言葉に一瞬たじろいだ。ブライディに家はない。修道院にベッドがあるだけ。彼女の人生は、彼女が暮らしてきたホームと呼ばれる場所と同じ規律によって、支配されている。隠された、逆さまの世界。そこでは、子どもたちに誕生日はなく、姉妹たちは姉妹でなくなる。そう、ただのパイプの一部分。

それとも屋上に行って気分転換する？

さらりと言ってみた。

ブライディは面食らったようだ。

少しお祭り気分になっていたのかもしれない。きっと、誕生日だったからだ。私たちの誕生日。それに、いい日だった。メアリー・オーラヒリーは閉塞性分娩で長い間苦しみ、オナー・ホワイトは私の血液に副反応を起こしてしまったけれど、誰も死ななかった。少なくとも、私たちの病室では。病と戦争疲れに侵略された私たちの小さな四角い世界。

ブライディは尋ねる。屋根の端っこを上るってこと？

その場面を想像して微笑む。上る必要はないよ。歩いて外に出られるように、平らになってるところがあってね、尖塔の間に。

なーんだ、びっくりした。

私がブライディのとても素敵だと思うところは、彼女がノーと決して言わないこと。なんにだって挑んでいくみたいで、きっと、五階建ての建物の切り妻屋根をよじ上ることだってやっただろう。途中にあった棚から数枚の毛布を取り出し、持っていく。印のついていないドアにブライディを通し、狭い階段を上がる。突き当たりにある、一番小さなドアはそこで行き止まりのように見える。けれど、前にもここに来たことがある。少し抜け出して、一息つき、ときには煙草を一服し、町を眺めるために。彼女に教える。鍵がかかってたことないんだ。

タール塗装のされた屋根に出る。見事に晴れ渡る夜。雲一つなく、紺碧《こんぺき》の空がただ広がっている。夏の晴れた日であれば、スタッフが数名集まって夕食の休憩時間にくつろぐこともあるけれど、秋の夜九時過ぎともなれば、私たち二人の貸し切りだ。

欠けていく月が欄干のすぐ上で、おぼろげなCの文字を描く。静まり返った町から、街灯がじんわり上がってくる。煉瓦《れんが》に肘をつき、見下ろす。散歩しても良かったかもね。今度は、散歩しようか。

病院が平常に戻り規律が蘇れば、資格のない下女などもう必要とされない、もっと言えば、立ち入りを許されないだろう。可能性としては、ブライディは礼を言われ任を解かれる。私はいつかまた——いや、違う。私が彼女に会うためにはどうしたらいいんだろう？

あたし、どこまでだって歩けるんだ、とブライディが言う。ずーっと歩き続けられる。毎週日曜日はね、ホームにいた時、ずらっとワニみたいな長い列になって、五マイル歩いてた。

ばかばかしいことに、私が想像したのは、腹ばいになって本当のワニのふりをしているブライディ。そのイメージを、小さなブライディが海岸で踊っている想像と置き換えようとする。波に小石を投げ、水の方に駆けていって、喜びに声をあげる彼女。

水遊びに行ったの？

彼女は首を振る。運動のためだよ。着いたらすぐに後ろを向いて、引き返さなきゃいけなかった。

腕を組んだらベルトでぶたれたけど、口を動かさないようにして、おしゃべりしたんだ。

何て言えばいいか、分からない。

空に向けられた顔。ブライディが大きく揺れる。

私は彼女の肘をつかむ。端っこから落ちないでよ、もう。

星が明るすぎて、目が回っちゃう！

見上げるとおおぐま座が目に入った。彼女に教える。イタリアではね、病気は全部、星たちから受ける影響のせいだと思われていた――だから、イ、イ、イ、インフルエンザって呼ばれてるんだって。

ブライディはすんなり、その考えを受け入れる。そっか、その時がきたら、星がぐんと引っ張るんだね――

彼女はまるで魚釣りをするかのように、引っ張る真似をする。

全く科学的な考え方じゃないんだけどね、と私は認める。

そうかもしれないけど。でも、上ではもう全部決まってるって聞いたことある。

何が？

あたしたちが、死ぬ日。

そんなのあり得ないよ、ブライディ。

彼女は骨ばった肩をすくめ、そして下ろした。あたしは、科学的じゃなくていいんだもん、看護婦じゃないんだから。

すごく向いているけどね、もしなりたいなら。

ブライディは一瞬ぽかんとして、笑い飛ばした。

この仕事は、ほとんどの人にとっては重苦しいものでしかないだろう。匂い、汚れ、死がつきまとう。私は、特異な天職を見つけた。

ねえ、ブライディ、患者さんが亡くなると、私、印をつけるんだ。

どこに？　手帳とか？

多分、あなたも見たと思う。私が印をつけるところ。

銀時計を取り出し、時間を見ずに、彼女の手の平に落とす。文字盤を伏せて。

ブライディは持ち上げて重さを感じている。この時計、ほんものの銀？

そうだと思う。母のものなんだ。

（そう付け足したのは、私がこんな時計を買えるほどの稼ぎがあると勘違いしてほしくなかったから。）

彼女がつぶやく。ジュリアでまだ、あったかい。

私たち二人の間の鎖は、ピンと両端を引き伸ばされたおへそみたい。

時計の裏に刻まれた、頼りないいくつもの円の一つに、私は指をのせる。満月の一つ一つが、亡くなった患者さん。

でも、ジュリアのせいじゃない。

そうだといいけど。確信を持ってそう言い切ることは、不可能なの。この仕事をしていたら、その現実とともに、生きることを学ばなければいけない。

彼女は尋ねる。この小さな、少し曲がっているやつは？

満月の代わりの、三日月。

赤んぼ？

この娘は、何も見逃さない。私は頷く。

ブライディはもっと熱心に時計を見ている。小さな傷がピッとしてるだけのやつもある。

死んで生まれてきた子たちの分。流産の子たちも、もし日数が進んでいて、男の子か女の子か分かる時は、印をつける。

じゃあ、大事な時計にみんなの傷をつけるのは、かわいそうだから？

首を横に振る。私はただ……

ブライディが思いつく。みんなのこと、覚えとくため？

ああ、どっちにしろ覚えているんだ。忘れられたらいいのにって、時々思う。

取り憑かれてる感じ、とか？

どう言葉で表現したらいいのだろう。どこかに記録されたいと、みんなが願っているような気がする。記録されなければ、記録してくれと、みんなが強く要求している、そんな気が。

ブライディは銀色の丸みをなでる。じゃあ、これは死人の地図みたいなものなんだね。月がたっくさんの空。

銀時計を受け取り、ポケットにしまう。私の場合、死んでいる人にも、生きている人にも取り憑かれている。ホワイト夫人の赤ちゃんとかね、例えば。

ブライディが頷く。

どうしても考えてしまって、彼がパイプに入れられる代わりに、誰か、善良な若い夫婦が――オーラヒリー一家のような、例えばね――彼の唇のことを気にせずに、引き取ってくれたらって……

ブライディは顔をしかめる。メアリー・オーラヒリーはいい子だけど、あいつはごろつきだよ。

淡々とした彼女の口ぶりに、面食らう。彼女の旦那さん？　だって、ぶたれてるでしょ、あの男に？

彼女は私の嫌悪感に満ちた表情から、初耳だったのだと悟る。えー、分からなかったの？　彼女は勝ち誇った感じではなく、私の世間知らずさに呆気にとられたようだった。

そう考えるとつじつまが合うんだ。メアリー・オーラヒリーがおどおどしてることや、すごくたくさん、あの男に怒られてるみたいに話してたこと……両手首の青痣だって。痣になりやすいって言ってたよね。あたしも見習いになったばかりだったから、あんまり聞けなかったけど。

ブライディ、と私は息を吐く。あなたは知りすぎてる。二十二くらいで知っているようなことじゃないよ。

彼女は悲しそうな微笑を浮かべる。

私は白状する。私は人生で一度も、誰かに手をあげられたことなんてない。

それは、いいことだよ、と彼女は言う。

何も分かってないって、分かるくらいには、私もなってきたかな。

ブライディはそれを否定しなかった。

屋根の中央にある平らな部分に私は移動した。傾斜している場所を見つけ、スロープの上に毛布を一枚敷いた。しゃがみ込み、寒くないようにスカートをきちんと入れ込んで、冷たく湿った屋根ふきのスレートにもたれかかる。

ブライディがすぐ隣に座った。

コートのボタン、上までちゃんと詰めなきゃ、と彼女に忠告する。それから、ちょっと、頭を下げて――

二枚目の毛布を、私とブライディの頭の後ろにかける。外套のように。いや違うな、手品師の布だ。三枚目の毛布は、膝の上にかけた。

教えてくれないかな、と私が沈黙を破る。あなたの——そのホームのこと。もし大丈夫だったら？

あまりに長い沈黙に、大丈夫じゃないんだと思った。

その時彼女が口を開いた。何を知りたいの？

覚えてること、なんでも。

全部、覚えてる。

彼女の表情が変わる。何かを思い出しているんだ。

彼女はやっと話し始める。滲《し》みついたおしっこと、ゴム。思い出そうとすると、その匂いがする。みんな、お漏らししちゃうでしょ、普通に。そしたらある日、あの人たちが言ったの。防水シーツだけ敷いて寝ろって。洗濯の手間が省けるからって。

私の鼻の奥に、酸っぱい悪臭。

教室に入ってくる時に、こんな顔する先生もいたよ——彼女は真似をして鼻をゆがめる。毎日、犯人捜しするの。臭いのは誰だ？　臭いのは誰だ？　けどね、ジュリア、あたしたちの中に、臭くない子なんて一人もいなかった。

ひどすぎる。

彼女は首を横に振る。何がひどいって、あたしたちみんな、一生懸命手をあげて、あの子が臭い、いや、あの子だって、言いつけ合うの。臭い奴ってからかったりして。

ブライディ、そんな。

全てを受け入れて飲み込もうとする時間が、引き伸ばされた長い長い一分間のように感じられた。そしてまた彼女が話し出す。それから、折檻《せっかん》もあった。骨が覚えてる。

咳払いをする。どうして折檻されるの？

彼女は肩をすくめる。ただ見せしめってだけじゃないかな。変な格好で眠ってたとか、ミサの時にくしゃみしたとか。左手で文字を書いたとか、ブーツの金具をなくしたとか。あとは、巻き毛も赤毛もぶたれる。

ヘアピンから逃げ出そうとしている赤銅色のふわふわとした髪の毛に、私は触れる。一体、どうして——

あたしが悪い子の証拠だって、おだんごをコート掛けから吊り下げられたこともあったよ。

私は引っ込めた手で、自分の口を押さえる。誰かに、間違った扱いを受けてるって言うことできなかったの？　学校の先生とか？

彼女の暗い微笑。もう、ジュリアってば。ホームで教えられることは、学校でも一緒。分かるでしょ？

理解できてきた。

一応言っとくと、みんながみんな悪魔ってわけでもなかったよ、と彼女が言う。最後の数年間の調理場の人は、あたしのこと気に入ってくれて。捨てた生ごみの上の方に、リンゴの皮とか置いてくれて、豚にそれを運ぶ時につまみ食いできるようにしてくれたし。一度なんて、ゆで卵半分、置いてってくれたこともあったよ！

口の中に酸っぱい唾が溢れる。

ブライディが続ける。あたしはアランセーターもうまく編めないし、礼服の刺繍《ししゅう》もできないから、ノベナやらされたこともあったし。その時は、ろうそくとか、紙とか、糊《のり》とか、口に入れられるものなら何でも食べた。

ノベナ？　と私は繰り返す。それって九日間の祈りのこと？

ブライディは頷く。修道院にお金払って、やってもらう人がいるんだよ。なんか、願いごとがあるとかで。

私は唖然とする。子どもたちがそんなに厳しい祈りの行をさせられるなんて。あまりの空腹に糊を食べなければならないほどの。

彼女は付け加える。けどね、気まぐれにあたしを牧場に貸し出す時があって、それがすっごく好きだった。木苺とか、カブとか、あちこちでつまみ食いできたし。牛の餌を食べられるときだってあったんだ。

想像してみる。小さな赤毛が二頭の牛の間を這いつくばって進み、飼い葉おけの底を引っ掻いている様子。いつから働き始めたの？

朝起きて、服着たらすぐだよ。

そうじゃなくて、大体何歳くらいから？

ブライディが答えなかったので、私は聞き方を変える。編み物や草むしりや、お祈りさせられる前のこと、覚えてないの？

少し苛立っているように、彼女は首を振る。ホームのことやらなきゃ。掃除して、料理して、ちっちゃい子たちをお世話して、置いてもらうためのお金も稼がなきゃだし、ね？

そんなの嘘っぱちよ！　私は爆発した。政府がちゃんと人数分払ってる。

ブライディは目をぱちくりさせた。

どこかで読んだけど、修道士や修道女は国のためにこういう施設を運営してる。国から、保護する子ども一人に割り当てられたお金をちゃんと毎年もらって、そのお金で食べ物や寝具、その他に必要なものを買う決まりなの。

そうなんだ？　気味が悪いほど静かな、ブライディの声。そんなの教えてもらったことないや。

この恥知らずの仕掛けが、ここから数分歩いたところにある施設のものと同じことに、その時気づいた。この暗い道の先にある、オナー・ホワイトのような女性たちが何年も閉じ込められ、それに対して奉仕して返礼せよと迫られるあの場所と。

もう十分だよ、とブライディが言う。

でも――

ジュリア、お願い、昔の嫌なことほじくり返すのはやめよう。こんなにきれいな夜なんだから。

私は努力する。夜空を見上げ、次々と星座を瞳に映す。飛び石をぴょん、ぴょん。星々が小さな光の投げ縄で、私たちを生け捕りにしようとしているところを思い描いた。

私たちが生まれたその日に、それぞれの将来がもう決められているなんて、私は今まで信じたことがない。星々が何かを教えてくれるならば、その点々は私たちがつなぎ、私たちが生きることで、運命が描き出されていく。

でも、ギャレット夫人の赤ちゃんは、死んだまま生まれ、他にもたくさんの命の物語が、始まる前に終わってしまった。そして、生まれてきても、長い悪夢の中に生きる人もいる。ブライディやホワイト夫人の赤ちゃんのように――そんなこと、誰が命令できるのだろう。命令せずとも、そんな物語を許してしまえるのは誰？

私のお腹が大きく鳴った。ブライディがくすくす笑い、私も笑った。カバンの中に朝からずっと入っているものがあったんだった。私は聞く、お腹すいてる？

どうして？　なにか持ってるの？

ベルギーチョコレートのトリュフと、イタリア産のオレンジ。

ブライディは驚きの声をあげる。うっそ！

誕生日プレゼントなの、弟のティムからの。

思ったより、オレンジの皮は剝きやすかった。親指の爪の下で芳香がしぶきをあげる。白い布の上で星明かりに照らされた果実は、黒々としている。紫に近い色。

ブライディは横からちらっと見る。ああ、よくあるよね、せっかくだけど、腐っちゃってる。

腐ってないよ！　嗅いでみて。

彼女は、信じられないという顔をしたけれど、顔を近づけて鼻をクンクンさせる。彼女の顔が輝く。

ブラッドオレンジは、この中身の色からその名前が付いたんだって。すっごく甘くて、種もほとんどない。

指先で実を離す。薄皮を破る。つぶつぶの色は、黄色からオレンジ、エビ茶色、それから、真っ黒に見えるものもある。

ブライディは恐る恐る、一房かじる。うわぁ――口から滴り落ちる果汁をすする――なにこれ、すっごくおいしい。

そうでしょう？

誕生日おめでとう、ジュリア。

手にこぼれた果汁をなめながら、こんなことしてたらその場で看護婦長に首にされるだろうな、と思う。ブライディもだよ、決めたでしょ？　十一月の最初の日。

十一月の最初の日、と彼女が厳かに繰り返す。忘れないよ、絶対。

お誕生日おめでとう、ブライディ。

オレンジにしゃぶりつく小さな濡れた音だけが響いている。

あなたとはすごく話しやすい、と気づいたら言っていた。ティムは戦争から帰ってきてから、できないから。

ブライディは聞かない、何ができないの？　とは。その代わり、彼女は尋ねる、ジュリアと話さないの？

誰とも。誰にも、一言も話さない。喉が掻っ切られたみたいに——傷を負ったのは、彼の心なのに。

どうして彼女に打ち明ける気になったのか、分からない。ブライディの苦しみが巨石だとしたら、私のこんな痛み、小石みたいなものなのに。

あまり人に話したことないんだけどね、と私は付け加える。

ブライディが尋ねる。なんで？

なんでかな。多分、根拠もなく恐れてるの。なんていうか、たくさんの言葉を使って話してしまえば、それが本当になっちゃうんじゃないかって。

ブライディは首をかしげる。でももう、本当なんじゃないの？

そうなんだけど……もう、取り返しがつかないような。永久的っていうか。唖者の弟持ちのジュリアになってしまう。

彼女は頷く。それが恥ずかしいの？

そうじゃなくて。

すっごく悲しい気持ちになるんだね、とブライディが言う。

私は頷く。なんとか唾を飲み込みながら。

そっか、と彼女。ずるいなあ、あたしに言わせれば。

弟がしゃべれないのが、ずるいの？

弟がいてずるい、と彼女が正す。どんな弟でも。

ブライディの言う通りだ、と私は思う。今のティムはこうなんだ。あれが今の、私の弟の姿。

少し黙ってから、彼女が言った。誰かがいるってだけでずるい。

そんなこと、ブライディ！

サルみたいに小さく、彼女は肩をすくめる。

私はゴホンと咳払いをする。ティムの笑いのセンスは健在なんだ。

それは、いいね。

それから、お気に入りのマグパイを飼ってるの。

いかしてるね、と彼女はからかうように言う。

畑仕事も、ありあわせで料理するのもうまい。

マグパイを料理するの？

ぎざぎざの屋根に、私の笑い声が響く。

私はトリュフを分けた。一つ目のトリュフは、二人とも夢中で食べて、それから二つ目は舌の熱で溶かしながら、どちらが長く口に入れておけるか競争した。

ブライディが口をもごもごさせる。罪深き男の最期の食事だね、これ。

インフルエンザで心がひっくり返ってしまった患者のことを考えた。窓から飛び降りて死ぬことを選んだあの人だ。でも、口には出さなかった。ブライディに思う存分、トリュフを味わってほしかったから。

寒かったけれど、気にならない。星いっぱいの夜空を見上げ、白い息をふーっと吐き出した。

一つだけじゃなくて、何個も月を持つ惑星があるって知ってる？

ブライディが言う、またうそばっかり。

嘘じゃないよ。図書館の本で読んだんだから。海王星は三つ、木星は八つ――いや、違う、科学者たちがこの前、九番目を見つけたって書いてあった。露光時間を長くして写真を撮ったんだって。

ブライディが首をかしげている、まるで私がからかっているとでも言いたげだ。

だけど、この九番目の月で木星の月が全部とは言えないのかもしれない、と思い当たる。だって、天文学者たちは何世紀もの時間が巡る中で、もっとたくさん、見つけるのかもしれないのだから。もし、もっとすごい望遠鏡ができたら、十個目や、十一個目、十二個目だって見つかるかもしれない。目が回りそうだ。キラキラ輝くあまりにも大きなものが、上に広がっている。そして、その下にも。何世代にも渡って踊り続け、忙しく動き続ける命――静かな死人の方が、圧倒的に多いのだとしても。

一人の男が、下で発情期の猫のような声でわめいている。私は言う。あの人に、何か落としちゃおっか。

ブライディが笑う。そんなの、やだよ。この古い歌、好きなんだ。

この歌に、名前なんてあるの？

「俺たち落ち込んでんのかい？」だよ。

酔っ払いが適当に歌ってるだけでしょ。

彼女は歌う。〝俺たち落ち込んでんのかい？〟

彼女は私の反応を少し待ってから、自分で合いの手を入れる。〝ノー！〟そして歌い続ける。〝じゃあもっと声出せ、みんなで合わせて。俺たち落ち込んでんのかい？〟

三番までブライディが歌ってはじめて、私も合いの手で参加する。〝ノー！〟

時間はあっという間に過ぎる。だらだらとした長話の途中、もうとっくに真夜中は過ぎただろうと、私たちは結論付けた。

死者の日、と私は思い出す。本当なら、墓地に行かなきゃいけないね。

病院でもいいんじゃない。いっぱいの人が、毎日死んでるし？

いいことにしよう。そうだ、母さんのために祈らなくちゃ。

ブライディは尋ねる。弟さん生まれた後、ジュリアの母ちゃんが熱出したのって病院だったの？

私は首を振る。家で。日常茶飯事だよ。世界中どこにでもある話――赤ちゃんを産んだ後に、死ぬなんてさ。いや違うか、と私は自分を正す。赤ちゃんを産むから死ぬんだ。特別なことなんて何にもないのに、どうして未だに怒りで胸がいっぱいになるんだろう。

ブライディが言う。ジュリアの戦いだからだよ。

私は横目で彼女を見る。

グロインさんに言ってたでしょ、女の人も兵隊みたいなんだって。命をさしだしてるってさ？

じゃあ、ジュリアの仕事は赤んぼを産むことじゃない。赤んぼを救うことだよ。母ちゃんたちを助けてあげることだよ。

私は頷く。喉が締めつけられる。私に可能な限りみんなね、とにかく。

ブライディは十字を切る。ジュリアとティムの母ちゃん、パワー夫人に祝福あれ。首を垂れ、一緒に祈ろうとする。

旅立った人たちみんなに、祝福あれ、と彼女は付け加えた。

絹のような静けさに包まれる。

ブライディは言う。この二日間は、あたしの人生で、最高の二日間だった。

彼女をまじまじと見つめる。

今まで生きてきた中で、一番楽しくて。すっごい冒険だった！　あたしたちのお陰で、命が助かった人がいるんだよ――ジュリアとあたしがここにいて、頑張ったからでしょ。ジュリアもそう思うよね？

だけど――この二日間が人生で最高って、それ本気なの、ブライディ？

それに、ジュリアに会えたから。

(この短い言葉が、私の胸をどしんと打つ。)

ジュリア言ってくれたでしょ。あたしのこと、いると元気になるって。いなくちゃ困るって。会ったばっかりだったのに、手に軟膏も塗ってくれたでしょ？　クシもくれたし。それにお誕生日だって。体温計を壊したのはあたしなのに、ジュリア、自分のせいにしてた！　この二日間で、ほんとにたくさん教えてもらった。手伝いさせてくれた。ジュリアの雑用係にならせてくれた。あたしにも何かできるって、思わせてくれたよ。

言葉もない。

ブライディだったらどんなに良い看護婦になれるだろうと、もう一度考える。カトリック教会は何か訓練を受けさせてくれたりはしないの？

彼女はしかめ面になる。ダブリンに来た頃は、奉仕の係に割り当てられたけど、首になっちゃって――あたしのしゃべり方が気に食わないってさ。

ありえる。ブライディのひらめきは、意地が悪い職員の不興を買うこともあっただろう。ときどき、お昼に清掃に行くことはあったけど、と彼女は言う。ホテル、学校、会社。

それでお給金は――

彼女の表情から、今まで一ペニーも支払ってもらったことがないのだと察する。彼女は説明する。だって修道女に養育と教育の借りがあるから。

私は声を荒らげる。カトリック教会があなたの給金を巻き上げるのなら、それは強制労働じゃないの。寄宿人たちが、出て行くのは自由なの？

よく知らないけどさ、とブライディが認める。なんか他に楽しいこと話そうよ。

彼女が震えているのに気づく。私はもっと身を寄せ、彼女を毛布の下に引き寄せた。

星々が少しずつ動いた。私はブライディに、見たことがあるメアリー・ピックフォードの映画全部のあらすじを教えた。それから、他の映画も。彼女が好きそうなことは何でも話した。

全部、楽しそうに彼女は聞いていた。

会話のどこかで、子どもの話になった。私は自分から言う。私は子どもはいらないな。

そうなの？

結婚したいかどうかも、よく分からないんだ、実際。まあどっちにしろ、もう時期を逃しちゃったけど。

三十歳なんてまだ若いよ、とブライディは言わなかった。別の女性だったらきっと言っていただろう。彼女はただ私を見ている。

私は言う。ずっと美人って感じではなかったんだけどね、でもますます――

けど、ジュリアはきれいだよ。

ブライディの二つの瞳。その輝き。それに、この瞬間は、まだ逃してない、と彼女は言った。

まあ、そうなのかもしれないけど。

彼女は私の顔をつかみ、キスした。

ノーもなく、言葉もなく、制することもせず、ただ。私はそれを――

彼女の――

そのキスを受け入れた。今まで一度も、こんな風に感じたことなかった。真珠のような月が口の中にある。巨大で、圧倒されるほどの、その輝き。

今まで教えられてきた、全てのルールに反する行為。

彼女に、私からもキスをする。古い世界ががらりと姿を変え、終末を迎え、新しい世界がもがきながら生まれようとしている。この一晩しか、残されていないかもしれない。だから私は、ブライディ・スウィーニーにキスをした。彼女を抱きしめ、唇を重ねる。私の持つ全て、そして私という人間の全てを込めて。

屋根ふきのスレートの冷たい傾斜に横たわり、二人して呼吸を整える。

涙が込み上げてくる。

すぐにブライディが気付く。ああ、泣かないで。

違うの――

じゃあどうして？

私は軽はずみに言葉を発する。あなたのお母さん、きっと本当の誕生日を知っているよね。あなたを腕に抱いて、こう言った瞬間があったはずだよ。ああ、ほら！　って。

どんよりとしたブライディの笑い声。ああ、この重荷、だったかもね。

ああ、私の宝物、と私は言う。（彼女の両手を取りながら。）あなたが生まれた日に感じたあなたの重み――想像してみて。

彼女はもう一度、私の唇に、唇を重ねた。

夜が深まるにつれて、寒さも増した。私たちはキスをして、語り合い、またキスをして、そしてそれを繰り返した。二人とも、キスのことは話さなかった。触れた瞬間に、シャボン玉がはじけてしまいそうで。二人のキスが何を意味するのか、考えずに済むように。

戦争の話になって、私は気づいたらティムの親友リアム・カフリーの話をしていた。あの二人組が一緒に志願して、怖いものなんて何もないような、満面の笑みを浮かべている。その写真は今も、少し傾いたまま飾られていて、弟の部屋の壁にある唯一の写真。私は言う。リアムは帰ってこなかったんだ。

何があったの？

喉を撃たれて亡くなったの。去年のエルサレムの戦いで。（ブライディの手を取り、私の首元のくぼみを指で触れさせる。ティムが小さなタッチウッドのお守りを下げているところ。彼の体は守ってくれたのかもしれないけれど、でも他のところには効かなかった。）

彼女はなお、尋ねる。その時、ティムは？

今の、私とあなたの距離くらいのところにいてね。友達の欠片が飛び散って。

ああ、なんじゃそりゃ。かわいそすぎるよ。二人とも、かわいそすぎる。

戦争は、あの友情を熱し、そして鍛えて、名前も付けがたい他の何かに変えてしまったのではないだろうか、表現しようのない何かに。今の今まで、それに気づかなかったなんて、私はなんて愚かなんだろう？　ティムに直接、このことについて尋ねるなんて、想像すらできない。ブライディと屋上で過ごした今夜のことを、彼にどう話せばいいのか分からないのと同じくらい。

どんなに寒くても、彼女も私もその場から少しも動かなかった。話しているだけで、唇が触れそうな距離になることが何回もあって、その度におしゃべりをやめて、キスをした。すごく幸せで、はじけてしまうかと思った。唇を離し、次のキスを待っている間、一層強く、そう感じた。

いつ、私たちの間に火花が散り、燃える場所を見つけ、少しずつ広がっていったのだろう？　全然気が付かなかった。きっと忙しすぎたんだ。死の後を、追い立てるようにお産が続き、自分に芽生えた感情などという、さして重要ではないことに思いを巡らす時間なんてなかった。まして、それを心配する時間なんてどこにあっただろう？

二人揃ってあくびをした。私は言った。何考えてたんだろう、ここに上がってくるなんて。ブライディ、寝なきゃダメよね。

ジュリアもでしょ？

徹夜できるように訓練されてるから、筋金入り――

あたしにはもっと筋金入ってるよ、と彼女がにかっと笑う。それに、あたしの方が若くて丈夫。

そうでございました。

死んでからちゃんと寝るからいいんだよ、と彼女が言う。

足元はふらついていたけれど、気分が高揚してもう二度と眠らなくてもいい感じがした。けれど、会話が途切れ途切れになって、静けさの中に滑り落ち、気づかないうちに眠ってしまったようだ。すぐ側の傾斜屋根でブライディがもぞもぞと動いたのを感じて、目が覚めた。痛くなった首を伸ばす。おおぐま座が夜空をのっしのっしと横切ってしまった後だ。ということは、もう何時間も経っている。

足、つった！　ブライディが喘ぎながら足を伸ばす。

身震いしながら同調する私。両足感覚がないよ。片方の足をスレートの上に踏ん張ってみるけれど、自分の足じゃないみたい。

すっごく喉渇いた、とブライディ。

オレンジがもう一つ、あったら良かったのに。食堂に降りてって、お茶を飲もうか？

どこにも行きたくない。

彼女の優しい瞳。くらくらする。まるでこの屋上は、腐った世界の上空に浮かぶ飛行船。二人で一緒にいさえすれば、何も起こりっこないみたい。氷のように冷たい指をしっかりと絡めて、どの指が誰のものか分からないくらい、ぎゅっと握りしめていれば。

しばらくして、血流を良くするために立とうと言った。お互いに助け合って立ち上がり、犬みたいに体を震わせた。ちょっと踊ってみる。ぎこちなく、笑いながら。黒い闇に私たちの白い吐息がプカプカ浮かぶ。

あなたの住んでいたところに行きたいよ、ブライディ。それでぶち壊すんだ。全部バラバラにしちゃう。煉瓦を一個ずつ取ってさ。

石造りだったけどね。

石を一個ずつ取ろう、じゃあ。

彼女は言う。思い出して、一番心がざわざわするのは、ちっちゃい子たちの泣き叫ぶ声。

私は待つ。

担当の子が泣いて泣いて、それなのに、してあげられることが何もないの。

担当の子？

あたしたちのベッドの横にベビーベッドがあって、そこにちっちゃい子が入れられたら、面倒見るの。大きくなったらすぐやるの。

大きくなったらって、何歳くらい——十四とか十五歳？

ブライディは唇の片端をぎゅっと上げる、まるで笑っているみたいに。八歳とか九歳かな。それにね——もし担当の子がいたずらしたら、二人とも罰を受けるの。その子が病気しても、同じだよ。

理解に苦しむ。子どもが病気になった責任を取らされるってこと？

ブライディが頷く。ちっちゃい子は、いつも病気になる。建物の後ろにある穴に、ぞろぞろ入ってった。

話の筋が見えなくなる。地下で遊んでて、何か病気になったってこと？

そうじゃなくて！　あの人たちがそこに入れるんだよ……後で、その。

ああ。お墓。

ただの大きな穴なの。なんにも書かれてない、とブライディが言った。

エンジェルズ・プロットのことが頭をよぎる。墓地の一画にある、デリア・ギャレットの目を覚まさなかった女の子が埋められている場所。子どもたちは、実際、よく命を落とす。貧しい子どもたちは、そうじゃない人たちに比べてもっとそうだ。望まれなかった子どもたちは、それ以上に。だけど……

なんて非道なの、と私は言う。八歳の子どもに、幼児の死の責任を負わせるなんて！

でもね、とブライディは無表情に口を開く。白状すると、ときどき、すっごくお腹減ってて、その子から盗《と》ったことあるんだ。

盗ったって、何を？

彼女はためらって、そして答える。パンを食べたし。哺乳瓶から、ミルクを半分飲んで、水道水足したりした。

ああ、ブライディ。

みんなやってたよ。けど、それでもお腹ペコペコ。

涙が込み上げる。この娘は、ありとあらゆる手段で生き延びてきたんだ。そして、そうでなければ良かったと、祈ることは私にはできない。

こんな昔話、誰かに話したこと今までなかった、とブライディが言った。

(昔話だなんて、まるでトロイ戦争の伝説を話しているみたいな言い方。)

彼女が付け加える。ジュリアにも教えないほうが良かったかな。

どうして？

だって、あたしがどんな人間か、ジュリアにもばれちゃった。

どんな人間なの？

ブライディはとても小さな声で言う。汚い。

そんなことない！

彼女は目を固く閉じ、ささやく。他にもあるんだよ。

あなたも何かされたの？

何かされた人はいっぱいいるよ。されてない人の方が少ない、絶対。

鼓動がドキンドキンと打つ。誰にやられたの？

彼女は首を振る。それは重要ではないというように。職員とか、神父とかかな。管理人や先生だって。あたしたちから一人選んで、寝床を温めさせて、そして、二枚目の毛布をくれる。

胃がムカムカする。

彼女は付け加える。それとか、ホリデイ・ファーザーとか。

ホリデイ・ファーザーって一体何なの？

その辺に住んでる家族が、週末に子どもを引き取りたいって言うの。その女の子につかの間の休日を、みたいな。お菓子とか、ペニーとかもらえたりする。

耳を塞ぎたくなる。

彼女は続ける。そんな感じで、一人の親父がね、シリング一個くれたの。でもそんな大金何に使ったらいいのか分かんないし、隠し場所もないから、灰捨て場に埋めちゃった。

ブライディ、と私は言う。（涙をこらえるのに必死で。）

多分、まだあそこにあるよね。

それは、ブライディが汚いんじゃない、と私は言う。あなたは雨のようにきれい。

彼女は私にキスする。今度は、おでこだったけれど。

私たちの後ろの屋根の方で声がする。見知らぬ人たちが、私たちが通ってきた小さなドアから出てくる。

ブライディと私は、パッと離れた。

私は大きな、わざとらしい声を出す。さて、そろそろ朝ごはんを食べに行きましょうかね。

（後でいくらでもキスしたり、おしゃべりしたりできるんだから、と自分に言い聞かせる。）

ブライディと私が毛布を拾い上げ、雑役夫たちの側を通り過ぎた時、彼らは煙草に火を点けながら、もういつ終わってもおかしくないと頷きあっていた。ドイツのいくつもの町で反乱が起きているし、銃剣放棄、秘密裏の交渉、ドイツ皇帝は退位寸前……

暗闇が頬の紅潮を隠してくれますように。

一服どうだい、姉ちゃんたち？

いいえ、結構です、と私は礼儀正しく答える。ブライディのためにドアを開けたのに、彼女はつまずいて、脇柱にぶつかってしまった。気を付けて！

彼女が笑う。ドジだよね、あたし。

あんな寒い中、夜通し起きてたからよ。

でも、私自身の目はすごく冴えていて、注意力が増しているようにさえ感じた。

主要階段に戻り、いくつもの大きな窓の横を通り過ぎたとき、下方にゆっくりと近づくライトが見えた。発動機艇だ。いや違う、あれは霊柩車。また葬儀があるんだ。葬儀のための行進は、夜明け前に始められたのだろう。まるで恐ろしい天使が家から家へと飛び回り、まぐさ石にどんなまじないを描こうとも、見逃してはくれないみたいだ。

目の落ち窪んだ二人の年老いた医師たちが私たちとすれ違い、とぼとぼ上っていく。

一人の医師が言う。車のライトが、一つ切れていると警官に呼び止められてな、牢屋に送ってくれんかなあ、と期待してしまったよ。そしたら少しは休めるからな。

もう片方が理性を失ったような笑い声をあげる。僕もね、〈歩き続けろ〉を大麦糖飴《あめ》みたいにしゃぶってますよ。

彼らが行ってしまうと、ブライディが尋ねる。〈歩き続けろ〉って何？

兵士に供給される薬なんだけど、兵士じゃなくても起きてしゃんとしてなきゃいけない人たちが飲むの。コーラの実とコカインの粉末。

彼女の眉がぴくりと上がる。ジュリアも飲むの？

いいえ。一度だけ試したけど、心臓がバクバクして、震えが止まらなくなったから。

大きなあくびを、手で隠すブライディ。

もうくたくたでしょ？

ちっとも。

お手洗いで、顔をぱしゃぱしゃと洗い、ブライディは身をかがめて流れる水に口をつけて飲んだ。子犬みたいに。

鏡を見ながら、クシを使って私は髪の毛を整える。自分と目が合う。自分の気持ちが分かるくらいには、年を取っている、それは確か。そして自分が何をしているのかも、分かってる。だけど、路面のくぼみに転んではまってしまったみたいに、私は一晩にして恋に落ちた。

廊下で、昨日のポスターに足を止める。


きちんと床についていても、彼らは死んでいたでしょうか？


破りたい衝動に駆られたけれど、そんなことしたら看護婦にふさわしくないとされ、その上、反逆罪に問われるかもしれない。

はい、死んでいましたとも、と私は怒りの声を静かにあげる。ベッドで休もうが、食卓で毎日玉葱一個食べようが、死んでいますとも。トラムに乗ってたって、路上にいたって、骨男《ボーン・マン》につかまればどこにいても、死んでいましたとも。ばい菌のせいにして、埋葬されない遺体のせいにして、戦争の土煙のせいにでも、気まぐれな天気や風向きのせいにでも、万能な神のせいにでもすればいい。そうだ、星々を責めればいい。だけど、死んだ人たちを責めるのはやめて。だって、望んでそうなった人なんて、いないんだから。

地下の食堂で、ブライディと私はお粥にありつこうと列に並んだ。

今朝は、彼女はソーセージを欲しがらず、やけに愉快そうにはしゃいでいた。

彼女に小さな声で尋ねる。もしも、マザー・ハウスに帰らなかったら、最悪の場合どんなことが起こるの？

そんなことして、あたしはどこに行くの？

私には考えがあった。今夜、うちに一緒に帰って、まずティムに会ってほしかった。でも、せっかちに聞こえるかもしれない。はしたなく思われるかな？　どう言っていいのか分からずに、唇の上で言葉が死んでしまった。何か考えてみるから、と私は言う。

おーい、今日早いじゃん。

グラディス！　眼科耳鼻科の友人を見つめ、やっと継いだ言葉は、そうなの、だけだった。

彼女は尋ねる。なんとか持ちこたえてる？

なんとかね。

グラディスは、今朝の私は何か違うと察したように少し顔をしかめる。彼女はコーヒーをする。私の後ろにいる、ボロ靴の娘を見ようともしない。ブライディ・スウィーニーと私に何か関係があるなんて、彼女が思うわけがないのだ。

私たちの前に、少し間が空く。

私は二歩進み、グラディスに手を振る。じゃあ、バイバイ。

彼女が去ってから、ブライディを紹介するべきだったか考える。

そしてもし、ブライディと私が屋根でキスしているところをグラディスが見ていたら、一体なんて思っただろう？　というか、彼女はどういう行動に出ただろうか？

それまでの自分の人生から、あまりにも離れたところに足を踏み出してしまった私は、前いた場所に戻ることができるのかさえ、分からない。

産科／発熱病室にブライディと私が一緒に入ると、シスター・ルークは机から顔をあげた。私たちが親しげなのが気に入らないらしいことは、明らかだ。彼女が尋ねる。よくお休みになりましたか、そうあってほしいですがね、お二方？

彼女に休養できたと伝える。もし、看護婦寮が閉まっていたことを知らないのであれば、あえて言う必要もない。

小さな部屋には、ユーカリの匂いが漂う。オナー・ホワイトは蒸気を閉じ込めるために吊るされたシーツの後ろにいて、姿が見えなかった。けれど、咳は聞こえた。ベビーベッドの彼女の赤ちゃんは、くるまれた両足をもぞもぞ動かしている。

夜のうちに、彼が哺乳瓶二本をたいらげたとシスター・ルークが報告する。

この修道女にも良いところはある――どれだけ偏見を持っていても、患者の世話は絶対に怠らないことだ。

ブライディは水差しから白湯《さゆ》をグラス一杯注ぐと、一気に飲み干した。そして病室の掃除に取り掛かる。慣れた手つきだ。

デリア・ギャレットが私に話しかける。今日、退院いたします、パワー看護婦！

そうなんですか？

リン先生が来られて、おうちで療養したほうがいいだろうっておっしゃったんです。

普通ではあり得ないことだけど、病院の状況を考えたら反対はできなかった。ギャレット家は裕福で、看護婦を家に呼べるだろうし、病院でしか治療を受けられない、この病院のほとんどの患者たちとは違う。

シスター・ルークが言う。エグザビア神父は昨晩ご不在で、現在は、お葬式にいらっしゃいます。ですが、この赤ん坊を洗礼できる神父が、他にいないか探してみましょう。(ホワイト夫人の赤ちゃんを見ながら頷く。)

修道女が出て行くと、ブライディと目が合った。なんて魅力的な笑顔。

彼女は尋ねる。それで、何から始める?

蒸気の中で、オナー・ホワイトは真っ赤だ。外に出す頃合いだと、私は判断した。

冷たい布で彼女の顔を拭く。気持ちいいですか、ホワイト夫人?

彼女は祈りの言葉をつぶやくだけだ。

彼女の胸当てを確認する。そんなに濡れていない。まだ母乳が出てきていないんだ。胸当てを少し緩めて、雑音の混じる呼吸を妨げないようにする。ブライディ、ホワイト夫人のために、ホットレモネードを用意してもらえますか？　私はオーラヒリー夫人の様子を見たいから。

新米の母親は、小さな娘に授乳していた。赤ちゃんの頭はもう既に丸い形になりつつある。メアリー・オーラヒリーの表情は穏やかで、彼女の横にあるトレーから、きちんと食欲もあることが分かる。でも、私の視線はどうしても、陰になっている彼女の手首の内側に吸い込まれる——青痣。

私の心を読んだかのように、彼女が彼の話を始める。オーラヒリーさんは、ユニスに会いに明日来てくださるんです、と彼女が言う。洗礼を受けるためです。訪問者のためのロビーで待っててもらって、ユニスを連れて行くんです。

良かったですね。

彼女の表情に注意を払う。旦那のもとへ帰るのを心待ちにしているのか、恐れているのか、それとも両方?

立ち入らないことよ、ジュリア。結婚は個人的なもの、そして謎の多いもの。

デリア・ギャレットの方を向く。もう荷物をまとめたのですね。胸当てを換えましょうか、着替えの前に。

胸当てを外すと、母乳でぐっしょり濡れていた。

彼女は顔を背けている。

なんてもったいない。こんなに胸が張っているのに。両胸が、それを吸う人は誰もいないと認識し、受け入れるまであとどれくらい時間がかかるのだろう。

デリア・ギャレットに新しい胸当てを巻き付ける。そして、彼女のカバンからゆったりとしたワンピースを取り出した。

もうそれは着たくありません!

スカートとブラウスを見つけたので、ブライディと私は彼女にそれを着せる。気持ちを込めて。

振り向いてオナー・ホワイトを見ると、彼女はもう居眠りをしていて、棚の上のレモネードには手が付けられていなかった。眠るのが一番の薬、と私は思う。どんな薬も、眠りに勝るものはない。

ベビーベッドの中で、彼女の息子が猫のような声を出しながら、両足を伸ばす。この子のための三日月は、銀時計に刻まなくて済みそうだ。早産だったにもかかわらず、彼はとても元気。もう彼の左右非対称な唇にも驚かなくなった。二つの唇が、少し合わない。ごくわずかに途切れているだけ。

私は、はたと気づく。彼の血管を、私の血が流れているんだ。肌の下では、私とは永遠に親類ってことだろうか？

ブライディ、ミルクの飲ませ方を教えましょうか？

うん。

十字に切り込みの入ったニップルと、哺乳瓶は、シスター・ルークが煮沸して、ソーダをまぶしておいてくれていた。乳児用粉ミルクの入った瓶を振り（ラベルによると、熱処理された牛乳、クリーム、砂糖、それから大麦湯が入っているらしい）、お湯に溶かす。冷たい水は、お腹を冷やすといけないので使いません。私は溶接されている注ぎ口にニップルを取り付ける。

ブライディの左腕のくぼみに、ホワイト夫人の赤ちゃんをのせた。彼はイモムシのように体を丸めようとしたが、彼の首をまっすぐにさせる。口のねじれに向かって、ゆっくりと液体を流し、ニップルにあるもう一つの穴に指をのせて流れを調節する。まるでスズ製の笛を演奏しているみたいに。

ブライディがささやく。すごいね。吸うって感じじゃないけど、すごくよく飲んでる。平気みたい。

少しずつ、ホワイト夫人の息子がミルクを飲み干すのを、私たち二人は見守った。彼はまるで、この世界で彼に与えられた仕事はそれしかなく、彼の将来がその出来にかかっているといわんばかりに、飲み込んだ。

バリトンの歌声が廊下から聞こえる。〝二人の少年とふたつのおもちゃ……〟

グロインよね、やっぱり。

私は今にも寝つきそうな赤ちゃんを引き取る。ブライディ、あの人に静かにするように言ってきてくれない？

彼女は急ぎ出て行った。

それなのに、一分もたたないうちにグロインの押す車椅子に乗って戻ってきた。ブライディは見えない手綱を持ち、馬を進ませるしぐさをしながら、二人で声を揃えて続きを歌う。

〝死にゆく君を置いていくと思ったかい
僕の馬は二人で乗れる
ジョー、さあのぼれ、ひとっ走りいくぞ。
二人乗ってもハヤテのごとく〟

平坦な声で言う。ここは病室ですよ、無分別なお馬鹿さんたち。

雑役夫はひひーんと小さな声で言い、後輪に重力をかけて車椅子を後傾斜させた。ギャレット夫人のための馬車でございやす。

ブライディがひょいと立ち上がる。ばつが悪そうに笑っている。

謝ろうとデリア・ギャレットの方を向くと、彼女は弱々しく微笑んでいる。このお歌、子どもたちに歌って聞かせたことがあります。

帰られたら、みなさん、本当にお喜びになるでしょうね。

彼女はすすり泣く。急にあふれ出た涙が、顎の下できらめいている。

ホワイト夫人の赤ちゃんを置き、デリア・ギャレットを車椅子へと座らせ、彼女のカバンをハンドルにかけた。彼女の両手は膝の上にのせられ、ブラウスはお腹周りでだぶついていた。彼女はもうボロボロだったけれど、とても美しかった。

ありがとう、ジュリア看護婦、とデリア・ギャレットが言う。ブライディも、ありがとうね。

さようなら、と私たちは声を揃えた。

幸運を祈りますわ、オーラヒリー夫人。

若い母親は、あなたもね、と子を亡くした母親に返すことができず、力なく微笑んで彼女に向かって頷いた。

グロインがデリア・ギャレットを押して、廊下を歩いていく。

ブライディと私は向き合う。

ああ、密やかで、熱い彼女のまなざし。

そして、言葉もなく私たちは、右手の空になったベッドをきちんとして、誰が次に到着してもいいように準備を整えた。

しばらくして太陽が昇り、光の束が病室の窓に差し込んできた。ブライディは今日、なんだか透けているように見える。骨と光でできているみたい。肉体をワンピースみたいに着ている感じ。

ブライディがいきなりくしゃみをして、ユニスはびくっとし、母親の胸元から落ちた。

ごめんなさい、とブライディ。お日さんのせい。

私は言う。ときどき、私もそれでくしゃみをすることがあります。

メアリー・オーラヒリーが赤ちゃんの口を、乳首にもう一度つける。もう慣れたものだ。

オナー・ホワイトは眠っていて、話を聞かれる可能性のある患者はいないので、このまたとないチャンスに、メアリー・オーラヒリーに話をしてみようと決心した。

ベッドへと身をかがめ、声をひそめる（だってこんなこと、本来なら全く言うべきじゃない）、ちょっと聞きたいことがあるんだけど、いいですか？　個人的なことなのですが。

彼女は目を見開いている。

旦那さんは、その……カッとなることがあるの？

何の気苦労もない妻なら、こう答えたかもしれない。でも、みんなそうでしょう？

けれど、メアリー・オーラヒリーは縮こまり、そのしぐさでブライディが正しかったんだと私は確信した。

ベッドを回って、反対側に来たブライディが尋ねる。そういう時、あるんだよね？

彼女はかろうじて聞き取れるくらいの大きさで答える。お酒飲みなさったら、ときどき。

私は言う。それは恥ずべきことです。

ブライディが追及する。それってどれくらい？

メアリー・オーラヒリーは私と、ブライディを交互に見ている。オーラヒリーさんも、お辛いんです。仕事もないですし。

さぞ、お辛いでしょう、と私は言う。お察しします。

彼女は私たちを説得しようとする。オーラヒリーさんは、すごく優しいんです。大体はいつも優しいんです。

深い水域にずぶずぶ入っていく私。だけど、対岸にたどり着くための作戦は皆無だ。メアリー・オーラヒリーが真実を教えてくれた。だからと言って、私は彼女に何を助言できるというのだろう？　六日間かそこらで、彼女は赤ちゃんと一緒に家に帰る。そして隣人たちが、男とその妻の間に割って入ることなど絶対しないのは、目に見えている。

私は声に重みをもたせる。もうそんなの許さないって、言ってやりなさい。赤ちゃんが来たからには、そんなことさせないって。

メアリー・オーラヒリーが自信なげに、なんとか頷く。

ブライディが尋ねる。もし必要になったら、父ちゃんがメアリーもみんなも面倒見てくれる?

彼女は躊躇し、そしてもう一度、頷いた。

じゃあ、オーラヒリーさんにそう言ったらいいよ。

私は念を押す。言ってくださいよ?

ブライディがしっかりとした口調で続く。ユニスのためだよ。この子が同じ目にあわないように。

メアリー・オーラヒリーの目が濡れている。彼女はささやく。約束する。

赤ちゃんが頭を胸から離し、頼りなげに泣いた。

それでこの話はおしまい。

赤ちゃんを直立させた状態で抱っこして、とメアリー・オーラヒリーに伝える。それから首元を手で押さえて顔が前に出るようにして、背中をさすってあげると、ゲップさせやすいですよ。

オナー・ホワイトの方を見る。光が消えたように眠っている、彼女の頭が力なく枕に横向きになっている。

違う。眠っているんじゃない。

私の喉が凍る。彼女の顔をもっとよく見ようと、身をかがめる。両目を開けたまま、息はしていない。

ブライディが尋ねる。どうしたの?

シーツの上にだらりとしている手首の下に、私は指を滑り込ませる。まだ温かい。だけど、脈は全くない。オナー・ホワイトの青白い首の付け根も確認する、念のために。

主よ、永遠の安息を彼女に与え、と私はささやく。絶えざる光を彼女に照らしたまえ。

やだ、そんな！　ブライディが駆け寄る。

私は手を添えて、オナー・ホワイトのまぶたを閉じた。白い両手を、胸の上で組む。

揺れる。急に、もう自分を支えることができない。ブライディは私の頭を彼女の肩の上にぐいと引き寄せ、私は彼女にきつくしがみ付く。痛いほどに。メアリー・オーラヒリーが赤ちゃんを抱いて、すすり泣くのが聞こえる。

自分を奮い立たせ、身を起こす。ブライディ、お医者様を探してきてくれる？

彼女が出て行った後、私はホワイト夫人の赤ちゃんを見つめた。ふがふが言ったり、心もとなげに手足をぱたぱた、動かしたりしている。私の輸血も、みんなの努力も全て、この子の母親を骨男《ボーン・マン》の腕の中に引き渡すためだったっていうの？

リン医師は疲労困憊《こんぱい》の様子で入ってきた。パワー看護婦、やるせないね。

彼女はくまなく、その女性の死体を確認する。もう何の希望も残っていないのに。そして、死亡診断書に記入した。

尋ねずには、いられなかった。抑揚のない声で。輸血反応が原因だと思われますか？

彼女は首を振る。肺炎による心臓への負担だろうね、おそらく。それが出産、大量出血、そして慢性的鉄分不足によって悪化した。それか、血栓が肺塞栓症を引き起こしたか。

彼女はシーツを引いて、その石像のような顔を覆い、そしてきらりと光る眼鏡で私を見る。パワー看護婦、私たちは最善を尽くしています。

私は頷く。

そしていつか、このインフルエンザでさえ、収束していく。

そうなの？　メアリー・オーラヒリーが尋ねる。どうして分かるんですか？

人類は、疫病が流行るたびにそれに対処する方法を、最終的には見つけてきたんです、と医師は彼女に言った。少なくとも、膠着状態《こうちゃく》まで持ち込む。行き当たりばったりで何とか生き延びて、この地球を新しい形態の命と分け合ってる。

ブライディが眉をひそめる。グリッペも命の一つなの？

リン医師は片手であくびを隠しながら、頷く。科学的には、そうだね。悪意なんてない、ただの生物。ただ繁殖したいがために動いてる。人類と同じようにね。

その考えに、私は困惑する。

それに、悲観主義っていうのは悪い医者だ、と彼女は付け加える。だからさ、君たち、希望を捨てないで。さあ、オーラヒリー夫人、あなたとそのかわいい娘さんを診察しましょう。

リン医師はメアリー・オーラヒリーの診察を終えると、ホワイト夫人の赤ちゃんの口をのぞき込んだ。ミルク、ちゃんと飲めてる？

私は答える。三本分。

いい子だ。非摘出子《フィリアス・ノリアス》に、なってしまったね、と真面目な顔で彼女が言った――何人《なんぴと》の子でもない、教会の子ども。彼女がいたあの施設に、送られることになるんだよね？

パイプの中へ、と頭をよぎる。私は頷く。

リン医師が声をひそめる。全部ちゃんと落ち着いたらさ、フレンチ＝マレン女史と一緒にすごい計画を始めるんだ。私たちの病院をつくる。貧しい家庭の幼児たちのためだけの病院をね。

素晴らしいですね！

素晴らしい、その言葉そのものになるよ。屋上に病室があって、宗派を問わず優秀な看護婦を集め、できるだけ多くの女医を雇ってさ、乳母ヤギを飼って新鮮なミルクを……

ブライディと目が合って、思わず噴き出しそうになる。乳母ヤギだって。

リン医師が続ける。それから、田舎に療養所を建てて、母親たちが休めるようにする。

素敵ですね、とメアリー・オーラヒリーがつぶやく。

ホワイト夫人のために雑役夫を呼んでおくから、とリン医師は言い残して、退室した。

この女性のカルテに記された親類は誰もいないんだった。それが意味することは——私は身じろぐ——貧民埋葬だ。

壁から釘を抜き取り、銀時計を取り出して傷をつけようとした。

ブライディがささやく。あたしがやってもいい？

どうぞ。

私は銀時計と釘を渡す。

彼女が、こっそりとメアリー・オーラヒリーに背を向けた。彼女は余白を見つけると、銀に深く、きれいな円を刻んだ。オナー・ホワイトの円。

これから数十年間の間に、一体何人の母親を、私の時計に刻んでいくのだろう。線は重なり、共に横たわり、絡まった髪の毛のようになるだろう。声がかすれる。なんて数。

ブライディが言う。でも、そうじゃない人のことも考えてみてよ。人生を歩み続ける人たち。大きくなる子どもたち。

ホワイト夫人の赤ちゃんをじっと見つめる。私の二本の親指より少し太い彼の腕を、ベビーベッドのマットレスの上でいっぱいに広げている。まるで世界を抱きしめようとしているみたいに。

グロインがふてぶてしく入ってくる。盾を抱えるかのように、彼は担架を運び入れる。パワー看護婦、またあんた、一人亡くしちまったそうで。

注意力散漫の子どもがペニーをなくしたかのような口ぶりだ。

彼の後ろでオーシェイが合わせた両手を、ぎゅっと握りしめている。震えを抑えようとしているんだ。

グロインは左手のベッドに視線をやる。ああ、売春婦《スカーレット・ウーマン》が今度は西に沈みましたか。

オナー・ホワイトへ向けられた罵りは相手にしなかったけれど、彼女が結婚していないことを雑役夫に教えたのは、誰だろう？

黄泉《よみ》の国へ、と彼はオーシェイに憂うつな声色で語りかける。白い馬にまたがって……

私は言う。あなたにとっては、全部が冗談なんですか、グロイン？　私たちはただの肉の塊？

みんなが私をじっと見ている。

全部終わっちまった後の話ですかね、看護婦さん？　彼は一本の指で首を掻っ切るしぐさをする。笑みを浮かべて。俺に言わせりゃあ、みんなそうですな。おだぶつ、ぽっくり、これでパー。

彼は胸骨を指でトン、トンと叩き、続けた。あんたのかわいそうなお友達だって、そりゃおんなじですよ。

即座に言い返すことができなかった。

グロインは小さくぎこちない会釈をすると、担架を床に置いた。

布に覆われたオナー・ホワイトの遺体を、オーシェイも手を貸して担架にのせ、二人で運んでいった。

彼女の赤ちゃんは、ベビーベッドの中で、自分が何を失っているのか知る由《よし》もない顔をしている。

彼女のベッドの寝具を引き剝がすことに集中する。

ブライディが優しく尋ねる。なんでグロインさんに、そんなに辛く当たるの？

私はけんか腰で言い返す。あまりにも無礼だと思わない？　いっつも何か歌ってて、悪趣味で下品。戦争に行ったって言うけど、銃弾の飛んでくるところには行ってないし、それにただここでぶらぶらしてるだけで、脂ぎった独身男が、女性の苦しみを餌に演奏会開いてるだけじゃない。

メアリー・オーラヒリーは居心地が悪そうにしている。

患者の前で、こんなふうにしゃべっちゃいけないことくらい分かってる。

ブライディは言う。独身じゃないよ、グロインさん。なんて言うんだっけ？　男やもめなだけじゃなくて、昔は、父ちゃんだった人って、なんて呼ぶんだっけ？

ひどく衝撃を受ける。いつの話？

何年も、何年も前だよ。戦争が始まる前。チフスで家族全員死んじゃったって。

私は咳払いをして、何とか声を絞り出す。ごめんなさい、知らなかったの。あなたが探している言葉はきっと、父親、たとえ……何人お子さんがいたの？

グロインさん、教えてくれなかった。

ブライディはどうしてこのこと知ってるの？

家族がいるか聞いたんだよ。

穴があったら入りたい。グロインは人生のこの地点に来るまで、何も困難のない人生を送って来たんだと勝手に思ってた。ただ彼が、震えもなく、顔が溶けもせず、そして会話できる力を失わずに戦場から帰ってきたというだけで。彼の冗談や歌の後ろに隠れていた、傷ついた人間に私は全然気づくことができなかった。体はぴんぴんして何ともないのに、苦悩の渦に生きている。愛する人たちがいなくなったこの世界で、自分の時間を全うしようと。グロインは軍人恩給で飲んだくれることだってできるはずなのに、でもそれをせずに、ここに毎日、午前七時に必ず来る。生きている者と死んだ者を運ぶために。

メアリー・オーラヒリーが言う。あの、話の邪魔するようで悪いんですけど、看護婦さん……長い間、言い淀《よど》んだ後、乳首がとても痛むと彼女が告げたので、ラノリン軟膏の瓶を取り出して塗り込んだ。

オナー・ホワイトの赤ちゃんの様子を見たが、まだおしめは乾いている。突然その子が、か弱くて小さな存在に見えてくる。シスター・ルークがこの子はあまり長く持たないと言ったのは、正しかったのだろうか？

ブライディに言う。ホワイト坊ちゃんを、洗礼しましょう。

今？　彼女が驚いた声で聞く。あたしたちで？

だって、この病院に神父が今日は一人もいないし、それに、急を要する場合はカトリック教徒であれば誰でもできることになっているんです。

メアリー・オーラヒリーが不安げな興奮した声で尋ねる。看護婦さん、前にもやったことあるんですか？

私がしたことはないけど、でも赤ちゃんが洗礼されるところは何度か見たことがあります。（死んだ赤ちゃんに、とは言わなかった。）

洗礼の文言は覚えています、と彼女を安心させたくて言った。

ブライディが異議を唱える。けど、なんて名前付けたかったか分からないよ。

それはそうだ。そしてそのことを、私は後悔している。オナー・ホワイトは隠れていて、とても近寄り難い感じがしたし、きっと後で聞く時間があるって思ってた……

ブライディは沈んだ面持ちで言う。けど、あたしたちが付けてあげた方がいいのかもしれない。どこか行きついたとこのスタッフに付けられるより。

私は彼女に尋ねる。名付け親《ゴッドマザー》になってくれますか？

困ったような笑い声。

本当に、ブライディが立会人を務めてくれる？　大事な仕事よ。

彼女がまるでサーカスで一芸披露するかのように、メアリー・オーラヒリーが声をあげる。やってみて！

ブライディがホワイト夫人の赤ちゃんをすくい上げ、兵隊のように立った。よく知られている聖人の名前からとって、無難に済ませたほうがいいのかな？　私は大きな声で言う。パトリック？　ポール？

ジョン？　そう言ったのは、メアリー・オーラヒリーだ。マイケル？

つまんない、つまんなーい、とブライディが文句を言う。

彼の小さな顔をまじまじと見つめる。陶芸家が最後の仕上げに粘土をひとひねりした。それにちなんだ名前はどうだろう？　口唇裂のこと、リン医師はゲール語で何て呼んでたっけ？　バルナ、なんだっけ？　私は声に出す。バルナバスにしましょう。

ブライディは左腕にくるんだ赤ちゃんをじっと見つめる。いい、いい名前だね。

メアリー・オーラヒリーが言う。すごく立派な感じ。

ブライディはぱっと顔を背けて、大きなくしゃみをした。袖で大急ぎで押さえながら。ごめんなさい！

そしてもう一度。もっと大きなくしゃみ。

メアリー・オーラヒリーが尋ねる。大丈夫？

ちょっと風邪ひいたかな。多分、夜風に吹かれて座ってたからだ。（ブライディが私にウィンクする。）

屋根でのことを思い出す。私の顔、赤くなってないよね？

私は儀式にふさわしい声で始める。ブライディ・スウィーニー、この子に何という名を授けますか？

彼女は厳かに言う。バルナバス・ホワイト。

神の教会はバルナバスのために何ができるでしょうか？

えっと……洗礼？

私は頷く。そなたは名親《なおや》として――

（伝統的なここでの言い回しはこの子の両親を助けるだ。）

――バルナバスを助ける心づもりがありますか？

あります。

聖水がないので、煮沸した水を使うことにする。たらいを持ってきて、ガラスのコップに水を注ぐ。私はブライディに頼む。たらいの上に、彼を抱えてくれる？

私は手もとを安定させ、腹に力を入れる。次の少し、ラテン語の部分、が一番重要だ。あなたに《イゴ・》洗礼を施します《テ・バプティソ》、バルナバス、聖なる名のもとに《イン・ノミネ・パトリス》。父と――

彼のおでこに水をたらしたら、彼が眉をひそめるかと思ったけれど、しなかった。

息子と《エト・フィリ》――

もう一度水をたらす。

聖霊《エト・スピリトウス・サンクティ》の名のもとに。

三回目、透明の液体をかけながら、聖霊を彼のために呼び寄せる。

ブライディが沈黙を破る。もう終わった？

私は頷き、彼女の手からバルナバスを受け取った。

そのガラスのコップに残った水を、彼女が一気に飲み干した。

私はぎょっとして彼女を見る。

ごめんなさい、まだすっごく喉が渇いてて。

不吉な予感に、脈が速く打つ。

そばかすの散るブライディの頬が、うっすらとピンクに光っている。頬骨の上の二か所はもっと色が濃い。今までで、一番きれい。

バルナバスをベビーベッドに寝かせ、手の甲で彼女の額に触れる。少し熱っぽい。気分が優れませんか？

ブライディが認める。くらくらするけど、なんてことない。

彼女は水差しからコップいっぱいに水を注ぐと、またぐびぐびと飲み干した。飲み込むたびに、喉が大きく動く。

私は言う。ゆっくり、ゆっくり。

大きな笑い声。飲んでも飲んでも、喉がカラカラ。

その時、確かに聞こえた。彼女の発する言葉の後ろに、かすれたような小さな音。彼女の両肺の奥深くから流れてくる静かな音楽。遠くで木をしならせる風。

私は表情を変えないように注意を払う。息をする時、苦しくないですか？

彼女は大あくびをする。だって疲れてるから。それに風邪ひくといつも、喉がかすれんの。

けれど、鼻水は出ていない。普通の風邪だったら、あるはずの症状。

私の頭は、巻きすぎた時計のようにカチコチ動き出した。今まで、見過ごしていた全ての兆候を一つ一つ、確認していく。

くしゃみ。

喉の痛み。

渇き。

めまい。

落ち着きのなさ。

眠気。

注意力散漫。

そう状態。

その名前を、絶対に口に出したくない。でも、そんなの迷信に過ぎないんだから。私は一気に言った。まあでも、インフルエンザなわけないですよね。だって、二度かかる人なんていないんですから。

ブライディの口元が、ぴくりと動いた。

ブライディ！

彼女は答えない。

その瞬間、怒り心頭に発する。前にかかったって言ったじゃない。ずっと前になったことあるって。

（初日の朝、彼女は私にそう言った。二日前の朝――まだ二日しか経ってないの？　彼女が私の病室にふらりと、マスクもせず、なんの防御もなしに現れてから、もうすごく長い時間が過ぎたような気がするのに。）

ブライディは目をそらす。それじゃあれは、普通の風邪だったのかもしれないね。それか、今あたしがかかってるのが、普通の風邪かもしれないでしょ？

唇を噛んで、危うく口に出しそうになった言葉を飲み込む。今、誰かがかかるとすれば、それはい、い、い、い、い、い、い、い、い、い、い、いいいい、い、い、危険な種類のインフルエンザしかないでしょう、と。

ああ、神様。二日間潜伏、ってことはまさにここで感染したということだ。この伝染病の温室で。

なるべく声を荒らげないように努める。痛みはないですか？

ブライディのいつもの肩をすくめるしぐさ。

彼女の肘に、手で触れる。どこですか、ブライディ？

ああ、あっちこっち、ちょっとだけ。

彼女は額、首、そして後頭部を触る。

彼女を、何度も打ちつけたかった。彼女を抱きしめたかった。他には？

肩甲骨、背中下部、太ももの長骨《ちょうこつ》、と彼女は触れていく。そして彼女はぐるんと後ろを向くと、袖に思い切りくしゃみをした。

決まりが悪そうに、彼女は言う。なんか、そうみたいだね、ありゃりゃ。やられちゃった。

ピンク色だと思っていたポツポツは、思ったよりもより赤い、けばけばしい色だ。クリスマスのおとぎ芝居のフェイスペイントのように。（ブライディは芝居に連れて行ってもらったことがあるだろうか？）赤から茶から青から黒。

メアリー・オーラヒリーがブライディに話しかけている。グリッペはそんなに悪くないよ。もっとひどいやつにかかったことあるもの。

若い母親は良かれと思って言ったのだろうが、彼女を揺さぶってやりたかった。

看護婦長のような口調で、やっとの思いでこう言う。そうですよ、ブライディ、心配はいりません。

彼女に悪寒が出始めている、と私は気づく。

休息、それが大事。すぐにベッドを用意しましょう。

彼女が尋ねる、どこに？

一瞬、言葉に詰まる。けれどすぐに、右手の空っぽのベッドに視線をやって頷いた。デリア・ギャレットがいたベッド。今朝、ブライディと一緒にシーツや毛布を整えたばかりのベッド。

けど……あたし、赤んぼ産むわけじゃないし。

本当のことを言えば、下階の入院受付に、彼女を行かせるなんて私が耐えられなかった。何時間も待たされるのは目に見えてる。もし悪い場合だったら、少しの遅れも危険だ。可能性としては低いかもしれないけれど、でも念のために……ただどうにかしようと、必死だったんです、優先すべき看護。（誰を説得しようとしているんだろう？）

私は言う。そんなの関係ありません。ほら、これを着て――

糊付けされたナイトドレスを棚に見つける。自分でできますか？

大きなくしゃみで彼女の答えが引き延ばされる。ごめんなさい！

ミサの最中、くしゃみをすると罰せられたと言っていたことを、思い出す。

彼女は控えめに後ろを向き、ボタンを外し始める。

清潔なハンカチを見つけ、体温計を彼女の舌下にはさみ、新患者にするのと同じように彼女のカルテを記入し始める。〈ブライディ・スウィーニー〉。〈二十二歳（およそ）〉。たくさんのことを、私は知らない。住所の欄に、シスター・ルークの修道会に属する修道院を記入するのが辛かった。入院許可医師欄――空白。彼女の口にいつ体温計を入れたか、思い出せない――もう一分経過しただろうか？　時間の感覚がおかしい。体をかがめ、彼女の顎に触れる。口を開けて？

彼女の乾いた唇が離れ、体温計がぐらっとする。取ろうとすると唇が引っつき、少し皮膚が切れて、血が丸く浮かぶ。

ガラスを拭き取り、読む。三十九・二度。高い。でもいろいろと鑑みれば、このインフルエンザでは、あまり高くないほうだ、と私は自分に言い聞かせる。

私は急ぎドアを出た。廊下を行きから看護婦たちや医師たち、そしてのろのろしている患者たちを押し分ける。女性発熱病室に身を乗り出して、病室担当シスターの名前をど忘れしてしまったので、私は呼び掛ける、看護婦？　看護婦？

小柄な修道女はその呼び方が気に入らなかったらしい。一体なんですか、パワー看護婦？

こちらの雑用係の体調があまり良くないんです、と私は少し高めの声色で、平静を装って言った。どなたか医師をすぐに呼びに行ける方、いませんか？

どの患者のためかは言わなかった。ボランティアの手伝いを休ませている、しかも、入院受付もせずにベッドで寝かせていることを言いたくなかったからだ。

修道女はため息をついて言う。いいでしょう。

私は言葉をのみこむ。今すぐに。

病室に戻ると、ブライディは寝具の下におさまっていた。洋服は畳んで椅子の上に置いてある。

（少しでもだらだらしていたら、ぶたれると心得ながら今までずっと育ってきたんだ。）

その時私は、病室を取り仕切れる状態になどなかった。とても怖くて、息もできない。けれど、他に誰もいない。やらねばならぬ。二つの枕を重ねて、その上にブライディの上半身を起こす。硫黄臭い毛布を四枚、戸棚から取り出す。温かいウイスキーをつくる。とびきり強いのを。ブライディの呼吸は少しだけ速く、脈拍数もいくらか多めだ。全ての数字を書き留め、科学的に考察しようとする。咳はなし、少なくとも。

シーツの間で彼女が寝がえりをうつ。彼女は尋ねる。でもほんとの患者さんが来たらどうしよう？

しーっ、ねえ、あなたはもう本当の患者さんなんですよ。私のために駆け回って、本当によく頑張ったから、疲れが出たのよ。安心して少し休みなさい。

私の声がじゃれているようで、場にそぐわない。

私は付け足す。屋根で夜更かししたから、すごく眠たいはずです。

ブライディのひび割れた微笑が、まぶしい。

私はさっと振り返る。オーラヒリー夫人、もし良ければ、向こうのベッドに移ってもらってもいいですか？　そうすればもう少しここに場所を確保できると思うから。

メアリー・オーラヒリーが戸惑った様子で答える。もちろんです。

（ブライディの上に身をかがめるたび、うまくパニックを顔に出さずにいられていると我ながら感心した――パニックは隠せても、愛は無理みたい。彼女を見つめる私の姿を、誰にも見られたくない。）

そうして、私はメアリー・オーラヒリーがシーツから出るのを手伝い、向こうのベッドに移ってもらった。二人の赤ちゃんのことも、もちろん忘れていない。ユニスのベビーベッドを母親のベッドと、真ん中の空にしたベッドの間に置き、ブライディのくしゃみがかからないようにした。それから、バルナバスのベッドをその横につけた。くっつけすぎて当たってしまい、二人の赤ちゃんは少し揺らされて、ユニスがか細い声をあげた。

私は必死で記憶をたどる。どっちだと教わったっけ。インフルエンザの進行が速いほど、悪いケース。それとも、ブライディは一気に爆発して、ほんの数日でまた元気に立ち上がって笑っているんだろうか？

寒気に触れないように、カシミアのショールを彼女の頭と首周りにかける。

彼女は歯をがちがちいわせている。すてき！

私は毛布数枚を彼女の上に広げ、震える痩せっぽちの体の下に入れ込んでいく。

彼女は冗談を言う。今度は暑くなりすぎちゃうかも。

汗をかくのはいいことですよ、と私は言う。もっと水がいりますか？

私は急いでコップに水を注ぐ。

ブライディはハンカチに、五回連続でくしゃみをした。ごめんなさい――

彼女を遮る。謝らなくていいから。

彼女のハンカチを洗濯カゴに投げ入れ、新しいものを渡す。私の思い違いか、それとも陶器のような彼女の耳まで本当に色が広がってる？　しかもなんというか、赤褐色になってる？　赤から茶色から――

ウイスキーを飲んでみて、ブライディ。

がぶ飲みする彼女。そして、むせている。

私は愛情を込めて叱る。少しずつですよ！

彼女は喘ぐ。もっとおいしいかと思ったのに！

努力が声に滲む。呼吸が危うい。私は言う。あのねブライディ、空気が十分に吸えていないから、あなたの心臓がそれの埋め合わせをしようと速く動いているんです。だから、これをあなたの後ろにちょっと……

私は三角クッションをつかみ、彼女と壁の間に押し込んで、枕をその前に立てかける。後ろにもたれていいですよ。

枕を背景にして、彼女の頭が沈む太陽のようだ。ぜえぜえと息を吐く。

私は彼女の指を握り、ささやく。ねえ、一体どうしてもうかかったことがあるなんて、嘘をつこうと思ったの？

彼女のひび割れた声。だって、手がいると思ったんだよ。

苦しそうに息を継ぐ。

助けたかったんだよ、と彼女は言う。ジュリアを助けたかった。

だけどまだ会って、三十秒くらいしか経ってなかったのに。

ブライディがにっこり笑う。もしあたしが、まだかかってないって言ったら――

（息切れしている。）

――帰れって言ったでしょ。でも、たくさん仕事があったよ。二人じゃなきゃダメな仕事。

言葉が出ない。

ブライディが雑音の混じる息を吐く。大騒ぎすることじゃないから、ね。

（まるで彼女が看護婦のようだ。）

やきもきしなくていいよ。すぐに良くなるから。

もし、私の聞き取った言葉が間違っていなければ、彼女はそう言った。話す時も、呼吸がとても浅い。身をかがめて、私の耳を彼女の口元に近づける。

彼女の声の調子もなんだかおかしい。高揚している、それだ。以前、登山家の講演に参加したことがある。山頂では強い高揚を感じることがあると彼は言った。空気が薄いためだ。山登りの最中は、特に何かの症状だとは思わなかったそうだ。冒険に夢中で、深く考えなかっただけかもしれない。

彼女の体温を測る。四十度に上がっている。

そこに寝てるのは、ブライディ・スウィーニーじゃないよね？

後ろから聞こえたのはリン医師の声だ。

カルテから目を離さずに、猛スピードで彼女に状況を伝える。

リン医師は私の報告を遮って、言った。でも、この子は女性発熱病室にいるべきじゃ――

お願いします、先生。彼女を動かさないで。

医師は舌打ちを一回し、聴診器を取り出して、ブライディの後ろの首元からナイトドレスの中に入れる。深呼吸してみてくれる？

ざらついたひどい音が、私が立っている位置からでも聞こえる。私は言う。咳はないんです――

それはいいことですよね？

リン医師は答えない。彼女はブライディの両手をつぶさに観察している。腫れている、のが見える。霜焼けだけじゃない。彼女は言う。浮腫だ――組織に液体がしみだしている。

どうして気づかなかったんだろう？

私は意を決して尋ねる。では彼女の——

どうしても、チアノーゼという言葉を口にしたくない。

——彼女の頬は？

リン医師が重々しく頷く。そうだね、君がちゃんと安静にしてれば、と彼女がブライディに告げる。あとはちょっとの運で……ピンクに戻るのも見たことあるよ。

でも、どのくらいの頻度で彼女はそれを見たのだろう？　この病気が悪化する数に対して？　赤から茶色から青から——

やめて、と私は自分に言う。ブライディが今必要なのはちょっとの運。ブライディほど、それにふさわしい人はいないでしょう？

リン医師はブライディの顎を持つ。少しの間、開けておいてくれる？

ブライディは大きく口を開ける。絞首刑にされた女の、黒々とした舌。

医師は無言だ。彼女は私に振り向き、話し出す。

パワー看護婦、君は自分にできること、全てやってるよ。ウイスキーをもっとあげていいから。女性外科病室に行かないといけないんだ、心苦しいけど。

でも——

絶対戻ってくるから、と去り際に彼女は言った。

何かをせずにはいられなかったので、ブライディの体温を測る。四十一度。こんなことがあっていいの？　彼女の顔には大粒の汗。私が拭き取るのが追い付かないくらい、ぽつぽつと浮き出す。

おとなしく、安静にしとくんだよ。先生が言ったように、と私は話しかける。何もしゃべらなくていいからね、そしたら早く良くなるから。

氷水につけておいた布で、彼女の赤紫の頬をトントンと優しく押さえる。それから彼女の額、首の付け根。ブライディが咳をしていないのは、咳ができないからだとその時気が付いた。体内に満ちてくる液体に窒息させられている。内側から溺れているんだ。

数時間が、とても長い、あり得ない一瞬のように過ぎた。そのときどきで、私は自動人形のように動き、するべきことをこなした。メアリー・オーラヒリーが言いにくそうに尋ねれば、差し込み便器を用意したし、彼女の胸当てを確認して、パッドも取り換えた。バルナバスは目を覚まし、少し泣いた。彼のおしめを換えて、哺乳瓶にミルクを作った。でもその間中ずっと、私の頭はブライディでいっぱいだった。

彼女の頬は栗色に変わり、耳まで変色していた。もう赤色と呼ぶことができる顔色ではなく、呼吸もかなり速くなっており、湿り気のある、ギーギーときしむような音がした。ウイスキーのコップを手に持つことも難しくなったので、私はベッドの横にひざまずいて、彼女のひび割れた唇にコップを寄せた。苦しそうな呼吸の合間にちびちびと彼女は口をつけた。続けて五回、くしゃみをすると、ハンカチにべったりと赤がついた。

その布をじっと見つめる。毛細血管が一本、切れたんだ。何千も、何百万もある、彼女の若い肉体の中の毛細血管の一つにすぎない。血なんて、たいしたことない。出産で血だまりの中にのたうち回っても、次の日ケロッとしていることなんて日常茶飯事だもの。

あたし、あの――

なあに、ブライディ？

言葉が出ない。

勘が働いた。差し込み便器ね？

彼女の左目から一筋の涙。

確認すると、ベッドが濡れている。心配しないでね、いたって普通のことよ。二秒で片付けちゃうから。

ブライディの軽くて、ひょろりとした体を傾け、タイミングを見計らって乾いたシーツを左側に広げ、濡れたシーツを右側に引き寄せ外した。彼女のナイトドレスの紐を外し——青白い脇腹に、古傷のようなものがある——新しいものを着せる。

彼女に尋ねる。私が見える？　ぼやけてない？

答えが返ってこない。

熱が、四十度五分まで下がっている。安心で少し声が高くなる。熱が下がってきてるよ。

ブライディが魚のように口をパクパクさせている。私の言葉に反応しているのだろうか。

彼女の脈を測る。まだ速いし、脈が弱くなっているように感じる。ショックを起こさせないようにしなければ。生理食塩水を半リットル用意しようと急ぐ。一番大きい金属製のシリンジに注ぐ。震える手をどうにか抑えながら。

もうろうとしている頭でも、針を見て彼女は恐れおののいている。

私は言う。ただの塩水だから。海の水と一緒。

(そのホームと呼ばれる場所に、医師は訪問したのだろうか？　ブライディはこれまで、注射したことがあるんだろうか？)

彼女はささやいた。あたしの中に、海が入ってくるの？

絶対に痛くしないように自分に命じる。一回目でちゃんと針を血管に入れる。

私は観察して、待った。

まだ百パーセント生きてる、そう頭の中で何度も唱えた。彼女の唇がきれいなラベンダー色、もうほとんど菫《すみれ》色に変わっても、彼女の腫れたまぶたが、煙のような色になり、影がかかり、まるで銀幕のメアリー・ピックフォードのようになっても。

生理食塩水が全く効いていない。血圧は下がり続けている。

紫はどの時点で、青と呼ばれるんだろう？　赤から茶から青から黒。リン医師は青の場合だったら、助かる見込みはどれくらいだとか言ってた？

ブライディが喘ぎながら何かを言った。

私にはそれが、歌って、に聞こえた。私に歌ってほしいの？

せん妄状態にあるのかもしれない。私に話しかけたんじゃないかもしれない。どちらにしろ、彼女は答えることができない。次の息を継ぐので精いっぱいだ。

女性外科病室に行って、リン医師を引きずってでも連れてこなきゃ。

ブライディ、ちょっとだけ行ってくるね。

聞こえているんだろうか？

病室から飛び出る。左に曲がり、廊下を猛スピードで走る。

私の進行方向とは逆の方で、何か騒ぎが起きているようだ。そんなのどうでもいい。

でも、喧騒が大きくなり、後ろを振り向くと、リン医師が階段を下りてきているのが見えた。前掛けに赤い跡、両腕をヘルメット姿の巡査につかまれて。三人組はあまりにもぎこちなく下りてくる。二人の男は彼女をきつく引き、当の本人は足を引きずるように進んでいる。

リン先生！

医師は、私と彼女を隔てる群衆の中を見通そうとする。とても不可解な表情――色々な感情が混じってる。苛立ち、後悔、悲しみ、そして（私に見えたのは）笑い、このバカげた状況に対する。もうリン医師は、私を助けることができない。ブライディを助けることもできない。時間切れだ。

青の制服に身を包んだ男たちが彼女を連れて角を曲がり、すぐに見えなくなった。

よろよろしながら病室に戻ると、ブライディは汚れたペニーの色になっていた。見開かれた瞳は、恐れによるものだろうか。

彼女の湿った手を私は握りしめる。大丈夫だよ、と私は彼女に約束する。

赤ちゃんの一人が泣き始め、メアリー・オーラヒリーも泣いているかもしれないと思ったけれど、私はブライディから目を離さなかった。彼女のぜえぜえした呼吸は、もっと苦しそうになり、浅くなって、数えることが不可能なくらい速い。彼女の顔は、くすんだ青。

私は待つ。

私は観察する。

骨男《ボーン・マン》が部屋にいる。カラカラと音を立て、せせら笑っている。

けれど、ブライディの我慢強さはこんなもんじゃないんだから、そうでしょう？　あたしの方がいい、いい、若くて丈夫って、そう自慢してたじゃない。喪失と屈辱があなたの人生だった。それを飲み込んで、強さに、明るさに、そして美しさに変えてきたんじゃない。今まで生き抜いてきたんだ。今日だって、生き延びるはずだよね？

森を通って行くしかない、と私は自分に言い聞かせる。曲がりくねって、先が見えなくて、堂々巡りでも、道は道。そして全ての道には、終わりがあるでしょう？　ダブリンを囲む森の丘みたいに。ねえ、いつか一緒に、ブライディと私で散歩するんだよね。そして、インフルエンザにあなたがかかった時、すごく怖かったよって冗談みたいに話すんだ。それから、私の家に来て、ティムと彼のマグパイに会うんだよ。私のベッドで、私の隣で眠るんだ。たくさん、ありったけの時間を一緒に過ごそうね。オーストラリアに船で行くのもいい。素敵な香りがするブルー・マウンテンズを歩こう。ユーカリの林を、歩く二人を思い浮かべる。奇妙な鳥の、派手な一群に心躍らせながら。

彼女の口の端から、赤い泡つばが垂れる。

すぐに拭き取る。

心の目に映る森の道は、どんどん薄暗くなっていく。頭上で覆い重なる木々の枝。トンネルの中みたいだ。

別の医師を探しに走った方がいいんじゃないだろうか。何でもいいから、何かをブライディに注射してくれるかもしれない。でも、どんな刺激剤も苦しむ時間が数分増えるだけ——そうリン医師が言ってなかった？

目の前に、まっすぐ続くトンネル。私たち二人とも、その先に何があるのか、もう分かっている。

ブライディが苦しそうに大きく息を吐き、咳をすると、黒い血が彼女の首を伝い落ちた。

私は彼女を腕に抱く。鼻から真っ赤な泡が噴き出す。痩せ細った手首ではもう、脈を感じられない。彼女の皮膚はべっとりとして、ため込んでいた熱を急激に失っていく。

何もできない。ただそこにうずくまって、彼女が弱々しく息を吸うのを数えていた——一分間で五十三回。どれだけ速く、人は呼吸できるのだろう？　蛾《が》の羽のように軽いのに、木が倒されるような大きな音を立てて。数え続けた。足し続ける。ブライディの息を。小さな、音のない呼吸。数秒後、私は気づく、その呼吸が、最後の吐息だったのだと。

私の両目は乾いている。燃えているみたいだ。その両目を、床に向ける。その床を、今朝、モップ掛けしてくれたのはブライディ。彼女の銀色の跡を、見つけようとする。

パワー看護婦、ほら、しっかりしなせえ。

グロインだ。いつこの雑役夫は入ってきたのだろう？

彼の声が妙に優しい。さあ、立てますか？

私はやっとの思いで立ち上がる。前掛けからスカートの裾まで血がべっとりとついている。私はブライディの手を離し、彼女のあばらの上にのせる。

グロインの顔が沈む。ああ、スウィーニー嬢ちゃん、よしてくれよ。

メアリー・オーラヒリーが、私の後ろですすり泣いている。

雑役夫は言葉なく、立ち去った。

ブライディの指から始める。きれいに拭き取って、それから軟膏をたっぷり、指の背の赤く荒れた部分にぬる。白癬による浮き上がった円を指でなぞる——丘の上にかすかに残る古代の砦跡。それから彼女の腕に取り掛かる。滑らかな方と、さざ波がある方、火傷した腕だ。

スープの鍋で、って、初日に言っていた。

事故だろうと思うなんて、私はなんて世間知らずなんだろう。ブライディの処罰ばかりの成長過程のどこかで、大人が彼女に熱々のスープを投げつけたに決まっている。

マカウリフェ医師が入ってきた。

私はほとんど何も言わなかった。

存在しない脈に、彼が耳を澄ます。彼はブライディの右まぶたをあげ、懐中電灯で照らして瞳孔が収縮しないことを確認する。

不完全な書類が、お気に召さなかったようだ。彼女は正式に入院手続きをしていないと、そういうことですか？

私は言う。彼女は三日間ここで働いたんです。身を粉にして。何の見返りもなしに。

私の声色のせいか、彼は黙りこくった。死因の欄に、彼は記入する。〈インフルエンザ〉。

そして彼はいなくなり、私は続けた。

ブライディの体で、なんの跡もないところは、ほとんどなかった。彼女の体を埋葬のために整える作業は、おそろしい本の一章、一章をめくるようだった。二つ目の靴下を脱がせると、足の指が変な角度になっているのが見えた――骨折したのに治療されなかったんだ。脇腹には、背中からぐるっとついた、醜い赤い線。最終的には癒えたようだけど、癒えればいいってもんじゃない。私は身をかがめ、その傷にキスをする。

ベッドから、メアリー・オーラヒリーが震える声で話しかける。パワー看護婦、もう家に帰ってもいいですか？　この場所は――

健やかな本能だ。赤ちゃんを連れて逃げ出したいという願望。私は言う。頭を動かさずに。あと数日ですよ、オーラヒリー夫人。

ブライディに着せる糊のついたナイトドレスを見つけた。彼女の四肢をまっすぐにさせ、両手を合わせて、指を組ませた。

グロインとオーシェイが担架を運び込み、真ん中の空のベッドに置いた。

彼らがブライディを担架にのせるのを、見ていられなかった。だけど、見ずにはいられなかった。きれいなシーツを取り出し、彼女を覆う。

グロインが私の肩に手を置き、私はびくっと体を揺らした。この娘のことは、俺たちに任せてくださいよ、パワー看護婦。

彼らが去り、病室に静けさが戻る。

バルナバスがいつごろか泣き始めた。その音はすぐにやんだ。目をやると、メアリー・オーラヒリーが彼を抱き、あやしている。しーっ。

シスター・ルークが入ってきた時、私は驚いて固まった。こんなに早く来て何しているんだろう。でも、四角い窓がとても暗く、私の銀時計が、どういうわけか、九時を指している。

メアリー・オーラヒリーはまだ、バルナバスを胸に抱いている。

修道女がため息をつく。やれやれ、憐れなスウィーニーのこと、聞きましたよ。なんてことでしょう！　あなたがたは、いいかい、その日、いいかい、その時を知らないのだから、とはよく言ったものです。

怒りで喉が絞まる。

シスターは外套を壁にかけ、ベールとマスクを調節し、前掛けをつけた。出来損ないはどうしていますか？

彼女はメアリー・オーラヒリーからバルナバスを受け取ると、まるで物を片付けるかのように彼をベビーベッドに入れた。

私はなんとか立ち上がり、そして、一歩、また一歩と前に進んだ。

バルナバスの不格好な上唇の輝きをじっと見つめる。これは何かの印なのかもしれない。そう、この子に押された印章。私は言う。この子におかしいところなんて、一つもありません。

マスクの上の、シスター・ルークの眉が、疑いにぴくりと上がる。

突拍子もない考えが、花開く。頭の中で問いかける。もしティムが――

いや、そんなことしたら弟に不公平だ。私にそんな権利はない。

それでも、強行した。

私は修道女に告げる。今夜、家に帰ります。

彼女はぞんざいに頷く。私がただ、寝るために帰宅するのだと思っている。

私ははっきりと言う。年休をいただきます。

ああ、それは無理ですね。もうしばらくは、誰も欠くことができないのですよ。残念ですがね、パワー看護婦。

私は前掛けを外し、カゴに投げ入れた。私は言い返す。もし解雇事案になるようでしたら、どうぞ他の方をお雇いください。

ジュリアの仕事は赤んぼを産むことじゃない、そうブライディは言った。赤んぼを救うことだよ。なら、この子を救う。ブライディのために。彼女が、バルナバスをパイプに入れないでほしいと願っているという奇妙な確信が、私にはあった。

度胸がしおれてしまう前に、私は棚の奥から長方形旅行鞄《グラッドストンバッグ》を取り出し、最低限必要なものを入れ始める。おしめに留めピン、乳児服、大きなニップルのついた哺乳瓶二本、離乳食の瓶。不思議なくらい人気のあの歌が頭の中を何度も回る。〝厄介ごとは全部、背嚢《はいのう》に詰め込んで〟

シスター・ルークが私をじっと見ている。そしてついに口を開く。何をしているおつもりですか？

赤ちゃんは私が連れて帰ります。

バルナバスの衣服の上から、外出用の上着を着せる。

修道女は舌を鳴らす。それには及びません——もう既に、母子のためのホームに引き取るよう手筈は整っています。

私は小さな二枚の毛布にバルナバスをくるみ、毛糸の帽子を深くかぶせる。目がもう少しで隠れるくらい深く。

コートと帽子を取りに行って身に着け、振り返ると修道女が立ちはだかっている。パワー看護婦、この乳児はあなたが持って行っていいものではありません。

でも、彼は誰のものにも見えませんけど。違いますか？

あなたはもしかして、乳母として彼のために名乗り出ると言っているのですか？

私は顔をしかめる。なんの支払いもいりません。

それでは、何が狙いですか？

シスター・ルークは悪意を持って言っているわけではないのだと、自分に言い聞かせる。彼女はきっと、自分の任務としてこの人間の端くれを全ての危険から守ろうとしているのだろう。その危険には、私も含まれる。

ただ彼の側にいて、と私は言う。私の子どもとして、育てたいだけです。

彼女はマスクを少しつまむ。痒いところがあるみたいに。あなたは、とても疲れて困惑しているのでしょう——こんなに大変な一日だったのですから、無理もないです。

もし、彼女がブライディの名前を出したら、私は崩れ落ちてしまう。

みんな、疲れているのは同じです、シスター。もう家に帰って寝ます。そして、バルナバス・ホワイトは私が連れて行きます。

シスター・ルークはため息をつく。禁欲を誓った私たちのようなものは、たまに母性本能が燃え上がって、苦悩することがあります。ですがね、赤ん坊はおもちゃではないのですよ。仕事は大体、どうするおつもりですか？

私は言う。助けてくれる弟がいます。

（よくもティムに代わってそんなことが言えたわね？）

一週間の休みが明けたら、戻ってきます、と私は手短に約束する。だから、そこを通してください。

修道女は身を引く。エグザビア神父と、まず話す必要がありますね。彼は代理の神父ですから。この病院で生まれたカトリックの子どもは誰であっても、彼の庇護のもとにあります。

そもそも、一体誰が私たちみんなを、ああいう年寄り連中の手に託すことにしたのだろう。葬儀に参列されているのですよね？

もう帰ってこられています——上の産科にいらっしゃいます。

かみしめた歯の隙間から答える。いいでしょう。

後ろ髪を引かれる思いで、バルナバスをベビーベッドに戻した。北極圏に行っても大丈夫なくらいもこもこしている。彼のカルテを手に取り、ドアを出て神父のもとへ急いだ。

上階の産科病室は細長くて洞穴のようだ。リン医師がダブリン城に連行された今、産科医のことはどうしているんだろう？　多くの女性たちを通り過ぎる。うなり声をあげる女性、息をのむ女性、振り返る女性、お茶だかウイスキーをすする女性、ひざまずいている女性、壊れそうな贈り物に授乳している女性、むせび泣く女性。身重の女とは、不幸だ。そして、幸福でもある。不幸と幸福が一体となって大きくなり、どちらがどっちなのかもう見分けがつかない。

エグザビア神父が患者の一人と祈っているのが見えた。彼は私を見ると背筋を伸ばし、こちらに向かってきた。ハンカチで鼻水の滴る鼻孔を拭いながら。

誤解のないようにしようと努めたら、ぶっきらぼうな言い方になった。赤ちゃんを家に連れて帰ります。

白髪交じりのふさふさの眉が上がる。

バルナバス・ホワイトについて、冷静に事実を吟味した結果です。

神父が焦っている。あなたはこんな重荷を背負うには、まだ若すぎます。

私はもう三十歳です、神父様。

結婚することになったらどうするつもりですか、パワー看護婦。そして我が子が何人か、いや、たくさん、生まれたら？

ただこう言ってしまいたい。この子じゃなきゃダメなんです、と。神父に筋が通っていると思われるような言い方を考える。私は言う。今朝、彼の母親は私の前で息を引き取りました。この仕事は私のために用意されたのだという確信があります。

うーむ。神父の声色がもっと現実を見据えたものになる。看護婦は大体気性が良いし、ミサにもちゃんと行くことを私は心得ています。私の心配は、もっと他のところにあります。

急にどっと疲れを感じ、彼が何を言わんとしているのか分からなくなった。

彼が説明する。母親は、不運だったとしか言いようがありません。けれどもし、もっと調べてみて、父親がろくでなしとか、堕落した人間で悪い株だったら——私の言っていること、分かりますね？

あの小さな赤ちゃんは、彼の血統を私たちが調べ上げるのを待ってはくれません！

エグザビア神父は頷く。ただ、考えてもみなさい。あの子は、あなたとは釣り合わない階級の子です。

赤ちゃんに階級などありません。

まあ、それは、とても進歩的な考え方ですね。でも、事実は変わりません。あなたは自分がこれからどんな目に遭うか、何も分かっていない。

私は暗い井戸のような赤ちゃんの瞳を思い出す。私は言う。それはあの子も同じです。

神父は、何も言わなかった。

では神父様、おやすみなさい。

私はドアに向かって動き出す。まるで彼から許しを得たそぶりで。エグザビア神父の足音が後ろで聞こえる。待ちなさい。

私はくるっと振り向く。

彼のことは何と呼ぶつもりですか？

バルナバスという名で洗礼を既に受けています。

いや、つまり……その、近所の人には、田舎から引き取った親戚の子ということにしてはどうでしょうか？

それまで考えもしなかった。養子と呼ばれることで、彼につけられる染み。

新しい門出ですから、ね？

神父に悪気はない。

そう思い私は答える。考えてみます。

私が一歩後ずさると、エグザビア神父が片手をあげる。私を制止するかのように。でも違う。彼は祝福を空に描いてくれた。

階段を下りていると、両足が少し震えた。

一瞬、入るドアを間違えたかと思った。そうじゃない、やっぱりここは産科／発熱病室だ。それなのに、シスター・ルークの代わりに誰か知らない人が、メアリー・オーラヒリーにスプーンで何かをあげている。

シスター・ルークはどこですか?

見たこともない看護婦が答える。言伝に行かれました。

小さなユニスはベビーベッドにいたけれど、もう一つのベッドは空っぽだ。心臓がぎくりとする。

メアリー・オーラヒリーが怒りの滲む低い声で告げる。シスター・ルークに連れていかれちゃったよ、看護婦さん。

私は踵を返す。

ということは、あの修道女は自ら預け先に、あの子を渡しに行ったんだ。私へのあてつけのために?

私は階段を駆け下りる。(病院の規則でまだ破ってないのあるっけ?)

棺を担ぎ出している二人の男がドアを通れるように脇によける——軽い、まだ空っぽだ。それから冷たい空気へと身を投げ出し、通りを駆け抜ける。

真っ暗な夜。月は出ていない。角を曲がる。

もう一つの角も曲がる。

急に不安になる。オナー・ホワイトのカルテに書いてあった母子のためのホームの住所、ちゃんと覚えてるよね? それとも他のとごちゃまぜになってる? 私は固まる。うっすらとたくさんの建物の輪郭が見える。あれかな、角にある大きな石造りの?

白の塊。シスター・ルークが門の方へ大股で歩くのが見えた。片方の腕にグラッドストンバッグをのせて、もう片方に小さくくるまれたものを抱えている。

呼び止めなかった。追いかけるために、全部の呼吸をとっておく。

私の足音が彼女に続く小道で鳴り響き、修道女が振り返った。マスクは、今はつけていない。シスター・ルークの唇は薄く、片目だけらんらんとしている。パワー看護婦、一体全体どういう――

一体全体、あなたはどういうつもりなんですか？

彼女は灰色にたたずむ建物を見上げる。ここが、物事が整理されるまで子どもたちが待つ場所なんですよ。ここに行くのがこの子にとって――あなたにとっても――そして、私たちみなにとって、最善なのですよ。

私は彼女にうんと近づく。数センチしか離れていない。エグザビア神父から許可をいただきました。赤ちゃんを返してください。

修道女のバルナバスを抱く腕に一層力がこもる。率直に申し上げますけれどもね、パワー看護婦、あなたはどうも正常な状態ではないようですよ。今日のあの憐れな娘のことね、本当に辛かったと思いますけれど――

ブライディ・スウィーニー！

私は大声で彼女の名前を叫んだ。あまりにも声が大きくて、急ぎ行く通行人が振り向く。

私は続ける。もっと静かな声で。あなたの修道院にいる二十人の奴隷の一人ですよ。

修道女の口が大きく開き、そして閉じる。

ろくに食べさせてももらえず、と私は言う。取り合ってももらえない。人生ずっと、残忍な仕打ちにあわされる。あなたにとって、ブライディはただの薄汚い孤児でしかなかったんでしょう――

彼女の労働に対して一切支払わず、それどころか、彼女の稼ぎまで奪ってきた。教えてくださいよ。あの子を私の病室に手伝いとして送った時、彼女がこのインフルエンザにかかったことがあるか、確かめようとほんの少しでも考えましたか？

バルナバスの両目がぱちりと開き、色褪《あ》せた町に目をしばたかせている。

シスター・ルークが言う。すさまじい怒りですこと。はしたない。ブライディ・スウィーニーと
この子、なんの関係があるって言うんです？

それに対して、どう答えたらいいのか分からなかった。私が知っているのは、二人の魂がどこか
で、結びついているということだけ。もう少しで生まれ損なった魂と、あまりにも早くいってしま
った魂。数時間だけ、二つの魂はこの地球を分け合った。何かの取引だったんじゃないかと、私は
確信している。ブライディに私が返せるのは、これくらいしかない。

神父様から許可を得ています。赤ちゃんを渡してください。

少しお待ち。そう言うとシスター・ルークはバルナバスをくるんでいた毛布ごと彼を私の腕にの
せ、バッグを私の足元に置いた。

彼がみゃおと声を出す。私のケープの中に抱き、十一月の空気から守る。

修道女は冷たく尋ねる。他の人にはなんとおっしゃるつもりです？

答えなくてもよかったけれど、私は答えた。田舎の親戚の子だと言います。

彼女が鼻で笑う。あなたの子だと、みんな思いますよ。

彼女の嫌味なほのめかし。

あなたの弟が父親だと、みなさん思われるかもしれませんねえ、と彼女が物知り顔で続ける。

恥を——でも、その時、私の怒りがそれを押しやった。ティムのような人間まで侮辱するなんて。

口答えすることもできない彼を。

もう一言も、彼女のために無駄にするのはやめよう。バッグをつかみ、通りへ歩き出す。靴が、

敷石を踏みしめていることを、一歩一歩確認する。つまずいて、運んでいるものを落とさないように細心の注意を払って。

私、何しているんだろう。弱々しい赤ちゃんを家に連れて帰って、もっと弱っている弟に押し付けようとしてる。騒音も混乱も苦手な人なのに？　もう十分、ティムは辛い目に遭ってきたはずでしょう――この物語に、彼を引きずり込む権利など誰にあるんだろう？

でも、ティムはすごく優しい人、そう私は頭の中で反論する。育てる才能があるし。私のことも、しゃべらなくてもちゃんとお世話してくれてる。こんな奇妙な状況でやり切れるとしたら、ティムしかいない。

小さな、現実的な心配ごとも湧き上がってくる。トラムを降りたら、家までの道のりを歩かなくちゃいけない。自転車に赤ちゃんと一緒に乗れるはずがない。

それから私は、何て言うんだろう。玄関を入ってすぐに、どう切り出そう？　ティム、信じられないかもしれないけど――

ある女性に会って――

ティム、ちゃんと話を聞いて――

この子は、バルナバス・ホワイト。

弟と口論したり、雄弁に語りかけたりして説得できる状態に、私はない。ティムもこんな感じだったのだろうか、戦場で立ち上がった時。愛した人の血で洗礼されて？　もし、私が誰かに打ち明けるとしたら――この三日間の熱夢を――それはティムしかいない。

この静まり返った大通りを初めて歩いているように感じるのは、バルナバスに見せているからなのかもしれない。思いがけず、私たちのもとへやって来た、見知らぬ人。遠い星からの使者。彼が評価を下すのは、まだ先だ。新鮮な空気を思いっきり吸うのよ、バルナバス。そう産毛で柔らかな彼の頭に私はささやく。家に着くまでもうしばらくかかるけど、そんなに遠くないからね。そうしたら寝ましょうね、もうすぐですよ。今夜しなきゃいけないことは、ただそれだけ。そして明日、目を覚ましたら――目の前にあるものを、ただ、見たらいいの。

そうして私は彼を抱えて、世界の終わりのような通りを進んでいく。

著者あとがき

一九一八年のインフルエンザ大流行は、第一次世界大戦よりも多くの死者を出しました――当時の世界総人口の三から六パーセントにも上るといわれています。

本書『星のせいにして』は、いくつもの事実をつないでつくられたフィクションです。ブライディ・スウィーニーの人生についての細かい設定は、二〇〇九年に発表されたライアン・レポートに収められたおぞましい証言を基にしています。この報告書は、アイルランドの寄宿施設についてまとめられたものです。彼女とジュリア・パワー、そして他の登場人物たちは全て架空の人物ですが、キャスリーン・リン医師（一八七四―一九五五）だけは実在の人物です。

一九一八年秋、リンはシン・フェイン党の副党首、そして同党の公衆衛生部門の長でもありました。彼女が逮捕された時、ダブリン市長が介入し、三七クレアモント通りに彼女が立ち上げた無料のインフルエンザ診療クリニックで働き続けられるように取り計らいました（クリニックは彼女の愛するマデリン・フレンチ＝マレンが賃貸契約を結んでいました）。翌年、同じ敷地に、リンは小児病院を設立します。聖ウルタン病院と名付け、フレンチ＝マレンが院長に就任しました。一九一八年十一月十一日の停戦協定のあとで行われた総選挙で、リンは友人の伯爵夫人であるコンスタンツ・マルキエビッチのための選挙活動に参加し、彼女はウェストミンスターへ選出された最初の女性となりました。

リン自身も、一九二三年新アイルランド議会で議席を獲得。彼女とフレンチ＝マレンは、一九四四年のフレンチ＝マレンの死まで、ともに暮らしました。リンは八十歳になっても聖ウルタン病院で働き続け、市民たちのために栄養、住宅、衛生環境を向上すべく運動を続けました。彼女と、彼女が四十年間にわたりしたためた日記に興味のある読者は、マーガレット・オーハガティーの著書『キャスリーン・リン：アイルランド女性・愛国者・医師（*Kathleen Lynn: Irishwoman, Patriot, Doctor*）』（二〇〇六年）、二〇一一年製作のドキュメンタリー『キャスリーン・リン：反乱軍の医師（*Kathleen Lynn: The Rebel Doctor*）』をお薦めします。

インフルエンザのウイルスは一九三三年まで認識されず、発明された電子顕微鏡の助けを借りて発見に至りました。そして、多くの人たちが現在も恩恵を受けているワクチンは一九三八年に開発されました。

恥骨結合切開（恥骨をつないでいる靭帯を分かつ）手術と恥骨切開（恥骨の一つをノコギリで切る）手術はアイルランドの病院で行われていました。一九四〇年から一九六〇年代の終わりにかけて一番さかんだったようですが、最初に行われたのは一九〇六年、そして最後の手術は一九八四年だったと記録に残っています。二〇〇〇年代に入り、問題化され訴訟なども起こっています。

ブライディとジュリアが語り合う『ハーツ・アドリフト（*Hearts Adrift*）』（一九一四年）は無声短編映画で、メアリー・ピックフォードを一躍大スターにしました。しかし、現在手に入るプリントは存在しないようです。

二〇一八年十月、スペイン風邪の流行から一世紀を迎えることにインスピレーションを得て、本書『星のせいにして』を書き始めました。原稿を出版社に送ったのが、二〇二〇年三月。それからほどなくして、新型コロナウイルス感染症（COVID-19）によって全てが変わってしまいました。そんな状況の中で、エージェントたち、リトル・ブラウン、ハーパーコリンズ・カナダ、ピカドールのみなさんは本書を、正味四か月でこの様変わりした世界に送り出してくれました。その事実と、みなさんの努力に深く感謝申し上げます。

そして何よりも、大きなリスクを冒して働いてくださっているヘルスケアワーカーのみなさんに、心から感謝を申し上げます。あなた方の手の中に、私たちは身をゆだねるしかありません。本当にありがとうございます。ミッドワイフのマギー・ウォーカーにも謝意を表します。自粛中に私が誤解していたことを指摘してくれて本当に助かりました。そしていつも変わらず、原稿をチェックしてくれる素晴らしい医師であり、校正者であるトレイシー・ロー（この大流行中も勤務を続けています）にも、大きな借りがあります。そして最後に、とても個人的なことではありますが、ウーマン・ケアで働く助産師たち、そしてロンドン・ヘルス・サイエンス・センターのケイシー・アッシャー医師にお礼を申し上げます。赤ちゃんたちを取り上げてくれて、そして母親たちを救ってくれて（私も救われた一人ですが）本当にありがとうございます。

訳者あとがき

本書『星のせいにして』は、作家エマ・ドナヒューによる歴史小説 *The Pull of the Stars* の完訳だ。原書は刊行予定を一年繰り上げて、二〇二〇年夏に刊行された（詳細は著者あとがき参照）。当時、米タイム誌は次のように評している。「物語全体がインフルエンザのようだ――誘発された夢。この予知夢に注意を払わなければ、私たちはみな、過去の過ちを繰り返すだろう」。刊行後すぐに、アイルランド、カナダでベストセラーになり、ポルトガル語、スペイン語、アラビア語、中国語などの様々な言語に翻訳された。

物語の舞台は、一九一八年、スペイン風邪（当時の新型インフルエンザ）が大流行するアイルランドのダブリンにある病院だ。カトリック教会が運営し、ダブリン在住者であれば貧富の差を問わず、門は開かれている。その二階にある、急ごしらえの小さな〈産科／発熱〉病室で働く助産看護師のジュリア・パワーがこの物語の主人公である。三十歳の誕生日を目前に、たくさんの心配ごとが彼女の胸に渦巻いている。ＰＴＳＤ（心的外傷後ストレス障害）と思われる症状のある帰還兵の弟。彼のペットのマグパイ（カササギ。死や幸運など様々なものの象徴とされる）。もう三十歳になる。結婚にはあまり興味がない。子どもは欲しくない。これからの人生、どんな風に私は生きていきたいんだろう？　パンデミックと戦争が終わったら、「日常」が戻ってくるなんてこと、あるんだろうか？

先の見えない日々の中で、彼女にとってただ一つ確かなことは、看護師という仕事が彼女の天職だということだ。ドナヒューは、当時の「看護婦」には力がなく、面白い立場に置かれていると思ったとアイリッシュ・アメリカ誌のインタヴューで述べている。医師に全ての権限があり、医療的な決断は何も下せないのに、患者の一番近くで影響を及ぼす存在だと。彼女が一人で任される〈産科／発熱〉病室に運ばれてくるのは、インフルエンザに罹患した出産間近の妊婦たちだ。普段の二倍の数の患者を、四分の一の医療スタッフで対応しなければならず、しかも、長引く世界大戦（第一次世界大戦）の影響で、ありとあらゆる人材、資材、備品が不足している。

厳しい状況の中、孤軍奮闘するジュリアの大きな力になるのが、助っ人のブライディ・スウィーニーと、リン医師だ。ブライディは孤児で、寄宿している修道院本部からボランティアとして、ジュリアの病室に派遣される。彼女は孤児としてあらゆる虐待を受け、彼女が「パイプ」と呼ぶ隠された世界で生きてきた。しかし、彼女は明るく、人に対してとても柔らかい。そんなブライディに、ジュリアはどんどん惹かれていく。ブライディへの愛を通して、ジュリアは自分の偏見や無知に気づき、もう一歩踏み込んで患者を、ブライディを、弟を、そして自分を見つめ始める。そしてブライディは、ジュリアとの出会いで、初めて自分が必要とされる、見つめられる、愛される経験をするのである。

一方のリン医師は、とても優秀で頼りがいのある医師であるとともに、「犯罪者」として警察に追われている。リン医師が参加した一九一六年の武装蜂起は、アイルランド共和国の樹立を目指すアイルランド市民軍によるもので、「イースター蜂起」と呼ばれる。当時アイルランドは、グレートブリテン及びアイルランド連合王国として英国に併合されており、アイルランド自治実現への長い道のりの途中にあった。ホーム・ルール(自治法)が通過し、国王の裁可を待つばかりだったが、一九一四年に大戦がはじまり、実施が延期される。それにより、自治を望む人たちの中でも、英国と共に従軍する者、英国の隙をついて独立を目指す者など、目的達成のための手段の違いが顕著になった。彼女が参加した「シン・フェイン」の成立や、この蜂起の歴史的な役割については、学問的、政治的にも様々な研究が行われている。

ジュリア・パワーとリン医師は政治的には意見を異にするが、二人は目の前の女性たちを救うために共に奮闘する。二人の前に運ばれてくる女性たちの身体は、暮らしの状況やパートナーからの暴力など様々なことを伝える。女性の身体は、この物語の重要なテーマだ。出産を扱う作品は多いが、出産という営み自体にここまで焦点が当てられ、詳細に描かれる物語があっただろうか。戦場で腕がもがれ、手が震え、眼球がなくなる——命を落とす。そのような男たちの身体の「戦い」は今まで多く描写されてきた。しかし、出産で大量出血し、恥骨を砕き、子宮が破れ——命を落とす。その産む身体、もしくは産まされる身体の「戦い」はどうだろう。個人的なことになるが、私はカナダで第一子を出産した際、「赤潮」を経験した。あまりに現実的な描写に、デリア・ギャレットのお産の場面を訳すのは、両手が震えるほど辛かった。描かれるお産も様々で、出産に対して知識があり肯定的に向かう人もいれば、無知のまま放り込まれる人もいる。

イタ・ヌーナンの身体も、死後解剖で細かに描写される。お産の詳細な描写、そしてイタ・ヌーナンの遺体をくまなく表現することで、「戦い」や「貢献」と名前がつけられない、それどころか覆い隠されることの多い身体とその営みに、読者の視線が注がれる。また、これだけの大きなリスクを負う妊娠、出産に対しての意思決定権が妊婦本人になく、その身体が家父長的な社会によっていかに搾取され、傷つけられているかも描き出している。

同時に、ドナヒューは女性であることがどういうことなのか、定義するつもりは毛頭ないとケンブリッジ文芸祭で語っている。病室では二つの「Labour」（労働、出産の意味がある英単語）が行われており、子どもを産む女も、産まない女も、あらゆる違いを超えて一緒に戦っているのだ。彼女自身、女性のパートナーと子どもを育てていることを挙げ、この小説を読んで「女であることは子どもを産むことだ」と思ってほしくない、と述べている。

この頃、アイルランドでは第一次世界大戦で男性が不在の中（スペイン風邪の犠牲になるのも女性より男性が多かった）、女性たちの活躍の場が否応なしに拡がった。女性のタイピスト、爆弾工場の作業員、運転士などが作中にも登場する。この年、三十歳以上の一定の財産条件を満たした女性たちは投票する権利を獲得した。しかし、大戦により総選挙自体が見送られ、婦人参政権運動家《サフラジェット》たちもまた、枝分かれしていく。婦人保安官などになり英国当局に協力することで、終戦後に有利にことを運ぼうとする人たちもいた。夜道を歩くジュリアを呼び止めた女性警護団員たちも、そうなのかもしれない（林田敏子『戦う女、戦えない女――第一次世界大戦期のジェンダーとセクシュアリティ』）。そして小さなところにも、女性たちの力の湧きあがりがほのめかされている。ジュリアが自転車に乗るときにスカートの紐を引く動作が繰り返し描写される。これは女性が自転車に乗ることが「わきまえていない」とされた時代に、女性の行動範囲を広げようと女性運動家たちが開発した衣服で、紐を引いてスカートの裾をあげると、ズボンになる優れものだ。

リン医師はジュリアに、「全てのことは政治的」だと言う。フェミニズムでよく言われるキャロル・ハニッシュのエッセイ題「個人的なことは政治的なこと」（一九六九年）というフレーズを連想させる。「政治」というと大きなものとして捉えがちだが、衣服も、職業も、自分の身体の在り方も、どこに起源があり、誰のどのような選択によって、今の結果になっているのか、考え始めることで身の回りのものに潜む政治性が見えてくる。ジュリア・パワーも全く新しい目で世界を見始め、自分の思いを信じ、行動に移す。

さて、ジュリアたちとともに、私たち読者は三日間病室に閉じ込められるわけだが、著者エマ・ドナヒューは小さな部屋を舞台にした物語の名手である。彼女は、映画化され二〇一六年にアカデミー賞を受賞した『部屋（*Room*）』（二〇一〇年／邦訳二〇一一年、土屋京子訳）で一躍有名になった。この物語も母子が狭い空間で逃走を企てる密室のスリラーであり、現在映画化が進んでいる歴史小説『ザ・ワンダー（*The Wonder*）』（二〇一六年）も小さな部屋を舞台にした看護師と「奇跡」の少女の物語だ。

エマ・ドナヒューは、一九六九年、アイルランド・ダブリンに生まれた。英国ケンブリッジ大学で博士号を取得し、現在はパートナーと共にカナダのオンタリオ州ロンドンに住んでいる。彼女は多作で、ジャンルも歴史小説、現代小説、劇脚本、映画脚本、ノンフィクション、児童書など多岐にわたる。日本語に翻訳されている作品は、前出の『部屋』に続いて本作が二作目だ。二〇二二年八月には、アイルランドの島シュケリッグ・ヴィヒルを舞台にした小説『ヘイヴン（*Haven*）』が刊行予定である。

原書や訳文の表現方法についても補足しておきたい。この作品には会話文の鍵かっこがない。原文にクオーテーションマークが一切ないため、それに倣った。読みにくいと感じた人もいるかもしれない。海外の読書会などでも、この表記特徴については疑問の声が上がった。ドナヒューは、ジュリアの感覚、つまり、熱にうなされて夢を見ているような感覚を読者に味わってもらいたかったとその理由を述べている。そして、ジュリアが疲労しているように、読者を疲れさせたかった、とも（アイリッシュ・アメリカ誌）。そのため、様々なことが原文ではイタリック体で表記されている。ジュリアの心の中での呼び掛け、過去に読んだ教科書の文言、歌詞、看板や新聞などのジュリアの目に飛び込んできた文字などだ。訳文では傍点（ジュリアの呼び掛け、記憶の中の文字など）、〈 〉（ジュリアが見ている文字）、〃 〃（歌詞）で対応している（例外もある）。また、訳注をつけなかったのも、原文の視覚的効果を再現したかったからだ。

作中で引用されるフレーズは、聖書はすべて新共同訳、「アヴェ・マリアの祈り」は日本カトリック司教協議会訳を、リン医師が口にする『ハムレット』の一節は福田恆存氏の訳文、同じくエピクロスの言葉は中金聡氏の論考を適宜参照させていただいた。

英語以外の様々な言語も使用されているが、カタカナ表記にする際には、アイルランド英語で登場人物が引用していることを重視し、アイルランド人俳優のエマ・ロウによる朗読の本作オーディオブックを参考にした。

そして、現在では「差別語」とされる表現については、当時の職業が性別によって制限されていた事実は作品にとって重要であると考え、「看護婦」「女医」などの言葉を用いた。

本書刊行を実現してくださった全ての皆様に、この場をお借りしてお礼申し上げます。ブックデザインを担当してくださった名久井直子さま、素晴らしい装画を描いてくださった荻原美里さま、帯にお言葉を寄せてくださり訳語のアドバイスをしてくださった木村映里さま、丁寧な校正をしていただいた校正者の皆様、いつもオープンに話を聞いていていただき、支えてくださった河出書房新社担当編集の石川詩悠さま、本当にありがとうございました。そして、貴重な話を聞かせていただいた助産師の満行万紀子さま、相談に乗ってくださった翻訳家の井上舞さま、側で支えてくれたローリンホフ・マイケルさま、そしてずっと「身を挺して」私を育ててくれた渡瀬智子さま、いつも優しさを送り続けてくれる秋山量子さま、本当にありがとうございました。最後になりましたが、現在も私たちの命を守ってくださっている医療従事者の皆様に、深く感謝申し上げます。

吉田育未

著者略歴

エマ・ドナヒュー

Emma Donoghue

1969年、アイルランド・ダブリン生まれ、カナダ・オンタリオ州ロンドン在住。ケンブリッジ大学にてPhDを取得後、1994年作家デビュー。歴史小説、現代小説、脚本、ノンフィクション、児童書など、多岐にわたるジャンルで活躍する。『部屋（*Room*）』（2010）はマン・ブッカー賞最終候補に選出され、世界的ベストセラーとなったほか、みずから脚本を担当した映画『ルーム』はアカデミー賞4部門にノミネートされた。ほか、*The Wonder*（2016）、*Akin*（2019）など作品多数。

訳者略歴

吉田育未（よしだ・いくみ）

翻訳家。トロント大学OISE修士。

星のせいにして

2021年11月20日　初版印刷
2021年11月30日　初版発行

著　者　エマ・ドナヒュー
訳　者　吉田育未
装　幀　名久井直子
装　画　荻原美里
発行者　小野寺優
発行所　株式会社河出書房新社
〒151-0051 東京都渋谷区千駄ヶ谷2-32-2
電話 03-3404-1201（営業） 03-3404-8611（編集）
https://www.kawade.co.jp/

組　版　KAWADE DTP WORKS
印　刷　モリモト印刷株式会社
製　本　加藤製本株式会社

Printed in Japan
ISBN978-4-309-20841-1